漫時光

衙門之下

中卷

天如玉 著

高寶書版集團

目錄
CONTENTS

第十五章　出手穩價

宴散時，已是深夜。

伏廷自廳中出來，身後跟著羅小義。

「三哥，胡部的事你有計較了？」

他點頭。

羅小義朝跟出門來的僕固京笑道：「我便說三哥已有計較了，僕固首領可以安心了，只要是北地民生的事，三哥不會不管的。」

僕固京連忙道謝。

羅小義瞅見他身後的僕固辛雲的眼睛還朝這邊望著，打趣說：「小辛雲看什麼呢？快隨妳祖父去歇著吧。」

僕固辛雲被他說得頭低了一下，再抬起來，眼前已沒了大都護的身影。

伏廷回到主屋，房內還亮著燈。

他以為棲遲還沒睡，進了門，掃到床上，卻見她已躺下，他一手抽下腰帶，輕放在桌上，走到床邊，見她側躺著，呼吸輕勻，雙頰微紅，一副醉態。

他伸手一撥，領口裡，她頸上被突厥女鐵鉤抵出的幾個血點已褪去。

大概是覺得被打攪了，她輕輕動了一下。伏廷咧嘴，鬆了手，轉身去洗漱。

棲遲飲了酒後不舒服，被新露秋霜伺候著回房後就歇了。

忽然悠悠醒轉，是因為口渴，她眼未睜開，先喚了一聲：「新露，水。」

床前幾聲腳步響，一隻手抬起她的後頸，唇邊挨上茶盞，她抿了兩口，睜開了眼，看見男人坐在床沿的身影。

伏廷轉頭去放茶盞，手臂被扯住了。

「鬆手。」他回頭說，以為她是睡迷糊了。

棲遲醉了，分不清是真是幻，才伸手拉了一下，聽見他說鬆手便皺了眉，忽然起身下床，往他面前走來。

伏廷看她眼裡迷蒙，沒睡醒的模樣，顯然是酒還未醒，果然下一刻她就踉蹌了一步。

他一隻手還捏著茶盞，只能一隻手挾住她，問：「妳幹什麼？」

棲遲手臂勾住他的脖子，似沒聽見他問話：「憑什麼叫我鬆手？」

伏廷好笑，人各有各的醉態，李棲遲的醉態，他是第一回見。

他乾脆手臂一收，幾乎是將她半抱半拖地帶到了桌邊，才將那只茶盞放下。

棲遲腰抵在桌沿，人被他的手臂抱著，勾緊他的脖子，不依不饒地道：「憑什麼叫我鬆手，就因為那個小姑娘？」

伏廷一頓，才知道她在說誰：「妳說小辛雲？」

她醉顏上眉心微蹙：「你喚她什麼？」

他盯著她臉頰上的飛紅，低頭貼近：「妳在意？」

棲遲雙眼瞇起，如在思索，許久，輕輕搖頭，鬆了勾著他的手。

伏廷眼神一沉，雙臂扣住她往上一托，抵在桌上，沉聲問：「妳在不在意？」

棲遲人已坐到桌上，腿幾乎要纏到他腰上，下意識地又勾住他。男人托著她，用身體抵住她，她覺得被桎梏住了，抬著尖尖的下頜說：「她不好打發。」

伏廷眼神更沉，她只在意好不好打發。

棲遲眼裡，男人的臉始終朦朧，她又犯睏了，推了他一下：「你壓我好緊。」

伏廷緊貼著她，兩腮咬緊，嗅著她身上若有似無的酒氣。

下一刻，勾在脖子上的手臂忽地一鬆，她眼已閉上，頭歪在一邊，又睡著了。

他抱著她軟軟的身軀，兩腮鬆開，自顧自地扯了扯嘴角，她並不在意。

一醉之後，再醒卻什麼也記不得了。

棲遲站在窗邊，望著窗外淡淡的春陽，手指輕揉著額角，總覺得自己遺忘了什麼。只有模糊的印象，好似伏廷把她整個人抵上桌了。

她回頭看了那張桌子一眼，想著那場景，不禁有些耳熱。

「家主。」秋霜走過來，貼在她耳邊一陣低語。

棲遲聽完，有些詫異：「當真？」

秋霜點頭，自袖中取出一份書函：「奴婢今日出府去鋪子上聽說的，這是都護府的官方文書。」

棲遲接過來。

昨晚宴席間聽僕固京說了胡部眼下需要大批牲畜幼崽，卻又買賣無門，不想今日都護府竟下令開放讓私商來做。

北地沒有足夠的幼崽，但天下之大，其他地方還有，甚至境外也有，有私商介入，各地流通，便會快多了。那男人可比她想得要心思活絡，當機立斷就用上了私商。

她打開書函，是都護府請轄下各大商號東家出面議價的文書。下面加蓋了都護府的府印，是伏廷親手批的。

秋霜小聲道：「家主不便出面，反正對外說的也是東家不在北地，此事要不還是算了。」

棲遲想了想：「這不是筆小買賣，接了大有利在。何況都護府邀人議價，是為了穩住價，照拂各胡部，事關北地民生，不能算了。」

秋霜明白了，私商接了這樣的生意，若無監管，必然是各家各價，水漲船高，各胡部必然吃不消，都護府才會提前將價議好。看來家主是想用手上的商號來幫著穩住價了。

「那便還是派個掌櫃的出面吧。」

棲遲將書函交給她，點頭：「老規矩辦吧。」

秋霜應下。

「對了，」棲遲又問了句，「今日他何時走的？」

秋霜道：「大都護天未亮便起了，定是為了此事，眼下帶著僕固部去了軍中，料想待商戶們來了便回了。」

棲遲心想：那僕固辛雲定然也跟著了。

都護府大門敞開，一行人自軍中返回。

「三哥可真夠有魄力的，怎敢用私商，你早前不是還說商人重利？」羅小義從馬背上躍下，看著他三哥直感慨。

伏廷剛下馬，丟開馬韁：「既是為民生，有什麼不能用的，我用的就是他們的重利。」

羅小義「嘖」了一聲，往府裡看：「料想人該到了。」

都護府召喚，商戶們豈敢拖延。城內外，但凡附近商號，能接到書函的皆是有能力接手大買賣的鋪子，本也人數有限，自然是隨招隨來。

只要穩住這些大頭，其餘北地各處商戶想做這買賣，也必須遵守定下的規則，也就不用憂心了。

伏廷正要進府門，忽聽馬嘶一聲，回過頭，就見僕固辛雲的手怯怯地自他馬背上縮了回來。

十來歲的小姑娘，綁著胡辮，穿著帶花紋的胡衣，看起來只比他的馬高出一點，但凡他的馬抬個蹄，可能就會傷到人的。

他提醒了一句：「別亂碰，除了我和夫人，沒人能碰牠。」說完他便進了門。

僕固辛雲愣住，可他說得自然而然，她並未聽錯。

前院開園，露天設座，作為議事之所。

十來個商戶被引著走入園中，按序落座。

各門皆有兵士把守，眾人難免惴惴，誰也不敢多言。

棲遲立在假山後，朝那裡看著。

秋霜跟在她身後，小聲說：「只請了這些人來，那些商號雖也是富戶，但只做北地本地買賣，不似家主各地鋪展，論財力物力，都比不上家主。」

棲遲輕輕「嗯」了一聲，隨即就看到伏廷大步走了過來，身後跟著羅小義和僕固部的人。

商戶們紛紛起身見禮，不敢怠慢。

各自落座後，羅小義拿了都護府的書函像模像樣地宣讀了一番。

大意是此番事關北地民生大計，都護府才開放讓私商介入，望各位以大局為重，莫要只顧眼前小利，都護府也會對商事多加顧念。

棲遲看著伏廷，他不坐，只站在那裡，胡服束身，腰上的佩劍斜貼著腿。

她擔心會被他發現，又往後退了一步，順帶看了僕固辛雲一眼，不出所料，那姑娘的眼神又落在伏廷身上。

她沒來由地想：單論相貌，這男人也有招這小姑娘癡心的本錢，何況還有以往那淵源。

場中，僕從們送了筆墨過去，請各商戶寫下心中認定的價格。

各人左顧右盼，也不好討論，提筆寫下。僕從便將紙收了，送到上方給伏廷過目。

伏廷拿在手裡一張張看了，又交給僕從，再給僕固京過目。

如此幾輪之後，棄了許多，才算拎出幾個價來。

伏廷問僕固京：「如何？」

僕固京皺著眉，臉色不佳：「還是太高了。」

棲遲覺得看這樣子，還要耗上許久才能真正談到點上，便讓秋霜看著動靜，自己先走開，免得被撞見。

剛繞到廊上，忽而聽見那邊傳出一陣呼喝聲，她停住腳步。

秋霜小步跑來，告訴她說有個僕固部人因為不滿，覺得商人膽敢欺壓他們胡部，差點抽了手裡的彎刀。商人不過是地位輕賤的小民罷了，追逐利益而已，哪裡見過他們這架勢，因而鬧出了動靜。

棲遲又往回走，想去看看，轉過拐角，就見伏廷在眼前站著，似是等著她的一般。

「妳在這裡做什麼？」

她收手入袖，看了看左右：「隨意走過來的。」

伏廷方才就發現她站在假山後了，故意不動聲色，趁他們鬧騰才過來的。他說：「是酒還沒醒走錯了？」

棲遲聽到他說這個就記起醉酒的事，又閃過被他抵在桌上的記憶，嘀咕一句：「有時你也夠壞的。」

「我什麼？」

她淡淡看他一眼：「壞。」故意提她的醉態，不是壞是什麼。

伏廷兩眼緊盯著她，心想她大概是沒見識過真正的壞。

還未開口，一道聲音橫插進來：「大都護。」

伏廷眼掃過去，僕固辛雲站在身後一丈開外，垂著頭說：「事已解決了，是我部中魯莽，請大都護回去接著議。」

棲遲輕掃了一眼，低聲說：「叫你呢。」

他回頭，想起昨夜她的話，沉沉笑了一聲：「聽見了。」說完大步走了。

僕固辛雲跟著他走了。

棲遲看著他們離去，忽然想起一些。

她醉了時，有提起這姑娘嗎？

畢竟是在都護府裡，誰敢真惹事。中途一場喧鬧，眼下自然是又安安分分地坐下了。

棲遲又回到那假山後站著。

反正她已被發現，回來也不必再在意被伏廷看見了，還可以觀望著那頭的動靜。

商戶們人微言輕，在這官府裡面，也不敢高聲說話，坐得一個比一個端正，誰開口都是小心翼翼的——

「官府的買賣自然是不敢亂來的，只是運送往來，成本很高。」

「是，首領又需要好的牲畜崽子。」

「還是有些難辦的……」

說來說去，還是想加些價。

棲遲覺得他們是知道如今北地正值民生興起之時，都護府重視，掐準了這道，想發些財，在謹慎地試探官府的底線。

僕固京的聲音聽來已有些怒氣了：「皆是狡辭！倘若還是當初，北地未曾遭災，還輪到你們坐在此處與我們議價！」

他是作為胡部代表來的，擔著責任在身，豈能讓步。

牧民是最早經受瘟災的，這幾年才有所回緩，連賦稅都交不上，哪裡出得起什麼高價，若非為了北地民生好轉，他寧可不與這些狡詐的商人為伍。

羅小義乾咳一聲，提醒老人家莫要動氣，今時不同往日，既然他三哥決心用私商，還是要給他們幾分薄面的。

僕固京手撫兩下花白的鬍鬚，忍住了，看向大都護。

伏廷在場中緩緩踱步，忽然問：「名下不只一間鋪子的有誰？」

有近十人立即站了出來。

他掃了一眼，又問：「有五間以上的有誰？」

坐下去幾個，剩了六七人。

「十間以上的有誰？」

只剩下了三四人。

「二十間以上的有誰？」

只剩下一個。

伏廷看過去，中等身形，蓄著短鬚的白面中年人，他認出來了，就是先前被燒了鋪子的那家掌櫃。

「代你們東家來的？」他記得他們東家不在北地。

掌櫃搭手稱「是」。

「你們東家有多少鋪子？」他問。

掌櫃仔細想了想，回：「約莫……百餘家吧。」

羅小義驚呼一聲：「這麼多！」

掌櫃訕訕垂頭：「小的也不能斷定，我家東家是做天下生意的，不拘泥於一處，各處有專人分管，小的不清楚具體有多少。」

羅小義想了起來：「是了是了，你們魚形商號那家，我記得，的確是到處都有買賣。」

伏廷說：「那你報個價。」

掌櫃一愣。

羅小義精明得很，知道他三哥的意思，當即接話：「正是，你們是這裡最大的商號，由你們報價，別家又能說什麼，他們不服，這買賣獨獨交由你家來做！」

這話一出，在座的各商戶都有些變了臉色，紛紛看向那掌櫃。

秋霜忽然小步走了過來，垂首小聲說：「大都護，家主請您過去說兩句話。」

伏廷朝假山看了一眼，果然看見那若隱若現的身影。他左右看了一眼，說：「你們繼續。」

秋霜告退，朝掌櫃看了一眼。

掌櫃趁機告罪，說要去如廁。

羅小義一面叫了個僕人帶他去，一面與僕固京討論了兩句。

僕固辛雲只看著伏廷的背影，他已走出視線，看不見了。

那頭，伏廷低頭走到假山後。

這假山是棲遲來後修的，南方式樣，低矮得很，他一進去，幾乎就要碰到頭，只能一直將頭低著，看著身前的女人。

「要說什麼？」

兩邊狹窄，棲遲幾乎要貼著他，低低說：「也沒什麼，只是想說，方才我不該與你在廊上鬥嘴。」

伏廷想了起來，先前她說過一句他有時也夠壞。「就這個？」

「嗯。」

他想笑，看不見她的神情，手一托，抬起她的下巴：「妳是有心要弄我不成？」這個時候把他叫來，就為了說這個。

棲遲不料他忽然托起自己的下巴，倏然對上他的臉，心口一撞。他的臉近在眼前看愈發深刻，深目挺鼻，她心說：難怪能叫人家小姑娘念念不忘。

伏廷一下對上她的臉，也頓了一下，下意識地看了她的唇一眼。

彼此竟有一瞬誰也沒說話。

「如何？」棲遲拖了片刻，穩住了，露出了笑來，「你我夫妻，要弄一下也不成嗎？」

他似好笑，點了兩下頭：「成。」說完將頭一低，轉身出去了。

棲遲目送他離去，緩緩靠在假山上，摸摸耳根，想笑。多少次了，都與他有夫妻之實了，怎麼還如此薄面皮。

秋霜回來了，悄悄說：「家主，已送到了。」

她點頭，走出假山。

方才在這裡觀望許久，她計算一番成本，估出個價來，叫秋霜設法遞給掌櫃的。既然已經送到，便不用待了。

她做了能做的，剩下的只要交給伏廷就好了。

伏廷回到場中，掌櫃的也匆匆返回，在紙上寫好了價。

羅小義接過來，遞給伏廷，順帶看了一眼，脫口道：「可算有個正經談事的了，這個價倒是還能議上一議。」

伏廷將紙遞給僕固京。

老人家看後眼神一亮，甚至起了身：「就憑此價，尚覺得商人之中仍有重義者，敢問貴家商號，從此以後，永為我僕固部友人。」

掌櫃的忙起身見禮，亮了手中一方魚形木牌，道：「首領盛讚，這便是東家的商號。」

伏廷掃了那魚形商號一眼。

先前他們被突厥盯上，剛燒了半間鋪子，如今又報出如此實誠的價來，未免有些不計損失。他忽然覺得，這一家似乎太向著他的都護府了。

僕固部卻是高興的，僕固辛雲也露了笑，替她祖父說：「你們東家必定是個仁義之人，此後若到我部中，必定禮待有加。」

僕固京點頭，算是默認了。

掌櫃連聲道謝。

遠處，棲遲邊走邊笑。

僕固辛雲的話她已聽見了。那個仁義的東家，便在眼前，還是搶了她們北地情郎的中原女人。

暮色四合時分，前院的動靜終於轉小了，應當是商戶們陸續告退了。

這一通議價，竟然持續了幾個時辰。

棲遲收起剛看完的帳冊，站在窗邊，給燈座裡添了些燈火。

忽然聽見外面羅小義的聲音遠遠傳過來：「今日多虧那商號，事情辦得太順利了，該慶祝一下才是。」

僕固京說：「那堪稱是北地的義商了。」

僕固辛雲跟著笑道：「祖父可瞧見那其他商戶的臉色了，不甘心可又無可奈何，誰叫人家家大業大他們比不上呀。」

隨即是附和她的幾聲笑。

棲遲聽了，唇邊抿出淡淡的笑。

這世上哪有憑空而降的好事，她身為大都護夫人，可是估完了價，還特地降了一成的，算是給各胡部的讓利了。

只要來年牛羊肥碩，都護府收了稅，一樣是回本，何況，還賺了口碑。於百姓民生，也是大大的好事。

這樣的買賣，一本萬利，做得很值。

眼前忽然閃出一道人影，她抬頭，才發現伏廷已經回來了，手裡拿著剛解下的佩劍。

她轉頭朝窗外看了一眼：「你沒去與他們一同慶祝？」

「沒有。」他交給羅小義了。

棲遲轉頭合窗，忽聽外面僕固辛雲的聲音在問話，隱約聽見了大都護怎麼沒來。她看了伏廷一眼：「又在叫你呢。」

伏廷朝窗外看了一眼，不語，走到她身邊，一把拉上了窗。

棲遲心想先前不是還說聽見了，這回怎麼不說了。她胳膊與他相抵，輕聲問：「若無聖人賜婚，你會娶她嗎？」

伏廷像是聽見了笑話：「什麼？」

「都說了夫妻間要個趣也沒什麼。」棲遲手指撩了下耳邊的髮絲，看著他，似玩笑，似試探地問，「還那麼小的姑娘，你可下得去手？」

伏廷是真笑了，被氣笑的。他就當那是個孩子，若非僕固京帶來，都忘了世上還有這麼個人了。

她不在意，卻還說這個，不是耍趣，無非是要探探他的底。

伏廷將束帶一抽，一扔，一把撈起她的腰，低頭在她耳邊說了句話：「我對她下不去手，對妳下得去手。」

棲遲被他抱了起來。

這感覺熟悉，她瞬間有些回憶起醉酒後的情形，他似乎也是這麼抱著她的。但清醒時與醉酒時不同，她心跳又快了。

「門。」她輕輕說。門還沒關。

伏廷手臂一收，直接抱著她走到門邊，腳帶上了門，順勢將她抵在門上。

棲遲的衣裳已被他剝開。

外面忽然傳來新露的聲音：「家主不在？」

她心一緊，緊抿住唇，生怕被聽見動靜。

伏廷手上未停。

棲遲的頸忽地貼上他的唇，她怔了一下——是他又親在她脖子上。

卻不只，不只脖子。

她張了張唇，又連忙咬住，怕出聲。他還親到她身上……

除了她的唇，他該碰的都碰了。

她心跳加速，渾身如沸水一般。他故意折磨她，卻叫她頭一次有了方寸大亂的感覺。

彷彿無比漫長的觸碰，直到她身體開始輕顫的時候，他似是肯放過她了，才終於抱起她去床上。

整個過程，伏廷如在懲罰她。

他又見她咬了唇，於是用手指撥開。

棲遲出了聲，聽見他低沉的話：「我是莽夫，妳也不必在我跟前端著縣主的儀態。」

他要她出聲。

她伸手，想抓什麼，最後手掌緊緊抵在他心口。

那漫長的折磨後，每一下都是更磨人的煎熬。

伏廷終於在她臉上見到無措，一手按著她貼在心口的那隻手，咬著牙根，在她耳邊問：

「這地方妳想要？」

她茫然地抓了一下，似回了神，又抓了一下，低聲問：「你給嗎？」

他沉笑一聲。她現在這神情，讓他覺得，誰套牢誰還不一定。

天已亮了。

棲遲睜開眼，看了身旁的伏廷一眼。

伏廷閉著眼，連睡著時也是一雙剛正的眉眼。她不禁側過身，盯著他的臉看。

平常這時候他早已起身走了，今日卻還在。她不禁又想起昨晚，幾乎忘了是何時結束的，有一瞬間，甚至腦中一片空白，手不自覺地抓在他身上，幾乎沒了任何思緒。

她耳熱起來，悄悄起身，不再想了。

昨晚不曾有人打擾他們，連新露秋霜都沒有過來請他們用晚飯。

棲遲猜她們一定是知道房中光景了，披著衣裳坐在鏡前時，臉上也紅了。

早知道說那番話試探他做什麼？一個小姑娘而已，只要他無心，本也不值得她在意。

她對著鏡子坐著，忽然掃到床上，伏廷已經起身。

他套了胡褲，赤著上身，朝她看過來。

棲遲手指勾開妝奩的抽屜，裝作在認真選飾物。

伏廷忽然走了過來，俯身，在抽屜裡拿了支釵出來，按在她眼前：「這次我幫妳選一支。」

她一怔，自鏡中看他，險些以為自己聽錯了。

銅鏡昏黃，映著兩人的臉，伏廷亦從鏡中盯著她。

緊接著，他又說：「戴了應當能比人家小姑娘強。」

棲遲眉一蹙，才知他是故意的。

伏廷嘴一動，似笑了下，起身去穿軍服。

第十六章　約見東家

一晃，已至三月中。春陽籠罩，已稍稍濃烈起來，風吹到臉上，也有了春暖的氣息。

軍營裡，一群人正在擊鞠。是僕固部裡的幾個胡人和軍中的幾個新兵在對陣，雙方騎在馬上，搶著以杆擊球。場中馬蹄翻飛，泥土飛濺，雙方誰也不讓誰。

僕固京和僕固辛雲在場邊看著，到精彩處，時不時撫掌而笑。

他們部族原本脫胎於突厥，屬於善戰的一族，尤其喜愛待在軍中之地。在瀚海府待了快半月，這兩日才算是澈底將牲畜買賣的事敲定下來，他們放下心中一塊大石，便又常隨著伏廷出入軍營。

僕固辛雲看了一陣，想起來，今日他們先到，卻還未見到大都護。緊接著就聽見車馬聲，她轉頭看去，一隊近衛護送著一輛馬車駛了過來。

大都護貼車打馬，身旁跟著的是羅將軍，還有都護府裡見過一面的少年。她看了一眼便知道來的是誰。

果然，秋霜打起車簾，棲遲自車中緩步而出。

新露立即將手裡的一件薄披風送上。棲遲仔細披好，左右看了看，營帳鋪陳開去，竟一眼看不見頭，至遠處，一叢一叢，就如開在北地上的白花。

她在府中待了快半個多月才有機會再出門，來北地這麼久，還是第一回來伏廷的軍營。

李硯自馬背上下來，感慨道：「姑父的軍營竟這麼大！」

棲遲聽了莞爾一笑，似乎每一次見到這男人的兵馬，都會被震懾到。

伏廷鬆了馬韁，看過來：「跟我來。」

她跟上去：「今日怎會帶我來軍中？」

伏廷腳步不停：「怕妳悶壞了又跑出去，還得再救妳一回。」

她睨了他的背一眼，想起被突厥女擄走的事，暗自氣悶無言。

伏廷說完回頭看她一眼，瞥見她的臉色，只覺好笑。至中軍大帳，他站在門口，揭了簾。

棲遲走入。

帳中陳設簡單，兩側豎著兵器架和地圖架。最裡面擺著一張舊榻，搭著他的衣物。光這般看，可一點兒看不出來這是個大都護的大帳。

帳門外，羅小義喚了一聲「三哥」，伏廷走了出去。

場中一陣人呼馬嘶，正搶得激烈。

僕固京祖孫倆一見到大都護現身，趕忙過來見禮。

尚未交談，有什麼朝眼前飛了過來，伏廷手一抬，接住了。

是他們擊鞠的球。他把球丟回去，拍兩下手。

僕固京笑道：「大都護何不上場一展身手，這本是軍中演武的把戲。」

「祖父說得對。」僕固辛雲附和。

擊鞠本就是自軍中演練而生的，伏廷是個中好手，但他早已不大耍這些了。

剛要拒絕，卻聽羅小義道：「三哥，要不就耍一場，我看世子已有些摩拳擦掌了。」

李硯正盯著場中，聞言臉紅了一下：「小義叔莫要取笑我了，我是在看規則罷了。」

伏廷看過去，李硯眉目與棲遲有些相似，特別是臉紅那一下，神情也很像，當真是一對親姑姪。他問：「你想不想上？」

李硯說：「我沒擊過。」

「想，還是不想？」

李硯猶豫了一瞬，點了頭：「想。」

伏廷緊袖：「那就來一場。」

羅小義一面掏出根帶子為李硯綁袖口，一面笑道：「你姑父疼你吧？」

李硯「嗯」了一聲，想著姑姑的話——要對姑父好，姑父就會對他好。

可他覺得自己並未替姑父做過什麼，姑父對他也不差。

棲遲在帳中坐了片刻，忽而聽見外面一陣山呼聲，好奇地走了出去。

新露和秋霜一左一右地守在門口，與她說著方才親眼所見的情形——

「家主，世子下場去擊鞠了。」

「是大都護領著去的。」

棲遲一直走到場邊，果然看見他們已在場中。

李硯拿著杆，在馬上被風吹著，臉上紅撲撲的，謹慎地左躲右擋。伏廷就在他後方，衣擺掖在腰間，拎著杆，替他擋了一下，一杆擊中球。

頓時眾人又是一陣呼聲。

棲遲看得有些入神。

擊鞠在貴族中很盛行，倘若她哥哥還在，一定也開始教李硯耍這些了。可終究連騎馬，他都是在北地學熟的。沒想到，伏廷願意帶著他。在知道那件事後，他還願意帶著他。

她從未見過這樣的伏廷，閒散又隨意，身在馬上，如在平地，手中一杆，如握千鈞。

好一會兒，她才回過神，是因為聽見姑娘家的聲音。

棲遲找了找，才發現場中還有僕固辛雲在，原來她也下場了。

羅小義在場門邊站著，兩手攏在嘴邊朝她喊：「小辛雲回來吧，妳也不看看今日在擊的是誰，待會兒可別輸到哭鼻子！」

大家都笑起來。

僕固辛雲騎著馬揮著杆，有些生氣：「我可不至於輸不起。」

羅小義怕真把小姑娘逗哭了，連連擺手：「好好好，不逗妳了，妳專心擊就是了。」

伏廷縱馬，一俯身，手臂一掄，擊球如飛，口中喊：「李硯！」

本以為李硯要接不到了，沒想到他反應很快，自前方馬一橫，一揮杆，竟擊中了。

伏廷接了他一杆，擊鞠入門。

又是一陣呼聲。

伏廷勒馬看向李硯：「不錯，習了武還是有用的。」

李硯頭一回得到他的誇獎，笑起來：「謝姑父。」

伏廷頷首，調轉馬頭，正好看見場外的棲遲。她迎風立著，披風翻飛，眼睛落在他身上，臉上帶著若有似無的笑。

他對這笑不陌生，教李硯騎馬時她也是這般笑的。

「小義。」他覺得差不多了，轉頭喚，「你來吧。」

場中暫停，羅小義走進來，接了他拋來的杆：「成，我來替三哥。」

僕固辛雲問：「大都護不擊了？」

「嗯。」伏廷打馬離場。

棲遲離得遠，並未聽清他們說什麼，只看到人都停下了，伏廷已要離場走了。

場中一聲驚叫，僕固辛雲的馬猛然抬了蹄，她人自馬背上拋摔下去。

伏廷離她最近，反應迅速，跨下馬接住了她。

左右都來幫忙穩馬，羅小義還在馬上就伸出了手，連李硯都靠了過來。

僕固辛雲手緊緊抓著伏廷的衣領。

伏廷放她下地：「來人。」

僕固部的人連忙跑了過來。

他說：「扶出去。」

僕固辛雲一怔，他放得太乾脆了，甚至不曾看她一眼，抓他衣領的手默默鬆開。

棲遲清清楚楚看著這一幕，見到伏廷接住她時不自覺地挑了下眉，卻又看到他那麼快就鬆了手，眼便移開了。

僕固辛雲被扶了出去，僕固京驚得說出一串胡語，在那數落她好幾句。

伏廷走出場外，接了塊布巾擦手。

棲遲走過去：「怎麼不擊了？」

伏廷擦著手背，彷若故意似的說：「被妳盯著，擊不下去了。」

「那是怪我了？」她嘆息，「我還想說你擊得可真好呢。」

伏廷不知她說得是真是假，嘴角卻提了一下。

棲遲看著他的手：「你這雙手反應可真快。」

伏廷掀眼看她：「我是在救人。」說完他就抿住了唇，總覺得自己這是在刻意解釋。

棲遲笑笑，越過他往前去，口中輕描淡寫道：「我說的就是你救人啊。」

「去哪裡？」伏廷看著她。

棲遲腳步停了一下：「來此便是為了招待僕固部，人家小姑娘落了馬，我自然得去問候一番。」

伏廷沒再說什麼，看著她走遠了。

僕固辛雲坐在軍帳外的一張小馬紮上休息，眼睛望著那邊的伏廷和棲遲，看著看著，就見棲遲朝她這裡走了過來，一直到她跟前。

「擦擦臉吧，都蹭髒了。」棲遲拿出自己的帕子遞給她。

僕固辛雲有些懵，接過來：「夫人是特意來看我的？」

棲遲點頭。

她沉默一瞬，低聲說：「我還以為夫人會生氣。」

棲遲反問：「我為何要生氣？」

「因為……大都護方才接了我。」

棲遲笑道：「我還不至於是非不分，倘若他近在咫尺卻見死不救，既不顧念僕固部，也無男人該有的擔當，我反倒要瞧不起他了。」

僕固辛雲無言以對。方才是她見大都護要走，一時情急，手裡的杆不慎戳到哪裡才驚了馬，讓自己摔了下來。

她心思也快，想著大都護離自己最近，便沒有扯韁繩。果然，大都護出手救了她，她還想著也許這位夫人會氣她的。

沒想到人家根本沒當回事。大概是在提醒她，這就是救她一場而已。

「夫人對我一定很不喜。」僕固辛雲回想著自己先前與她說過的那些話，覺得大都護無人可配，分明也將這位夫人算進去了，的確是不討喜的。

棲遲忽然問：「妳今年多大了？」

「十四。」

「也就比我姪子大三歲，」她說：「我看妳與看我姪子差不多，還是孩子而已。」

僕固辛雲朝場中那少年看了一眼，默默擦了擦臉，將帕子還給她：「謝夫人，但我已長大了。」

棲遲接過來：「等他日妳想得到一個人時，既不用自欺欺人，也不用自卑自謙，那才叫長大了。」

僕固辛雲被她戳到痛處一般，皺眉不語。

棲遲早已猜到她的那些小心思，畢竟小姑娘的心思好猜。她將帕子在袖中一收，說：「只此一次，希望妳下次別再落馬了。」

僕固辛雲臉一僵，沒作聲，彷彿自己的那點小心思全暴露在她眼皮底下。

棲遲已經轉身走了。

臨晚，一行人在軍中歇下。

因為僕固辛雲落馬，僕固部暫時沒離營，拖到此刻，只好歇下了。

僕固京前前後後向伏廷拜謝了好幾次，到此時才去陪孫女。

大帳裡已然點上了燈。

棲遲坐著，拿著筷子，細細嚼著眼前一餐普通的軍飯。口味一般，卻還有肉，可見伏廷的錢都花在何處了。

吃完了，新露端水過來，她洗漱過後，問：「阿硯那邊可安頓好了？」

新露回道：「秋霜在那邊，世子今晚要與羅將軍住一處，說要討論習武。」

她點頭，想起僕固辛雲，說：「妳去那小姑娘那裡伺候下吧，權當都護府的善待。」

新露領命去了。

棲遲將燈挑亮些，坐到那張舊榻上，看著架上的地圖，計算著自己的商隊大概走到哪裡了。按照日子來算，應當快出境了。

還沒算完，伏廷低頭入了帳中。他身上只穿了件中衣，臉上、頸上都有水珠。

棲遲看他是剛洗了澡過來的，不禁看了身下的舊榻一眼：「今晚就睡這裡？」

伏廷看她端正地坐在那裡，抹了下濕漉漉的脖子，反問：「還能睡哪裡？」

棲遲低語：「怎會有大都護帶著夫人住在軍中？」

「今日便有了。」伏廷扯著嘴角一笑，走過來，坐在榻邊解了中衣，又拿了件乾淨的換上。

棲遲看見他的肩背，燈火裡，露著兩道疤，交叉在一起，不禁問：「這是什麼傷的？」

伏廷剛套了隻袖，轉頭看她：「什麼？」

棲遲伸出根手指，點在他背上，順著疤的紋路滑下去：「我說這個。」

手被他抓住了，伏廷的聲音低了許多：「刀，突厥用的彎刀。」

棲遲蹙眉，這麼長，這麼深，當時得多疼？

伏廷抓著她的手，眼神落在她臉上，似漸漸變深沉了。

棲遲被他這般看著，目光不自覺地遊移了一下。

伏廷卻鬆開了手，像是好笑，嘴角動了一下，說：「睡吧。」剛說完，他又補一句，「外面會聽見。」

棲遲頓時聽明白他的意思，臉一熱，躺去裡側。

伏廷緊跟著吹了燈躺下。

這張榻舊且窄，一個人睡著還好，兩個人便有些擠了。他身高腿長，只能側臥。棲遲背對著他，似窩在他懷裡。

帳外有隱約的燈火亮光，時不時有巡夜的守軍走過。棲遲一時睡不著，想著剛看過的那些傷，又問一句：「你身上還有哪些傷？」

「我以為妳早瞧遍了。」他又低又沉的聲響在她頭頂上傳來。

黑暗隱藏了棲遲臉上的微紅，她輕聲說：「沒顧上看。」

他似是笑了一聲。

棲遲很少聽見他笑，有些意外，緊接著就聽見他說：「一處飛箭傷，兩處刀傷，還有一道在腹側。」

她接話：「還有你脖上的。」

伏廷頓了一下：「嗯。」

「就這樣？」她以為他會說詳細的。

伏廷回憶起那些傷，都沒多大印象了。只記得飛箭尖頭帶鉤，取時要先入半寸，才能退出那鉤角，而後從斜向再用力拔出來；刀入三寸，皮肉外翻。

但這些要在她面前說出來，便像是一個男人在女人面前炫耀自己有多威武一樣，還有可能會嚇著她。他又「嗯」一聲：「沒了。」

棲遲不語。男人的身體緊貼著她的身體，她的背靠著他堅實的胸膛，他甚至一條腿都要壓在她身上。

比這更親密的都經歷過了，最近時他們簡直連在一起，不分彼此。可眼下只是這樣，她竟也能面紅耳赤。

她收了神，閉上眼，不想了。

因在軍中，伏廷起得比平常更早。

外面日夜巡守，腳步聲不斷。他睜了眼，先看見胸前緊靠的女人。

棲遲睡得安分，這個姿勢幾乎一夜沒變過，他也像是自後擁著她睡了一整夜。

外面又是一陣腳步聲經過。

伏廷一手撐在榻上，無聲坐起，看著棲遲的側臉，又看她散在榻上的青絲，伸手摸了一縷，在指間撚了一下，忽而有種前所未有的親暱。

他輕輕放下那縷髮絲，沒有發出任何聲響，下了榻，乾脆俐落地穿戴好，出了帳門。

一個近衛端著水過來，臂搭布巾。

帳外，天還沒亮透，仍有涼風，伏廷卻已習慣了，挽起袖，抄著冷水洗漱。等他拿起小刀刮著下巴上的鬍鬚時，遠處操練聲已起。

他手停了一下：「叫他們聲小些。」

近衛稱「是」。

「三哥。」

伏廷放下小刀，抹了下下巴，轉過頭。羅小義領著僕固京過來了，後面跟著僕固辛雲。

「大都護，近來在府上叨擾夠了，又來軍中叨擾，實在心中有愧。」僕固京見禮道。

僕固辛雲跟著他垂下頭行禮。

伏廷說：「既如此，料想僕固部諸事繁忙，你們差不多該回了。」

羅小義聞言一愣，詫異地看了他三哥一眼。

僕固部是有功之部，他三哥一向是很禮待的，還是頭一回說這種逐客般的話。

僕固京似有心要走，接話說：「大都護說得是，是該回了。」

僕固辛雲悄悄抬了下頭，看了伏廷一眼。

羅小義笑著開口，權當圓場：「下次再來，料想各部中都有新景象了，眼下的確是太忙碌了些。」

僕固辛雲忽然小聲開口：「下次再輪到我們僕固部來，至少也得兩三年後了。」

「那妳就是大姑娘了。」羅小義打趣，「三哥你說是不是？」

伏廷點頭：「到時候便可配個僕固部的勇士了。」

羅小義笑出聲來，連僕固京都笑了，還看了看孫女。

僕固辛雲低頭無言。

伏廷束著袖口，對他們一頷首：「軍中還有操練，就這樣吧。」說完轉身就走了。

羅小義這才追上去，小聲問：「三哥，我可是聽錯了？你方才是在逐客不成？」

「不用廢話。」伏廷眼不抬，昨天那馬墜得及時，他心中不是沒數。

一個本就沒留心過的小姑娘，在他眼裡連熟人都算不上，更談不上計較，只是不喜這種小把戲，早些回去就算了。

也免得再叫李棲遲覺得不好打發。

棲遲被新露伺候著梳妝完畢，用了一碗小米淡粥，外面已是日上三竿。

人聲漸漸吵了起來，似有行馬聲。她捏著帕子拭了拭唇，起身正要出去，迎面撞見伏廷走了進來。

「僕固部的人要走了。」他說。

棲遲意外：「這麼快？」朝外面看了一眼，果然是僕固部的人在牽馬。她心說：莫非是昨日一番話說重了，叫人家小姑娘難受了不成。

來者是客，既然真要走了，也不能沒有表示。她想了想說：「那便送送他們吧。」

伏廷已安排好了，拿了馬鞭在手裡，正要走，「他們自軍中走，要走一段近道，路不好走，妳就不用去了。」

棲遲說：「那我騎馬與你一道去。」

伏廷看了她一眼，走出去吩咐：「再牽匹馬來。」

新露聞言，立即去為家主取披風。

棲遲將披風披在身上，邊繫邊出了帳門。

僕固部輕裝簡從來的，也沒什麼好準備的，很快就收拾好了。

軍中出了一隊兵護送。一行人上了馬，整裝待發，忽見大帳方向，大都護和夫人一前一後騎著馬過來。

僕固京連忙調轉馬頭來道謝：「怎敢有勞大都護和夫人親自送行。」

伏廷說：「無妨，走吧。」

棲遲跟著他，不疾不徐，看見隊伍裡的僕固辛雲。

少女穿著雲紋胡衣，頭髮綁成一束，坐在馬上，看了看她，又看了看她身下的馬，似乎沒想到她會騎馬，隨即就轉過頭去了。

出了軍營，一路無話。直到上了山道，道路難行，眾人走成細細的一列，才彼此有了話語。

棲遲看那窄道，羊腸一般，不過只有一段，過去便是坦途，再左右看一眼，的確要比走官道省了一大圈。

伏廷自前面回頭說：「跟緊了。」

她抓著馬韁，看了山道下方一眼，雖不深，卻也有些危險，再看前面，伏廷的馬走得筆直。她的馬似找到了頭目一般，循著他的馬走，一點兒也沒歪，很順利地過去了。

上了坦途，忽然傳來輕輕的歌謠。棲遲看過去，是僕固辛雲在唱歌，唱的是胡語，迴盪在眾人耳邊，有的僕固部人跟著唱。

棲遲趕上伏廷，問：「她唱什麼歌？」

伏廷看了她一眼：「不知道。」

棲遲不信，他連突厥語都會，豈會不懂北地自家的胡語，何況僕固部與突厥很有淵源。她又問：「你真聽不懂？」

伏廷抓著韁繩在手上繞了一圈：「不懂。」

棲遲只好不再問了。

伏廷豈會不懂，那是北地胡部的情歌，唱給有情郎聽的。但既無瓜葛，他不需要懂。

歌聲停時，隊伍也停了。僕固京又回頭向大都護和夫人見禮，請他們不必再送了，到此便可以了。

伏廷打馬出去一步，示意他過去說話，是要說些民生上的事。

棲遲自馬上轉頭，看向僕固辛雲。她也正看著這裡。

「保重。」如初見時一樣，棲遲朝她笑了一下。

僕固辛雲也回以一笑，但沒說話。

伏廷話說完了，打馬回來，扯韁轉了方向：「不回軍中了，直接回府。」接著又說一句，「放心，李硯會有人好生送回。」

棲遲聽他提及姪子便笑了：「他如今跟著你們大有變化，我倒沒那麼擔心了。」

伏廷沒說什麼，只看了看她的笑臉。

道上，僕固辛雲看著他們走遠。

僕固京在旁拍了拍她的頭，笑著搖了搖頭，說了句胡語。

她垂下頭，默默無言。

別人看不出來，自家祖父豈會看不出來她這點心思。僕固京勸她：「大都護是馴服這北地八府十四州的人，這種男人是天上的雄鷹，不服馴的，除非他眼裡有妳，才會收翅。」

可他眼裡已裝了別人了。

至瀚海府城門口，伏廷將隨行的人遣回軍營，只帶著近衛跟著。一入城，他的馬踩到平地，就行得快了。

棲遲有些趕不上，一夾馬腹，讓馬小跑著，才追上去：「你走得太快了。」

伏廷放緩馬速，看她一眼：「妳分明也能追上。」她馬術不差，他看得出來，不過是礙著縣主之尊，在城中顧及儀態罷了。

果然，棲遲低低說：「你要我在這城中追著你跑不成？」

伏廷嘴角一動，忍了笑，看了眼眼前寬闊的大街，日頭照著，人不算多，忽然就想讓她少些莊重，反正在他面前也有那麼多回不莊重了。

「不妨試試。」語畢，他策馬疾馳而出。

棲遲蹙眉，看著他箭一般的背影，又看了身後緊跟著的近衛一眼，覺得被他們看了熱鬧，反倒不好意思留著了。她戴上披風兜帽，抓緊韁繩，疾馳追去。

一路疾行，快到都護府時才看到伏廷騎著馬的身影，隨即又不見了。

棲遲已數次被這男人故意的行徑耍弄過，本想不追了，可已要到府門口了，乾脆還是一路馳馬到底。

到了府門外，她靈巧地躍下，將韁繩遞給僕從，進了府門。

伏廷早已進了府，立在廊下飲了口酒袋裡的烈刀燒，有些好笑，沒事逗弄她做什麼？轉頭，就看見棲遲快步走來。

她很少走得這樣迅速，上一次這般急切，好像還是為了她的姪子。

伏廷看著她斜斜綰著的鬢髮，微挑的眉，走動時輕輕抿住的唇，低頭將酒袋塞進懷裡，緩緩站直。

棲遲走在廊下時還左右看了一眼，沒看到他，待走到主屋外，忽然伸來一隻手，將她拉了進去。

門合上，伏廷抱住她。

她一驚，推他。這還是白天。

他已抱著她走向床榻，一放下她，就跟著壓了上來。

又如上次一般的折磨。

棲遲身顫輕曳，不自覺地忍了聲。到後來一隻胳膊勾著他的頸，她化作了水一般，又像是故意的，在他耳邊低語了一句：「怎麼這麼急？」

很快她就不說話了，是說不出來了。一旦他真狠起來，便讓她無法思索。

伏廷緊繃著體，被她這句話弄得咬緊了牙關。直到看見她無力思索的臉，才算放過她一回，緩和了一些。

女人面若桃花，如花盛放。他對這樣的李棲遲，簡直百看不厭。

李硯回來時，已過去許久。

羅小義送李硯回來，如往常一般要教李硯習武，走至廊下，看見他三哥自房中出來，笑著說了句：「僕固部的事忙完了，接下來三哥可以好生歇上一陣了。」

伏廷翻折著軍服上的領口，「嗯」了一聲。

羅小義順嘴問：「嫂嫂呢，不是與三哥一同送人去了嗎？」

棲遲跟在伏廷身後走了出來，臉頰尚有未褪盡的紅暈。

李硯喚了一聲：「姑姑。」

她應了，聲音輕飄飄的。

羅小義笑著搓兩下手：「嫂嫂，我今日也留在府上吃飯可行？」

「行。」棲遲朝他笑笑，瞥了伏廷一眼。

他立在那裡，長身挺拔，已將軍服整好了。

其實羅小義說了什麼，棲遲沒怎麼聽，全然是順著他的話在接罷了。

伏廷軍服整好了，朝她看了過來，又看了羅小義一眼：「還有事？」

羅小義忽然覺得這一眼不善，好似嫌他妨礙了他們似的。

他方才就覺得他三哥和嫂嫂有些不對勁，可也說不上來哪裡不對勁，一個紅著臉，一個整著軍服，不像是吵了架的樣子，只得嘿嘿笑兩聲：「我們方才是不是打攪到三哥與嫂嫂了？」

棲遲臉上更熱，勉強壓著，鎮定一笑：「沒有的事。」

羅小義拉了下李硯，解釋道：「世子一回來就要見嫂嫂，我才跟著過來的罷了，可不是有心打擾。」

被賣了的李硯聽到姑父那麼問，只怕他不悅，忙說：「我沒什麼事，這便回院裡去。姑姑，我回去了。」

「嗯。」棲遲仍回得心不在焉。

羅小義見李硯走了，只好也走，臨走問一句：「三哥與嫂嫂也還沒用飯吧，可要吩咐一起？」

棲遲誰也沒看，低聲說：「不了，我在房中用。」

伏廷說：「你去吃你的。」

羅小義聽他三哥這麼說，又是在趕人的架勢了，趕緊走人：「我還是與世子一同吃吧。」

人都走了，伏廷才轉過身，看向棲遲：「妳不累？跟出來做什麼？」

乍聽到這句，棲遲臉上剛退下的熱度又要起來了，不禁看他一眼，他眼裡沉黑，偏偏臉色整肅。

她移開眼，輕聲說：「我沒說錯，你這人果然還是壞的。」

伏廷聲音沉沉：「就因為在白日？」

棲遲臉又紅了，眼勾在他身上，不作聲。

伏廷被她眼勾著，腳一動，忽然走近一步，低頭說：「不是說了，這事我說了算。」

棲遲眼波輕輕一轉，低語：「你就是這般做大都護的？」

伏廷並不在意這點反擊，頷首：「不錯，這北地八府十四州都是我說了算，妳也一樣。」

棲遲心想著今日何止是丟了一回縣主的儀態，臉上的紅褪去了又起，差點又要說一句「莽夫」，對上他黑漆漆的眼睛，忍住了。

伏廷又問一遍：「出來做什麼？」

棲遲聲音更低：「想喚人備湯沐浴。」

他抿唇，忍了笑，是因為知道原因。她方才身上出了汗。那一副汗津津柔弱無骨的樣子似還印在眼裡，他摸了下脖子，停了回味——決不會說出來。

想起她的侍女還沒回來，他才說：「喚兩個婢女來安排。」

棲遲喚了一聲「來人」，轉身進了房。

伏廷看著她進去的，不妨礙她，先去書房。

羅小義吃了個飯，又教了李硯一番，時候就不早了。

聽一個下人說他三哥人在書房，他這回總算放心地過去找人。

門一推開，卻見伏廷正從屏風後出來，身上套著衣服，似是剛擦洗過身子的樣子，他「嘖」一聲：「三哥大白天的怎麼如此講究？」

伏廷身上穿著便服，將衣袍一掖，繫著腰帶說：「又有什麼事？」

羅小義說：「先前不好妨礙三哥與嫂嫂，我沒直說。」

伏廷說：「少廢話，直說。」

他這才笑著說：「是好事，我自軍中回來時特地去過問了下胡部買賣的事，其他鋪子還沒有動靜，唯有魚形商號那家已著手做了，就想來告訴三哥一聲。」

伏廷看著他：「他們動作這麼快？」

「是啊，我也驚奇，因此才特地來與三哥說的。」羅小義感慨道：「這牛羊牲畜畢竟是活物，要找貨源，要安排人手，還要規劃好運送的商路，哪一項不需要費時費錢的。這才多久，僕固部才剛走呢，那家商號便已進展得這麼快，我只能說，真是財大氣粗，否則哪有這本事？」他語氣裡全是羨慕。

伏廷一隻手折著袖口，又想起那日議價，那掌櫃的說他們商號到底有多少家鋪子具體都不清楚。「同樣都是做買賣，為何他們家總是格外盡心？」他忽然問。

羅小義被他問得一愣，撓兩下鼻子，想了想：「這家向來是盡心的，料想正如僕固部所言，是仁義之商。」

伏廷思索了一瞬，說：「隨我出去一趟。」

羅小義也不知他忽然怎麼了，趕緊跟上去。

新露和秋霜回來時，天色將晚。

棲遲在胡椅上坐著，換了身衣裳，在飲茶湯。

屋中一直沒開窗，氣息沒散出去，最多的是沐浴熱湯的香氣，隱約的，是其他的氣味。

她覺得那是伏廷身上的氣味，在他軍服上不只聞過一回，被他抱著時聞得最清楚，不難聞，很獨特，大約是專屬於這北地男人的氣息。

「家主。」秋霜近前，小聲在她耳邊說了番有關胡部買賣的事。她和秋霜回來前順帶去幾個鋪中走了一趟，得知進展順利，便趕緊回來了。

棲遲凝神，聽完後，點點頭。是她特地吩咐要越快越好的，手下才辦得如此迅速。

新露在旁，一面點燈一面道：「大都護和羅將軍一同出去了，也不知是去做什麼？」

棲遲聞言，放下茶盞，起身坐到榻上，招一下手：「拿新帳來，趁他不在，我看一會兒。」幾乎一整日都被伏廷弄得心不在焉的，她想找些事情做。

新露為她取帳冊來。她拿了，又道：「去外面守著。」

二人一併退了出去。

一直守到快入夜了，秋霜忍不住推了下新露，小聲提醒她：「莫叫家主看了，大都護一直不回，就不叫她休息了不成？」

新露進了房，卻見家主已經倚在榻上睡著了，悄悄拿下她手中的帳冊，仔細放了起來，正要回頭來榻邊叫醒她，外面傳出秋霜喚大都護的聲音，她連忙垂手退了出去。

伏廷出去一趟，到現在才回，進了門就見棲遲倚在榻上。

他剛在想這麼晚了竟還沒睡，難道是精力太好了，走近了才發現她早已睡著了。

棲遲睡覺一向安分，一動也不動，燈火裡長睫輕掩，安寧得有些不真實。

伏廷手一動，才察覺還拿著馬鞭，放了下來，走近俯身，一隻手臂伸去她頸下，一隻手臂伸進她膝彎。

對他而言棲遲很輕，抱在懷裡，輕輕鬆鬆。

踩著地上的絨毯，一直走到床沿，腳步無聲，棲遲卻忽然醒了。

她先看見男人的胸膛，他穿著簡單的月白胡衣，不是什麼細綢錦緞的，也有些舊了，認出來，這是他的便服，再看見男人剛毅的下巴，往上是他的臉。

她睡迷糊的思緒回來了，才意識到他正抱著她，接著想起自己先前在看帳冊，掃榻上一眼，又掃房門一眼，見已合上，料想新露和秋霜都安排妥當了，才放了心，眼睛又看向伏廷，一眼先看到他的唇。

他的唇很薄，慣常地抿成一線。在幾個時辰前，這雙唇還落在她身上，讓她出了一身的汗，只不過依舊沒親她的唇。

已到床邊，伏廷放下她，才看見她已醒了，抿著唇，要站直。

衣襟忽然被她拉了一下。

伏廷一頓，垂眼看她：「沒睡醒？」

「醒了。」棲遲嗓子未清，聲音有些沙啞，沒來由地問了句，「你親過別的女人嗎？」

「什麼？」伏廷沉聲。

棲遲對他這語氣不陌生，知道他已有些不悅了，眼輕動，緩緩說：「聽說你是北地女人惦記的情郎，我才這般問的。」

他鼻間出氣地笑了一聲：「我不曾聽說過這些。」

北地這麼多事，每一年都是在困苦艱辛中掙扎過來的，他還有閒情管自己是不是別的女人惦記的情郎？只要突厥別惦記著他就是好事了。

棲遲說：「你根本沒回答我。」這沒來由地一問，完全是想到就問了，其實問完自己也有些詫異。

她以為他不會回答了，轉頭拉開被衾。

伏廷直起身，看著她低垂的眉眼，目光掃過她的唇，只當她還沒完全清醒。「沒有。」

棲遲轉頭看他。

伏廷被她盯著，又說一遍：「沒有，只有妳。」

棲遲被「只有妳」這三個字撞進心裡，愣了一下，連方才在問什麼都忘了。

伏廷看了看她的模樣，走到屏風後，抄著盆中的涼水洗手。

他確實從沒親過別人，除了她李棲遲。

僕固部走後，都護府便恢復如常，又是安安靜靜的。

一大早，棲遲醒了，還以為已經很早了，轉頭卻見身旁已無人。

新露麻利進來伺候，不等詢問就稟報：「大都護剛剛出府了。」一面說，一面過來伺候她穿衣。

「又要入軍中？」棲遲問。

羅小義昨日還說僕固部走了，就可以好好歇上一陣子了，怎麼他又忙起來了？

「不知，只看見羅將軍在外等著。」

棲遲想起來，昨日他們一起出去過，可能是真的有什麼事吧，便沒再問。

伏廷走到府門外，身上軍服齊整，腰上掛著佩刀。

羅小義牽著馬走到他身邊：「三哥，不是叫你歇一陣子嗎，怎麼又忙上了？」

伏廷拿了轠繩，站在馬前：「北地這麼多事，你替我幹？」

「那你昨日還認了我的話。」

伏廷認他的話不是說自己，是說棲遲，僕固部走了，她可以歇著了。他還有北地這麼一個大攤子，如何歇的了。

他翻身上馬，問：「讓你做的事如何了？」

羅小義道：「按你說的，我留心著那商號，真是沒話說，辦事太利索了，就這一晚，我再過去問，又是一番進展，料想用不了多久胡部就能與他們交易了。」

昨日他跟著他三哥在城中轉了一圈，到入夜才回，將城中那家魚形商號的鋪子幾乎都看了一遍。伏廷叫他留心一下買賣的事，他便很上心地照做了。

羅小義想了想，又道：「這家不僅有錢，辦事還快，聽聞他們家在北地又多出許多鋪子，既然如此仁義，以後說不定還會再幫咱們呢。」

伏廷忽然看他一眼：「你剛才說什麼？」

羅小義一愣：「三哥問什麼？」

「你說他們家忽然在北地多出許多鋪子？」

羅小義點頭：「是，你昨日叫我留心，我才察覺的。」

伏廷問：「何時的事？」

羅小義仔細回想：「約莫就是我們自皋蘭州回來之後，簡直如雨後春筍一般，不只瀚海府，下面各地也多了許多。」

伏廷想著昨日見的那一家一家的鋪子，不是尋常散漫的買賣，是一家連成一體的大商號，各有分管，井然有序。他沉思良久，翻身上馬：「替我傳份文書過去。」

羅小義跟著上了馬，問他：「傳什麼？」

「我要見他們東家一面。」

第十七章　共度生辰

李硯在院中練著一套羅小義教的招式。收了最後一招，他往邊上看，靦腆地問：「姑姑，如何？」

棲遲今日特地來關心他的學業，問到他習武如何了，他便練了一手給她看。她收著手站在邊上，看著他笑：「我看不出好壞，只能說你比起先前結實了一些，總是好事。」

李硯抹了把額上的汗，覺得這已是誇讚了，剛要再說話，忽見秋霜自院外匆匆而來，一路小跑，他不禁奇怪：「這是怎麼了？」

棲遲看過去，她身邊的人一向規矩，很少這樣。

秋霜已跑到跟前：「家主，有要事。」

棲遲見她臉色不對，立即問：「怎麼了？」

秋霜小聲說：「都護府傳了文書，大都護說要見東家。」

棲遲一愣，竟有些沒回過味來，「哪個東家？」

秋霜急道：「魚形商號的東家，自然就是家主您啊！」

棲遲臉色一凝，將這話仔細回味了一遍，「妳沒弄錯？」

秋霜連連點頭：「決不會有假，羅將軍將文書送到鋪子裡，下令要儘快遞送給東家，說是大都護親自下的令，不可有半點延誤。」

棲遲驚訝過後，很快鎮定下來，想了想，又問：「可曾說了緣由？」

「不曾，」秋霜說：「只說要召家主來見。」

棲遲沉默，理著頭緒。

李硯全聽到了，但還沒弄明白。她姑姑是商號東家，姑父卻要見東家，那不就是兜了個大圈子，卻是要見他姑姑嗎？

他知道自古輕賤商賈，從不敢將姑姑暗中經商的事往外說，不免有些擔憂，看著棲遲：「姑姑，要緊嗎？」

棲遲思索片刻，朝他笑笑：「你不用擔心，該幹什麼幹什麼，此事我自會料理。」

李硯素來相信姑姑，乖巧地點頭，「我只能幫姑姑守口如瓶了。」

「如此就夠了。」棲遲說完，看秋霜一眼，往院外走。

秋霜會意地跟上。

到了院外，棲遲才說：「暫時不明原因，先不要慌亂。」

目前都護府裡知道她有這身分的只有秋霜與新露，還有李硯。伏廷是因為什麼要見她尚不清楚，她不能自亂陣腳，還是等他回來再說。

午後申時三刻，棲遲將帳本一冊一冊地收好，鎖入櫃中。

剛在妝奩前坐下，便聽見外面的腳步聲，她立即起身，走出去時，已迎上男人的身影，險些要與她碰到一起。

伏廷收住腳，看著她：「要出去？」

「沒有。」棲遲退了一步，讓他進來。

伏廷進了門，抽了腰後馬鞭扔在一旁，轉頭去案頭上拿茶盞。

棲遲看他胡靴上沾了灰塵，可能是剛忙完什麼事情回來，又見他拎著盛涼水的茶壺隨手倒了一盞便要飲，將剛煎好的熱茶湯倒出一盞，走過去，遞給他：「喝這個吧。」

伏廷端著涼水已送到嘴邊，看見她遞來的，目光落在她臉上，放下手裡的涼水，接了她那一盞，喝了一口。

茶雖精貴，加了太多東西，反而不解渴，但他喝完一口，接著又喝了一口。

棲遲看了看他的臉色，問：「聽聞那胡部買賣的事進展得很順利？」

伏廷「嗯」一聲，放下茶盞。

「那些商戶，可頂用嗎？」她又問。

伏廷自然而然地就想起魚形商號那家：「還好。」說著看她一眼，「為何問這個？」

「秋霜今日外出採買，看見小義自那魚形商號家的鋪子裡出來，似是宣了什麼命令，回來告訴了我，我還以為是進展不順利呢，這才問起。」棲遲說著，往想問的事上慢慢靠近，「小義可是真宣了什麼命令？」

伏廷也沒瞞她：「沒什麼，是我想見一見那家東家。」

「為何？」她終於接上自己想問的。

伏廷又盯住她。

棲遲暗暗捏住手心：「我只是好奇，你身為大都護，因何想要見一個商人？」

「探探他的底。」伏廷說著，走去屏風後換衣。

羅小義先前也問過他，為何非要見一個商戶的東家。他回答說：「事出反常必有妖。」

如此不計得失地相助都護府，一次，他可以相信是出於仁義，兩次，卻未必了。

那位東家根本不是北地之人，甚至未曾到過北地，卻可以放棄商人逐利的本性，數次相助都護府與北地，未免太過奇怪了。

過往幾年，也曾有幾大都護府出面，說要替他在聖人面前進言，詳敘北地艱難，讓朝廷重視。他留了個心眼，並未多言。到頭來，不過是想從他這裡獲得良駒精兵做交換。

未能得逞，那幾大都護府最後好話都說給了自己，並未替他的安北都護府說過半句話，反而爭著去朝中要錢。

他一路走到今日，從不相信天底下會有平白無故的好事。朝中尚且講利益，何況是本就重利的商人。

一家本就財力過人，如今又在北地各處蓬勃發展的商號，尚不完全知根知底，已與都護府扯上諸多關聯，還滲入了民生關節。北地多年艱苦，剛有起色，他不得不謹慎。

棲遲還站在小案旁，想著他那句話。她不好問得太過詳細，自然也不知他要探什麼底，一時反倒更沒底了。

她往屏風後看，伏廷沒完全走進去，半邊身體被擋著，低著頭，在鬆袖口。

似是察覺到她的目光，他轉頭看了過來，手上未停，眼睛盯著她：「還有要問的？」

棲遲不好再問這個，否則就太過明顯了，問了別的：「瀚海府有何值得一去的地方？」

伏廷眼在她身上一掃，覺得她今日有些不同，盡問些不相關的事，卻還是答了話：「能去的地方很多，但方便的大概只有佛寺了。」

「什麼佛寺？」她問。

伏廷說：「妳先前去過。」

棲遲想了起來，她也只去過一家佛寺，就是城外那家，沉思一瞬，提議說：「不如去那佛寺中住上些時日如何？」

伏廷轉眼看來：「為何？」

她輕聲說：「在府中感受不到什麼春光，料想在外會好一些。」這是隨口找的理由，也不知他是否會答應。

伏廷抿著唇，脫著軍服想，這似乎是她頭一回提要求。

棲遲還在等他回答。

他看了看她的臉，點點頭：「我會叫小義安排。」

「嗯。」棲遲在案邊緩緩坐下，又悄悄看了他一眼，沒料到他竟爽快地答應了。

怎會說他是莽夫，這男人能叫莽夫的時候大概只在床上，心思分明深沉得很，否則又如何會來這突如其來的一步？

第二日一早，羅小義收到他三哥的傳令，做好安排，趕來都護府。

一行僕從已將馬車備好。他在門口等了片刻，看見他三哥走了出來，快步迎上去說：「三哥，寺裡已打點過了。」

所謂打點，就是讓選好的兩隊士兵身著便服護在寺外，這是伏廷的吩咐，既不妨礙他人正常進香，也可保證安全。他說完又道：「嫂嫂怎會想起去寺裡住了？」

伏廷說：「她想去就去。」

羅小義笑道：「三哥果然還是疼嫂嫂的。」

伏廷掃來一眼：「去開路。」

羅小義笑嘻嘻地去前面上了馬。

棲遲走出府門，身上披著件湖綢披風，看著伏廷：「我好了。」

伏廷點頭，伸手扯了馬轡，翻身上馬。

新露秋霜一個打簾，一個放墩，棲遲踩著登上了車。

一早的寺院裡還無人進香，安安靜靜的。

山門大開，眾僧在列。住持聽聞大都護與夫人竟要來寺中小住，早就領著僧侶們候在山門前恭迎。

等了約有半個時辰，方見得一行人往山上來，住持忙迎上前去見禮：「大都護、夫人，請——」

伏廷走在前，棲遲緩步跟在他身後，一同入寺。

他今日身上換了件玄黑色軍服，身上佩劍，比起往常愈發一身寒冽。入殿前，棲遲忍不住，扯了下他的衣袖。

伏廷回頭，見她在他腰上看了一眼，明白過來，她是提醒自己別嚇著寺裡的僧人，動手將劍解了，拋給近衛，才邁步進去。

住持一路做請，引著二人到了後院禪房前，呼了聲佛號，停下說：「得知大都護與夫人要來，特地空出寺中最好的兩間禪房，只因寺院乃清修之地，冒犯大都護與夫人分房住了。」

棲遲聞言，多少有些不自在，下意識先看了伏廷一眼。

他目光沉穩，一如平常：「知道了。」

住持道了謝，恭謹退去了。

伏廷轉頭看棲遲：「看什麼？」

原來他發現了。棲遲眼一動，轉開：「沒看什麼。」

伏廷多少猜到了，嘴角忍笑，轉頭去看那禪房，兩間是挨在一起的，都差不多，只不過左邊一間朝南，光亮堂些。他先走進了朝北的那間禪房。

棲遲見他進去了，便進了南面的禪房。

新露和秋霜跟進來，手腳麻利地為她料理房中事宜。只一會兒，秋霜便悄悄走近，道：「家主是故意住到寺中來的？」

棲遲點頭。哪裡是為了什麼春光，只是見伏廷動了真，在都護府裡或許會不方便她安排，出來了會便利一些。

秋霜又小聲問了句：「那家主可有計較了？」

她蹙起眉，輕輕搖了搖頭：「文書要送到，理應要花些時間，先不要動作。」

秋霜轉頭與新露對視一眼，都不再多言，只當是來此遊春。

棲遲在禪房裡待了片刻，出來時，日頭不過剛升起。

這後院裡種了些花樹，只是北地春晚，其實所謂的春色還不如都護府，一截桃花枝挑出來，枝光禿禿的，花剛結了骨朵。她站在樹下，卻沒用心看，只在想著這樁棘手的事。

伏廷正要出寺，經過時停了下來。

棲遲側對著他，站在樹下，大概是因為要來佛寺，今日頭上綰著莊重的雲鬢，未戴貴重首飾，素淨的一張臉，卻更顯得雪白。也不知在想什麼，竟沒注意到他站在一旁。

他也不出聲，看到枝頭一截桃枝掃著她的鬢髮，再看她，仍在出神。

他乾脆伸手，將那截桃枝折了下來，又看了看她的臉，手捏著，簪在她的髮間，瘦枝綴骨朵，襯著她的髮，如同裝點似的。

看了看，還是拿了下來，他沒有捉弄她的心，想到他身為大都護，卻身無餘錢，總不能給自家夫人只簪一枝桃枝。

棲遲感覺髮上被什麼碰了一下，終於回神，轉頭看來，才發現他站著，一隻手拿上馬鞭，另一隻手裡卻捏著一枝桃枝，詫異問：「那是什麼？」

伏廷隨手扔了：「剛折的罷了。」說完往外走去。

「去軍中？」棲遲問。

「嗯。」他已走遠。

棲遲想還好是去軍中，看著他走了，忽然覺得髮上似有什麼，伸手摸了一下，摸到一顆花苞。

她撚在指間看了看，也不知是何時沾上的。

寺中日子，枯燥，且一成不變。

講經房裡，住持講經的聲音沉緩寧靜。諸位僧人安安靜靜地坐在下方的蒲團上，鴉雀無聲。最前方，棲遲端正跪坐，也在聽經之列。

一篇經講完了，住持合上經書，恭敬地問：「不知夫人聽到現在，有何見解？」

棲遲並非是真來聽經的，只是為了讓自己看起來更像是過來尋常小住的模樣罷了，甚至方才住持所講的經文她一句也沒注意聽。她雙手合十，將問題抛還回去，溫聲說：「還請住持賜教。」

住持呼了聲佛號，道：「佛說四大皆空，心境豁達，便可超脫塵世。」

棲遲問：「如何做到四大皆空，心境豁達？」

住持答：「放下掛礙，便可無欲無求。」

棲遲聞言不禁笑了一下，這世上有幾個人能真正放下掛礙？她自光州而來，就帶著一份最沉最重的掛礙。

她搖搖頭：「我有欲亦有求，所以我只是人，成不了佛。」

住持被這話一回，礙於對方貴為大都護夫人，也不好再拿什麼佛理來說服她，只合著雙手又呼一聲佛號，不再言語了。

門邊，新露一直站在那裡，此時忽然朝門裡露了個臉。

棲遲看見，起了身，話別住持，走出門去。

出了講經堂，她領著新露，一路進了大雄寶殿。殿內香煙嫋嫋，香客不多，有人正在佛像前跪拜。

秋霜在旁邊的蒲團上拜著，拜了幾拜之後，起身，旁邊那人已走了。那是棲遲名下鋪子的一個掌櫃。

秋霜過來，小聲說：「家主，羅將軍給鋪子裡安排了八百里加急去送文書，便是東家遠在天邊，也很快就要給出回覆了。」

棲遲聽了，愈發覺得伏廷是鐵了心地要見她，自言自語般道：「官家召見，身為一介商戶，是沒理由拒絕的，何況還是安北大都護。」

尚不知伏廷用意，她也不好輕易找人冒名代替，萬一弄巧成拙，得不償失。

正沉思著，羅小義一腳跨入殿來。

棲遲看到他，先看了他身後一眼，下意識地找伏廷，卻沒見到。只有他一人進門，身上還穿著甲冑，就這麼大大咧咧地進了佛殿。

不想羅小義也是來找伏廷的，看到她就問：「嫂嫂，三哥可過來了？」

棲遲搖頭，想了想說：「如若軍中沒有，那便是回府去了，也不一定日日都住在這佛寺。」

「那怎會？」羅小義笑起來，「嫂嫂既在這裡，三哥豈會不來？」

棲遲被這話打趣得笑了一下，心中微動，覺得他好像在說伏廷在圍著她轉似的。

羅小義沒注意她的神情，看了殿內一圈，接著又道：「那我還是去府上找三哥吧，在這佛寺裡不能吃酒，什麼也幹不了。」

棲遲好笑：「你可得放敬重些，在寺中怎能還想著飲酒？」

「嫂嫂冤枉我了，我可不是一心想著飲酒。」他道：「只是因為眼看著三月就要過去了，還有頓生辰酒未吃呢。」

棲遲問：「什麼生辰酒？」

羅小義看了看她，忽然一拍腦門：「是了，嫂嫂定然還不知道。」

棲遲不禁奇怪：「知道什麼？」

羅小義手一抬，示意她借一步說話。

新露和秋霜退開兩步，去一旁候著。

棲遲跟著他走了幾步，站到那佛像的側面，才問：「到底什麼？」

羅小義笑了一聲，神神祕祕地道：「嫂嫂竟不知，三哥的生辰就在三月啊。」

棲遲一愣，全然沒有料到他會說出這麼一句：「真的？」

羅小義見她不信，反問一句：「嫂嫂可還記得三哥的小字喚作什麼？」

伏廷的小字……

「三郎。」這名字當初只聽羅小義說過一回，她便記住了。

「正是，」羅小義點頭，「三哥之所以叫這名字，就是因為他生在三月。」

原來如此。棲遲前一刻還在思索著對策，這一刻卻被這消息弄得意外不已：「就是今日？」

羅小義笑得有幾分尷尬：「那倒不是，三哥父母過世得早，他一個人從不在意自己，哪裡還記得自己是哪日生的。只是我與他一同從軍多年，才知道這事，每年都惦記著，趕在三月裡尋一日拉他喝上一頓酒，便算是順帶著過了。」

說到此處，他忽然兩眼一亮，看著她：「對啊，今年嫂嫂來了，理應由嫂嫂來為三哥過才是啊！」

棲遲怔了怔，一時無話。

是不知該說些什麼。按道理說，她身為妻子，是應該過問的，卻還是靠羅小義提醒才知道這事。

羅小義當她不好意思，笑了兩聲：「那我走了，也不去找三哥了，這事便交給嫂嫂了。」

他想著他三哥往年身旁無人，做兄弟的陪著是理所應當的，現在自然是人家夫妻倆一起過才是最好的。

棲遲看他當真麻利地走了，無言地站了片刻，回想連日來伏廷一切如常，該做什麼做什麼，一點兒跡象也沒表露出來，若非方才羅小義提及，誰能想到，這竟然還是他的生辰月。

她轉頭喚了新露和秋霜，一同往後面的禪房走去。

秋霜跟著，以為家主與羅將軍方才說了那麼久，是有關眼前正棘手的事，卻聽她忽然問：

「為人過生辰的話，要送什麼？」

秋霜不禁看了新露一眼。

新露反應快些，笑道：「以家主的財力，要送什麼還不都是易事。」

棲遲心想，是容易，但未必合適，否則何須一問。

若是能叫他轉開對自己商號的注意力，就是為他大操大辦三五日又如何，根本不在話下。

可那是伏廷，分明是不可能的。

天色將暮，伏廷將馬拴在寺外，進了山門。

寺中已無外客，僧侶們正在做晚課，念經聲朗朗。他直接走去禪房。

到了門前，他先朝旁看了一眼，隔壁禪房的門緊閉著。他以為棲遲早早歇了，伸手推開自己那間禪房，走進去，卻看見女人模糊的身影。

棲遲襦裙曳地，臂挽披帛，正站在窗邊關窗，窗合上時，轉頭看了過來。

「你這間好似比我那間小。」她看了看左右說。

寺中的禪房，自然比不上都護府，連擺設都沒有，牆角一張床，門邊一只擱盆的木架，就連吃齋用的小案都是為著他們來而特地添置的。她覺得她住的那間，要比這間更敞亮一些。

伏廷將佩劍豎在門邊，馬鞭扔在地上：「我看都差不多。」

棲遲有意無意地問了句：「今日可是也忙那商戶的事？還以為你不來了呢。」

伏廷說：「不只，諸事繁多。」忙到此刻，他特地趕在城門落下之前，又來了這裡。

棲遲不再多問，目光追著他的臉。

伏廷忽然看了看她：「為何等在這裡？」

她回：「小義來找過你，他說三月就要過了。」

「嗯。」他不以為意，「那又如何？」

若非羅小義言語認真，光是見他此刻說得如此輕巧，棲遲可真要懷疑是不是根本就沒這回事了。

「小義說，」她緩緩開口，盯著他的神情，「你的生辰就在三月。」

伏廷的目光在她身上定了定，嘴一撇，笑了下：「我早忘了。」

棲遲點頭：「小義說了，他說你連自己生辰在哪一日都不知道。」

伏廷走到盆前，抄了水洗了把臉，一隻手抹去臉上的水珠，又扯正了軍服領口，沒作聲。

他自幼清貧，本就不怎麼過生辰，父母離世時，他才剛過十歲，自此就更沒人記得他的生辰了，多年下來，自然是不記得了。

棲遲倚在窗前說：「多可惜，你身為安北大都護，若每年過生辰，光是禮金也應當是項不小的入項呢。」

伏廷險些要笑了：「北地都這樣了，妳竟還叫我這樣斂財。」

棲遲自是知道他幹不出來這事，故意說的罷了，說完自己先笑了一下，轉口問：「過了生辰，你今年多大了？」

伏廷看著她：「我以為妳成婚時就該知道了。」

棲遲眼珠動了兩下，聖人賜婚，成婚倉促，她並未留心，那時心裡只有哥哥的事，只能說：「記不太清了。」

伏廷說：「再有兩年就到而立之年了。」

棲遲聽在耳裡，料想他也不記得自己的歲數，趁機問：「那你可知道我多大了？」

伏廷只想了一瞬就回：「比我小四歲。」成婚時他看到的，仍有印象。

他們成婚時都已過了尋常人成婚的年紀。他是因為北地，一直無暇顧及婚事，故而拖了多年。李棲遲，他想應當是因為曾與河洛侯府有婚約，所以未能早早議婚。

棲遲無話可說，沒想到他真知道。

她悄悄看他，心想很少有人能在他這年紀就做到如此高位的，不過尋常人在他這年紀，膝下早已不只一個孩子了。

不想了，她伸手指了下小案，岔開了話：「那是為你備的。」

伏廷看了一眼，案上擺著描彩的漆盒。「什麼？」

「給你的生辰禮。」

伏廷掃了一眼就說：「我從來不過生辰。」

棲遲離了窗邊，走到那小案後，跪坐下來，伸手揭開漆盒：「你何不先看看是什麼？」

伏廷看她兩眼，走近，在她對面坐下，看了漆盒一眼。

盒中擺著碗，裡面是尚且冒著熱氣的一碗麵。他掀起眼看她。

棲遲迎著他的視線說：「我知道你不願意我在你身上多花錢，這寺中也沒什麼可花錢的地方，一碗長壽麵罷了，難道只是這樣，你也不願過？」

伏廷抿住唇，目光從她的臉上又掃到那碗麵上，許久才說：「妳特地準備的？」

棲遲想起還是羅小義提醒她為他過的，似乎也不能算是特地準備的，只得避重就輕，輕聲說：「麵我倒是跟著一起做了。」

伏廷看了她的手一眼，那雙手纖白細嫩，料想從未沾過陽春水。他心中一軟，伸出手，端出那碗麵。

棲遲看著他拿起筷子，低下頭，一言不發地撈起麵，送進嘴裡。

他吃得很乾脆，毫不拖泥帶水。長壽麵只圖個吉利，本也不多，幾口便吃完了。

棲遲看著他放下碗筷，又看他的神色，低低問：「如何？」

伏廷緊抿著唇，喉結動了動，臉繃著，好一會兒才說：「太鹹。」

她蹙眉：「不可能。」她明明看著新露做的，鹽倒是她放的，也是按照新露說的放的。只因寺中貧寒，吃不起精貴的細鹽，還是她叫秋霜特地買來的。

她看了空碗一眼，又說：「你分明都吃完了。」總覺得他又是故意的。

伏廷將目光轉到她臉上，看著她的眉眼，慢慢看到她的唇上。他一手撐在案上，傾身過來，沉聲說：「張嘴。」

「嗯？」棲遲看向他。

他另一隻手捏住她的下巴，倏然低下了頭，結結實實地堵住她的唇。

棲遲愣住，沒料到他忽然親了她。她甚至快以為他不會親她了。

唇被迫張開，碰到他的舌，她驚了一下，被他的手牢牢按在頸後，實打實地觸上去。

他的眼始終睜著，看著她的臉，揉著她的唇，碾壓了一遍。她被那漆黑的眼盯著，心跳得發麻，喘不過氣來。

直到最後，伏廷狠狠地在她唇上含了一口，才放開她：「鹹嗎？」

棲遲在他眼前喘著氣，抿唇，點頭：「鹹的。」其實並不確定，似嚐到了，又似只纏了他的舌。

伏廷看著她的臉，喉結滾動，想笑自己。故意扛了這麼久不親她，現在卻輸在一碗麵上。

外面傳來一聲佛號的聲音，似是個年輕的小沙彌，在問：「夫人何在，可要傳齋飯來？」

新露回：「稍後吧。」

棲遲才想起還在寺中，看了看他，起身道：「我先過去了。」說話時仍有些輕喘。

伏廷只頷首，沒說話。

棲遲一手提著衣擺，走到門口，停了一下，回過頭，試探著，輕輕喚了聲：「三郎。」

伏廷坐著的身體一頓，轉頭看向她：「妳喚我什麼？」

棲遲手指撩起耳邊的髮絲，抿了抿微麻的唇，眼垂下，又掀起，落在他身上：「我不能這麼叫嗎？」

伏廷盯著她，喉結又一滾，點頭：「能。」

當然能。這名字已多年未有人喚過，久到他自己都快忘了。除她之外，世上好像也沒有人有資格喚了。

第十八章　身分暴露

三月就這麼過去了。

清晨，僧人做早課時，棲遲起了身。

新露拿著塊濕帕子過來，雙手遞上。

棲遲接過來擦了擦手指，推開窗，遠遠看見院牆那幾株桃樹上，終於開出兩三朵花來。

視野裡忽然多出一雙男人的長腿，她轉眼看去，就見伏廷從隔壁的禪房走了出來。

他又穿上那身蟒黑胡服，腰帶緊緊束著，一面紮著袖口，一面朝她看了過來，走近兩步站到窗前，眼眸看著她：「剛起？」

「嗯。」棲遲看著他擋在窗前的胸膛，又看了看他紮好的那隻袖口。

「僧人們都不在，妳還不如多睡片刻。」伏廷說：「現在可能沒人給妳備齋。」

他很少有關心這些小事的時候。棲遲不禁多看他一眼，笑了下：「無妨，我自己有侍女，已讓秋霜去忙了。」

伏廷笑了下，覺得自己是多此一舉了，手上正好將兩隻袖口都紮束好了。

棲遲打量他：「要出去？」

「今天不用，」伏廷望出去，「稍後有人要來報事。」

棲遲看他腰上未掛刀劍，也沒拿馬鞭，的確不似馬上要出去的模樣，想了一下有人要來報事的意思，又問：「什麼人？」

伏廷也不隱瞞：「那商號裡的人。」

棲遲心中一動，已猜到了。是她吩咐的，來這寺中給伏廷回覆，便於她在旁安排。沒料到比她想得還快。

「只為了這個，你都不去軍中了？」她覺得不可思議。

伏廷一隻手搭在窗沿，似是無意間的一個舉動，都快要碰到她壓在視窗的衣裳了，他頭低了些，說：「這很重要。」

棲遲眼神輕動，已看出他的意思。

正站著，秋霜從遠處走來，看見大都護在門邊站著，愣了一下，走過來，先向伏廷見了禮，再面朝著棲遲說：「家主，請您移步去用齋。」

伏廷問：「為何不送入房中來？」

「是我不想在房中吃的。」棲遲說著走了出去，對他道：「我先過去，很快就回來。」

伏廷看著她走遠，覺得這話似是叫他別走，就在這裡等著她一樣。

秋霜跟著棲遲，轉了個彎，在寺院僻靜的牆角處，才低聲開口：「家主，人已到了，這次是糧鋪掌櫃親自來的。」

糧鋪就是被燒了半間鋪面的那個鋪子。那掌櫃當初還在做質庫掌櫃時，棲遲就覺得他辦事比較穩妥，才會交給他去整治邕王世子。自出席過議價之後，伏廷應當是澈底記住他了，召見的文書也是直接送去他的鋪中。

上次來大雄寶殿拜佛給秋霜遞消息的是另一個掌櫃，卻也是這掌櫃的託付來的，就是怕叫伏廷認出來，故意找了個生面孔，可見他心思很細。

棲遲聽說他本人親來，稍稍放了些心：「人在何處？」

「在大雄寶殿裡候著。」秋霜有些擔心，「家主，事已至此，到底要不要推掉？」

棲遲站在牆根處，細細思索著，甚至將伏廷的話從頭到尾回味了一遍。他說：這很重要。直到真快過了一頓齋飯的時間，她才朝秋霜招了下手。

秋霜正等著，立即附耳過來。

棲遲低低說了幾句。

秋霜看了看她的臉，略有遲疑，但見她神情鎮定，便不再多問了，匆匆轉頭回大雄寶殿去傳話。

伏廷仍在禪房外站著，一身軍服整理得服帖筆挺。

一個近衛過來報：「稟大都護，人已到了，只因在大雄寶殿裡拜會兒佛，拖延了少許，正要告罪。」

他不想耽擱，說：「直接帶來這裡。」

近衛退下去領人。

伏廷再抬眼，就見棲遲遠遠走了回來。

她走近問：「有人報事，我可以一併聽嗎？」

伏廷看得清楚，她說話時眉頭微微挑了一下，不確定他會答應似的。他連她這些小表情都留心到了，聽著她低軟的語氣，扯了下嘴角：「可以。」

棲遲笑了一下，走回房中，又在那窗口邊站著，兩隻手收在袖中，隔著窗，遠遠看見穿著一襲青布袍子的掌櫃已被近衛帶來。

到了禪房前的臺階下，掌櫃跪拜見禮。

伏廷有意半邊身子遮著窗口，問他：「如何說？」

掌櫃頭也不敢抬，搭著手回：「大都護見諒，東家近來四處經商，不慎染病，身體抱恙，正臥病在途中，並不適宜趕路……」

「是嗎？」伏廷打斷他。

棲遲悄悄看了他的側臉一眼。

伏廷直視著掌櫃，臉色沉定，看不出喜怒，只是一改聲音，沉冷了許多：「不知是哪個途中，可要我親自走一趟。」

掌櫃忙拜到底，恭謹道：「不敢，是小的怕說錯話，只顧著在腹中措辭，未能及時將話說完，大都護見諒。」

他拜了拜，連忙接著道：「東家雖身染疾病，接到大都護召見的文書後卻是不敢怠慢。儘管落腳處離北地有些路途，仍是匆忙上路，一路換快馬，晝夜無休。只是這一通日夜兼程下來，病情又加重了許多，因而特地傳信於小的來向大都護請罪，只要大都護肯恕她無狀，她便是夜間也要來拜見大都護的。」話鋒一轉，這一通話便言辭誠懇，且誠惶誠恐。

棲遲不動聲色地聽著，皆是按照她所交代的說的。她知道伏廷不會接受推託之詞，故意以退為進，主動拋出萬般誠意，也許反而能叫他打消幾分疑慮。再不濟，也可以拖延些時間。

伏廷在窗邊走動兩步，只這兩步，卻叫掌櫃脊背微微哆嗦了幾下。他掃了一眼，說：「也好，那就夜間。」

掌櫃渾身一僵，緩緩抬頭，訥訥道：「大都護說夜間？」

他頷首：「就如你們東家所言，夜間見。」

掌櫃無言，當著他的面，不敢看窗中的棲遲一眼。完全沒料到大都護會順著這話，直接定了下來，竟有種不近人情的架勢。

棲遲也沒想到，不自覺地咬了一下唇。這男人，根本不按常理行事。

掌櫃被近衛帶了下去。

伏廷轉身，看向她的時候，棲遲也正要探身過來說話，隔著窗，她的臉正對著他的胸膛，幾乎要貼上。她一抬臉，看見他的下頜、他的唇。

伏廷頭低了些，下巴緊收，看著她近在胸膛的臉。

莫名其妙的，兩個人竟然誰也沒說話。

直到禪房裡站著的新露悄悄背過身去，伏廷餘光掃到，才開口說：「我出去一趟。」

棲遲回了神，自然知道他是要去幹什麼：「夜間不回了？」

「那得看那位東家了。」他將手在窗沿上一按，轉身走了。

新露此時才敢回過身，匆匆走到窗邊，不敢置信地問：「家主，方才掌櫃的說的是真的？」

秋霜快步從外進來，接過她的話：「自然是真的，是家主親口吩咐的。」

新露震驚：「那……那要如何去見大都護？」

棲遲倚窗良久，嘆了口氣：「給我備身男裝來。」

秋霜眼都瞪圓了：「家主要親自去？」

棲遲「嗯」一聲。事已至此，避無可避，只有她親自去見了。

從太陽下山，到天黑入夜，羅小義領著一隊人，一直等在瀚海府的城門口。

今日城門不落，還有軍士在此守著，左右百姓以為軍中有要務，皆不敢近前。

直到剩下城頭燈火時，夜色裡，一行人快馬而至。

伏廷領著幾名近衛，自軍中一路疾馳過來，手中執鞭，腰後佩刀。

馬一勒停，羅小義拿了支火把，打馬上前，先說趣一句：「三哥在寺中住到現在，可算捨得回城了，若非那商戶有了回音，只怕還是不捨得回來的。」

左右近衛跟隨伏廷多年，雖不敢直接笑，卻也在忍著笑。

伏廷沒管他廢話，直接問：「對方有新回音沒有？」

羅小義正色道：「沒有，我等到此刻，也未見有馬車過來。」

伏廷不語。

片刻工夫，有兩名士兵飛奔來報：「大都護，魚形商號的掌櫃遣人來報，人已到城外三十里的醫舍。」

羅小義一愣，看著伏廷：「怎麼著，這是不打算入城來了？」

伏廷扯了下韁繩，心想：不管如何，至少來了。他一夾馬腹：「去醫舍。」

軍中人行馬烈烈如風，持火趕路，不出半個時辰，他們便已快馬行至醫舍前，停住時，卻又齊整無聲。

伏廷下了馬，掌櫃已自門邊過來，在他眼前見禮。

他打量了下眼前。醫舍建在城外，做的多是往來流客，或是周邊小民的生意，儘管如此，這間醫舍卻也有高牆院落，屋舍數間。

他問：「這也是你們東家名下的？」

掌櫃回：「是，東家因為染病，行到此處已是極限，不得已落腳，這才勞累大都護親自過來，實在萬不得已。」

伏廷沒說什麼，揮了下手，叫所有人在外等候，只看了羅小義一眼，示意他隨自己進去。

掌櫃在前引路。

穿廊而過，走到盡頭，一間室中亮著燈火。掌櫃停步，向伏廷稟道：「大都護，東家的病不適宜見太多外人，望大都護體恤。」

羅小義賊笑：「那如何使得，這可是大都護，萬一你們東家圖謀不軌，總得有人在旁防著。」

掌櫃哭笑不得：「我等小民，哪敢有那心思，這醫舍為迎接大都護都已清空了，將軍何必玩笑。」

羅小義見嚇著了他，嘿嘿一笑。這家素來仁義，怎會做這事，他故意玩笑罷了。

伏廷說：「你就在門口等著。」

「行。」羅小義在門邊站了下來。

掌櫃推開門，弓身做請。

伏廷走進去，一眼掃過室內，四周密閉，藥香嫋嫋，卻沒見到人，只看見一架屏風。屏紗不透，映著燈火，難以看清後面的人。

他掃了一眼，問：「何意？」

掌櫃忙下跪道：「大都護見諒，東家重疾，出不得聲，臉也實在無法見人了，但又一心要見大都護一面，不得不出此下策，因而先前才說要請大都護恕她無狀。」

伏廷想了起來，沉聲說：「是說了這話。」

掌櫃鬆了口氣：「無狀之處，正是指這個了。」

伏廷盯著那屏風，將衣擺一掀，在外坐下：「我只問幾句話罷了，不想卻連話都說不成了。」

掌櫃立即奉上茶來，又退去屏風邊跪坐著，接了張紙出來，送到伏廷眼前，恭敬道：「請大都護任意發問，東家雖此刻口不能言，但仍有些力氣提筆寫字。」

伏廷接過看了一眼，上面寫了番告罪之詞。他將紙按在一旁，不露聲色，只盯著那屏風。屏風裡，棲遲身著一身圓領袍，坐在小案後，心已提到了嗓子眼。她此刻多少能理解為何伏廷要求夜間就見了。

大概是不想白日見面，引來其他商戶的注意，夜間更可以避人耳目。如此一來，對她也有利，夜間更利於遮掩，只是她出於謹慎，不可露出半點行跡。

選擇此處，悉心規劃，皆不敢掉以輕心。而現在，他卻在外一語不發，叫她摸不著底。直到屏風邊掌櫃不安地挪動一下身子，忽然聽見男人的聲音問：「經商多久了？」

她一怔，提筆寫在紙上。

掌櫃接了，看了一眼，遞出去，順帶回了話：「回大都護，東家十五歲便四處行走經商了。」

伏廷又問：「所營哪些名目？」

棲遲又提筆，因為太多，只寫了個大概，便讓掌櫃遞了出去。

紙上所列，皆為民生各項，也有質庫那等盈利如海的，也有一線一豆蠅頭小利的。

伏廷看完，只一瞬，又問：「為何來北地經商？」

棲遲心定了定，又提筆作答。

外面，伏廷接來那紙，看了一眼，上面寫著：有利可圖。他問：「何利？」

又一張紙遞出來，上面寫著：民生待興，皆為有利之處。

看起來，是個毫無紕漏的答覆。伏廷卻在想之前批示憑證時，見過這人的名籍。

清流縣人，人至中年。十五歲經商，也有多年了，卻直到如今才大力開拓北地商事，像是一早就看準了時機。除非，他在北地有眼線，否則如何能時機尋得這麼準。

他起了身。

掌櫃看著他：「大都護剛問幾句，不再問了？」

話剛說完，就見大都護一手按在腰後的佩刀上。

掌櫃悚然一驚：「大都護……」

伏廷霍然拔刀，刀光過處，掌櫃驚駭出聲。

屏風由上等良木製成，嵌了金絲做屏，分外牢固，卻在這一刀之下裂開，轟然倒下。

外面的羅小義一把推開了門，驚訝地看進來：「怎麼了三哥？」

伏廷大步走入，眼一沉。

屏風後有一張窄窄的病榻，上面躺著個緊閉雙目、面色蠟黃的男子。

掌櫃膝行上前，往榻上看了一眼，顫抖著向伏廷拜道：「大……大都護見諒，東家已被嚇暈了。」

伏廷目光掃過那男子身上，又掃了一旁小案上散亂的筆墨一眼。

掌櫃小心翼翼地看了他手裡的刀一眼：「大都護，還有任何要問的，不如待明日？」

「不用了，」他收刀入鞘，「我只問這幾句。」說完轉身出去。

羅小義連忙跟上他。

掌櫃良久未言，一動也不敢動，直到外面馬蹄聲遠去，才敢轉頭，小聲說：「東家，大都護只問了這幾句，料想是無事了吧？」

棲遲抱著膝，屈著身子蹲坐在榻下，到此時心口仍在狂跳。

榻上的，是醫舍裡早已昏迷數日的一個病患。她自知欲蓋彌彰，才特地留了這一手。

沒想到，伏廷果然難糊弄。

多虧掌櫃的及時膝行過來以身擋了一下，否則，她也不確定剛才會不會在他眼前暴露。

「東家？」掌櫃的又問了一聲。

「不知。」她輕聲說。

此番她又何嘗不是在試他的意圖，才會如此小心。難道他真的只是為了問這幾句話而已？

夜色裡，伏廷騎馬行至半道。

羅小義追上他：「三哥，為何幾句話的工夫你就走了，方才那裡面到底是何情形啊？」

伏廷放緩馬速，說：「看似一切合理。」

什麼叫「看似」？羅小義摸不著頭腦，「嘖」了一聲：「那可要我領人暗中守在那醫舍周圍看看動靜？」他想著反正也是他三哥想要瞭解那東家底細，這樣乾脆直接。

伏廷卻說：「不用，那是他自己的地方，又是城外，想迴避，多的是辦法。」

羅小義問：「那要如何是好？」

伏廷握著韁繩說：「他還有大批商鋪在北地。」

後半夜，天還沒亮，一個小沙彌早早將山寺的門打開。

暗暗天光中，新露和秋霜皆身著圓領袍，作男裝打扮，一前一後走了出來。

兩隊士兵身著便服，奉命在寺外日夜換崗巡邏，巡到此處看到，見怪不怪。

誰都知道那是夫人身邊的兩個侍女，寺中清貧，總有她們出去採買的時候，經常如此，已經習慣。

新露和秋霜就這麼離去了。

不出半個時辰，兩個侍女又回來了。

天仍沒亮。小沙彌又給開了山門，二人低著頭入了寺院。

一路腳步輕淺地進了禪房，怕驚動他人，連燈也沒點，新露摸著黑喚了聲：「家主。」與她一同回來的是棲遲。

只因知曉伏廷安排人手守護在寺院左右，她才定好了時辰，叫新露秋霜去接她。秋霜暫且只能留在寺外，等到翌日有人進香的時候再一併進來，如此才能不引人注意。

棲遲一面解圓領袍一面問：「寺中如何？」

新露低聲回話：「如家主所料，大都護還未回。其餘一切如常，無人知道家主出寺，皆以為家主早早睡下了。」

棲遲點頭。

新露藉著一點稀薄的天光，走到盆架那裡絞了塊濕帕子，走過來遞到她手裡，小聲說：「家主這一夜定然疲憊至極，還是趕緊洗漱一下，歇片刻吧。」

棲遲的確累了，與伏廷交鋒不是易事，簡直如履薄冰。她披著半解的圓領袍，接過帕子，細細擦著臉。

外面隱約有一聲馬嘶，不知從何處傳來的，只在這靜謐的夜晚，才聽得分明。

棲遲擔心是伏廷已經回來了，將帕子遞給新露，脫下身上的圓領袍一併給她：「快出去吧。」

新露抱著她的衣裳，連忙帶上門出去了。

棲遲躺到床上，忍不住，又將伏廷先前問的那幾句話回味了一遍。

其實她回得都是實話。十五歲時，為助哥哥交足天家的納貢，她被逼無奈走上經商一途，什麼可牟利便經營什麼，才會有了如今名下這百般名目。

現在回想，她理應回答得更符合那個捏造的身分才是。卻不知為何，落筆寫的幾乎都是實話。

窗外忽地一閃，接著是一聲轟隆巨響，她被驚得回了神，一下坐起了身。

門外兩聲腳步響，緊接著門就被推開了。她坐著，看著走進來的高大身影。

「驚醒了？」伏廷問。他剛才走到門外，聽到房裡輕響，就過來了。

棲遲沒答，問了句：「剛才是雷聲？」

「對。」他走到床邊，「門怎麼未閂？」

棲遲低低說：「閂了你就進不來了。」

他語氣裡似有些笑意：「嗯。」

忽的又是一聲驚雷，棲遲耳朵都被震得嗡嗡響了，忍不住說：「怎會有這麼響的雷聲？」

「北地的氣候就是這樣。」伏廷在床沿坐下，「妳總不至於還怕打雷。」

「怎麼會。」棲遲躺了回去，「我以後便知道了。」

「北地與中原的不同之處多得是。」他說：「妳以後都會知道。」

「嗯？」棲遲在雷聲裡沒聽清，不禁看向他的臉。

窗外不過剛有些魚肚白，逆著光，看不清他的神情。

她的手指搭在床沿上，觸到什麼，摸了摸，才發現摸到的是他的手指，接著就被他一把抓住了。

伏廷抓著她的手，忽然俯下了身，貼在她身前。

棲遲感覺他臉近在咫尺，沒來由的，又想起他親她的時候，沒說出話來。他的臉貼在她頸邊，呼吸輕拂而過，掃在她頸上微微地發癢。

下一瞬，他忽然問：「妳身上怎麼有藥味？」

棲遲一怔，一隻手搭住他的肩，抬起身子，鼻尖往他頸邊一貼，說：「好似是你身上的，你去哪裡了？」

伏廷脖子被她鼻尖碰到，伸手摸了下，不自覺的，頭更低了。

耳中聽見呼佛號的聲音，是僧人們早起清掃了。

其實那陣味道很淡，確實分不清是誰身上的，大概真是他自那醫舍裡帶回來的。他盯著她朦朧的臉說：「沒去哪裡。」

那隻手還握著她的手，她的手也還搭在他的肩上。

好一會兒，棲遲拿下那隻手：「可別叫寺院裡的人發現你在我房裡。」

伏廷抿了下唇，似笑非笑地鬆了手：「雷聲過去了，接著睡吧。」說完起身往外走，合上門時，身影被天光照出來，腰上的佩刀都還未解。

棲遲看著他離去，躺著，閉上眼。

心口跳得有些急促，可能是被他的舉動挑逗的，也可能是讓眼前的這件棘手的事情攪擾的。

她想，若能就此過去就好了。

這一覺，棲遲直睡到午時過後才醒。還是新露覺得她該吃東西了，特地將她叫醒的。

她起身換了身衣裳，又仔細理了妝髮，一如常態。

坐到小案前用齋飯時，她想起伏廷，捏著筷子，抬頭朝隔壁瞥了一眼：「他還在休息？」

新露說：「大都護天亮後沒多久又出去了。」

棲遲蹙眉，他回來得這麼晚，卻這麼早就出去，這才休息多久。莫非又是因為她的商號？

新露在旁站著，朝外看一眼：「奇怪，香客都往來好幾撥了，怎麼秋霜還未回來？」

棲遲也朝外看了一眼。

就這工夫，秋霜從門外走了進來。

新露忍不住責備：「怎麼才回來？」

秋霜抬袖擦了下額頭上的汗，顧不上與她說話，匆匆走到棲遲跟前：「家主，出事了。」

聽到「出事」兩個字，棲遲臉色頓時嚴肅了：「何事？」

秋霜朝新露遞了個眼色，讓她先將門合上，這才在她身旁跪坐下來，貼耳說了一通——

都護府忽然下令，叫瀚海府城內外，所有魚形商號的掌櫃的即刻離開北地。待商號的商隊回來後，出境憑證也要一併交還都護府。

「什麼？」棲遲難以置信。經商多年，從未遇到這樣的事情。

秋霜一臉焦急：「奴婢尋了個由頭，悄悄去問了羅將軍，他說是大都護親自下的令，連他也不清楚具體緣由，或許是知道也不好說，奴婢只能打聽到這些了。」

新露不禁也在棲遲身旁跪坐下來，擔憂道：「家主，如此您在北地經營的一切，豈非要受損了。」

棲遲沉默了一瞬，問：「那些掌櫃呢？」

秋霜回：「正要與家主說這事。軍隊帶兵下令，諸位掌櫃不敢爭辯，也只能收拾走人了，眼下誰都沒了主意，不知該去何處，皆在請家主出面。」

她蹙眉：「我此刻不方便再出面。」

「正是。」秋霜也是一臉無奈。她不能代替家主出面，這麼多大掌櫃的，皆是家主的心腹，算起來與她是一樣的，她平常只能傳話，沒有家主親手所持的魚形青玉是下不得令的。何況這棘手的事，她也處置不了。

棲遲垂下眼，細細思索。

新露和秋霜都不敢打擾她，只能一左一右，四隻眼睛看著她，等著她決斷。

良久，棲遲伸手入袖，自層層疊疊的深處，摸出那枚魚形青玉。

「罷了，叫糧鋪掌櫃領兩個人去申辯，記得要找大都護本人，盡可能拖住他。」

「城外有我名下一間新鋪，尚未入都護府眼中，叫其他掌櫃的都去那裡等著，日落時我會過去。」

「為避人耳目，就對寺中說，今日我出去是回府一趟。」

幾句話說完，新露秋霜齊聲稱「是」。

午後申時，日光薄淡。

伏廷站在鋪前，一隻手裡拿著酒袋，往嘴裡灌了一口。

羅小義走過來，瞧見這模樣，便知他是在喝酒提神，笑道：「三哥，你急著處理這事就不要半夜回寺裡了，覺也沒睡好，就為了多看嫂嫂一眼不成？」

伏廷看他一眼：「幹正事的時候少說些廢話。」

羅小義閉嘴，指了下眼前的鋪子，小聲道：「三哥是不是太狠了，這家財大氣粗啊，又是有功的商戶，若非你下令不得走漏風聲，還不得叫其他人嚇得不敢再來北地經商了。」

伏廷將酒袋收起來：「我心中有數。」

他的命令是叫那些掌櫃的走人，並沒關這些鋪子，反而派人暫時接手代管，看起來一切如常，本意也不是要動他們。

一名近衛快步來報：「有個掌櫃來求見，要面見大都護。」

羅小義說：「應當是來求情的。」

伏廷問：「只有掌櫃？」

近衛回：「一個掌櫃，領著兩個夥計。」

羅小義「嘖嘖」兩聲：「都這樣了那位東家都不冒頭，莫不是真病入膏肓了？」

伏廷想起夜間病榻上那張垂死蠟黃的男人面孔，抽出腰上的馬鞭：「是不是，很快就知道了。」

一個商戶，竟能讓他如此費心，已是少見了。

日落時分，棲遲已經準時坐在那間鋪子裡。一旁站著作男裝打扮的秋霜。

新露此刻，正乘著她的馬車緩緩趕回府上。

眼前是一方竹製的垂簾。她坐在案後，那枚魚形青玉就擺在案頭。

簾外，是匆忙趕來的諸位掌櫃，足足有幾十號人，已快將廳中坐滿了。

秋霜站在簾邊看了幾眼，俯身說：「瀚海府內外的，差不多都在了。」

棲遲點頭。

這些人算得上是她的心腹了，才會被特地調來北地，但幾乎無人見過她的真容。

多年來，他們全部身家繫於她一身，與她一榮俱榮、一損俱損，才能得她信任，用到了刀刃處。卻也沒有刻意提拔過誰，因為誰都還沒到讓她完全信任的地步。

只因心知光王府勢微，她從沒想過將全部託付給一兩個人，否則將來未必能壓得住。可也因為一視同仁，如今，需要她親自出面，憑這枚東家信物來親手處理這事。

一片鴉雀無聲中，偶爾傳出兩聲嘆息。

「東家，如何是好？」終於有人忍耐不住出聲詢問了。

棲遲看了這間新鋪一眼。

這是一間製茶坊。原本，她並沒有開這間鋪子的打算，只因附近落戶了一批流民，在周邊墾荒後，除了種糧外也試著種了一批茶樹。她得知後就順帶著開了這間鋪子，既可惠己，也可惠民。

在北地新增的那些鋪子，大多都是如這般，她看準了北地民生所需而經營上的。但伏廷不知道，否則他便不會說停就停了她的商事。

她看了秋霜一眼。

秋霜跟隨她多年，這時候該說些什麼是心知肚明的，朗聲道：「諸位放心，你們皆跟隨家主多年，皆依賴家主為生，家主斷不會叫你們失了飯碗。」

這話一說，大家多少心定了些。

過了片刻，又有人擔憂道：「我們過往各地經商，從未遇過這種情形，大都護親自下令，怕是難以解禁，此後北地的路怕是要斷了。」

棲遲終於開口：「不會，他再如何，也不會拿北地民生的大事做賭注。」

那人問：「那東家有何打算？」

棲遲想，這大概是釜底抽薪，到此時，反而明白了伏廷的用意。他應該不會真對她的商號如何，不過是對她這個東家真正的意圖起了疑。

然而就算會引起懷疑，那些事她也必然得做，不做，北地又如何能好起來。

這是一個死局，唯一低估的，是那男人的心思。

她提提神，說：「料想不會長久下去，我會設法打消都護府的疑慮，你們暫且不必遠離北地，可於各州府下的鋪面待著，也可在此暫留，解禁是必然的。」

眾人紛紛稱「是」。

正說著，秋霜朝外走出去兩步。她安排了人手守在外面，此時門卻被推開了道縫，她自然要留心去看。

進來的卻是那糧鋪掌櫃。

秋霜訝異道：「不是叫你去向大都護求情，為何回來了？」

那掌櫃嘆息：「大都護根本未曾見我，我等了許久，只聽說他已領人走了，只好過來向東家稟報。」

棲遲聞言一怔，隔著簾問：「可知他往何處去了？」

掌櫃回：「不知。」

棲遲眼珠輕輕一轉，又問：「你出城時可曾遇到兵？」

「在城門處撞見了一隊兵，我料想是巡城的，但也避開了，應當是無事的。」

棲遲霍然站了起來。

秋霜吃驚地看著她：「怎麼了，家主？」

「回去。」她說。

秋霜不明所以，但還是連忙跑去後面推那扇後門。

棲遲一手拿了案頭上的青玉，一手拿了帷帽，正要轉身，聽到一聲驚呼。是秋霜。

緊接著，前廳一聲踹門響。她隔著垂簾看出去，隱約看見一隊人衝了進來。

進來的是一隊兵。外面守著的人早已被架上兵刃，一個字也不敢發出來。

秋霜所在的後門口，亦是幾個兵。

這裡已經被團團圍住了。

兩聲沉著的腳步響，所有人看到進來的人時，都立即站了起來，垂著頭，不敢作聲。

伏廷一手按刀，緩步走入廳中。他的眼睛，盯著那方垂簾。

不必盯著什麼醫舍，他知道，出了這樣的大事，這些掌櫃會替他請出這位東家。

羅小義已穩住場中，過來朝他點了個頭。

伏廷腳一動，走向垂簾。

簾後的人影一動未動。

直到他站到簾邊。

底。

羅小義跟著過來，一眼看到簾後的人，雙眼圓睜：「嫂……」

嘴被一把捂住。

伏廷一隻手捂著他的嘴，雙眼死死地看著簾後的人。

棲遲平靜地站在那裡，只是臉色有些發白。她看著伏廷，唇張開，又輕輕合上。

伏廷鬆開羅小義，目光從她的臉看到她的腳，至少看了兩遍。沒看錯，的確是她。

他的目光又落在她的手上。

棲遲一隻手拿著帷帽，一隻手裡拿著塊青玉，似是個魚形。

伏廷緊咬牙關，伸手一把抓住。這隻手，幾個時辰前他才握過，此刻卻換了身分與地方。

棲遲手動了一下，掙不過，終是讓他撥開手指，拿出那枚青玉。她手中空了，心也沉到了底。

伏廷很艱難地將目光從她臉上移開，拿著那枚青玉，遞到眼前。

魚形青玉，與商號一致。

廳中忽然人影紛動，跪下一片。他轉頭，看著跪了一地的掌櫃，目光又轉回青玉上。

他們不是在跪他這個大都護，而是在跪這塊玉。

伏廷看向棲遲，她兩眼也正看著他，到現在，一個字也沒說。

他喉結滾了滾，沉聲喚她：「東家？」

棲遲沒有應聲。

從未想過，有朝一日，這聲稱呼會從自己夫君的口中說出來。

伏廷沒等到她的回音，忽然一手抽出腰後的佩刀。

他刀一橫，指著跪了一地的人，聲音變得更沉了：「簾內的可是你們東家？」

眾人大氣也不敢出，許久，才有一人戰戰兢兢地回：「不知，小的們只認青玉。」

棲遲默默聽著。她知道伏廷問不出什麼，因為他們說的是事實。

他們只知道東家是清流縣人，是個女人，有些身分，因而從不露真容，見青玉如見東家。

如果他們知道她就是大都護夫人，或許今日就沒這麼慌張了。

伏廷將目光掃到一人身上，道：「你說。」

是那糧鋪的掌櫃。他抬了下頭，又慌忙垂下：「是真的，小的們只認青玉，不識東家。」

伏廷刀指著他的臉：「說實話。」

掌櫃僵住了。他曾聽命於東家幫著光王世子對付過邕王世子，也見識過東家與大都護數次同在一處，心裡雖早有揣測，但從不敢開口求證。

何況東家用他對付邕王世子時就已買死了他的口，多年來，更不曾虧待他半分，東家有損，對他又有什麼好處。

他只有硬著頭皮將頭點到地上：「大都護若不信，可以殺了小人。」

伏廷咬牙說：「很好，那當日屏風後的又是誰？」

「也是東家，」掌櫃說：「小的見到青玉，那便是東家。」他沒說謊，是見到了青玉，只不過不在病榻上的男子手中罷了。

「所以，誰都可能是東家。」伏廷說。

「是，」掌櫃頭都不敢抬地道：「如今青玉在大都護手中，大都護也可算是東家。」

「放肆！」羅小義頓時呵斥，「說什麼混帳話！」

跪在廳中的人全都不敢抬頭，卻又齊齊道：「不敢欺瞞。」

如此整齊劃一，羅小義一下被弄得沒話了，手揉了兩下腮幫子。剛才他三哥捂他那下手勁實在太重了，他到現在都覺得疼。

伏廷看著手中的青玉，又看向棲遲。她立在簾後，除了臉色有些發白之外，安安靜靜，恍若置身事外。

「都出去。」他忽然說。

跪了一地的人連忙起身，垂著頭退出了門。

羅小義看看他的臉色，忙說：「三哥，興許是弄錯了，你也聽見了，他們只認青玉的，怎麼可能跟嫂嫂有關聯。」說著他朝簾內拼命地使眼色，希望他嫂嫂趕緊開口解釋一下。

棲遲捏緊手中的帷帽，眼睛直直地看著伏廷。

羅小義心急地想：這是怎麼了，明明平日裡嫂嫂很能治住他三哥的。

就這當口，忽有一名官員自門外快步走入，到伏廷跟前見禮：「大都護，城中許多商戶來官府詢問何故遣散魚形商號的掌櫃，都很憂慮，已無心商事了，可要如何是好？」

伏廷掃了羅小義一眼。

羅小義一愣，忙近前小聲道：「三哥是信不過我，天未亮我就去辦了，帶去接管的人皆身著便服，又特地下令威脅這群掌櫃的不可在城中走漏半點風聲，否則他們又怎能急忙出城尋東家，何況那時候還有雷聲遮掩，其他商戶如何能知道？除非是有人專程給他們送了消息。」話到此處一頓，他心想：莫非真是有人給他們送了消息？

伏廷手中的刀收入鞘中，看著棲遲：「待我回去解決，眼下我有更重要的事。」

官員只好退去了。

棲遲不動聲色，在想：看來新露已經順利返回府上了。原本她是打算藉其他商戶施壓，再設法打消他的顧慮，現在，也許只能冒險走這步了。

伏廷問：「是不是妳？」

她終於開口：「是什麼？」

伏廷盯著她的臉，點了下頭：「看來只有我自己求證了。」說完轉身大步走出。

棲遲站著，忽然回味過來，匆匆戴上帷帽，提上衣擺快步跟了出去。

到了外面，已不見伏廷身影，只有守得嚴密的士兵，裡外兩層，如同對敵的架勢。有不認得她的士兵一見她出門就想來攔，卻被跟出來的羅小義瞪住，又連忙退開。

棲遲隨手牽了一匹馬，踩鐙上去，來不及說一聲就飛馳而去。

羅小義想喊，想起他三哥的舉動，料想是不能揭破嫂嫂身分的，只好閉上嘴忍住了。

天已黑了，但城門未落。棲遲一路疾馳回府，幾乎什麼也沒想。

到了府門前，她下了馬，摘下帷帽，快步走回主屋，剛到門口，腳步便收住了。

新露跪在門外，抬頭看到她，才敢起身離去。

棲遲走進房。

房中燈火通明，卻四下凌亂，箱櫃皆開，已經被搜過一遍。伏廷站在桌邊，手裡拿著一本冊子。

卻不是她的帳冊，只是她隨手寫過字，算過帳的而已。帳冊早已被她鎖了，叫新露移了地方。他在這屋中，或許能看出蛛絲馬跡，卻搜不到任何證據。

伏廷看了那冊子兩眼，與他那夜見過的字跡不同。那一夜遞出來的字跡龍飛鳳舞，的確不像是女子的筆跡，看起來依然毫無破綻。

他朝她看過來：「妳可是要告訴我，妳是如何機緣巧合地得到那枚青玉，又是如何去的那間鋪子？」

棲遲輕聲問：「我說你會聽嗎？」

「不會，」他說：「因為是妳，反倒一切合情合理了。」

安置流民，千金買馬。那一筆筆的財富都有了出處。這家商號會對他的都護府如此盡心盡力，也都有了緣由。

棲遲唇動了一下，又輕輕抿住。

手下的人出賣不了她，他也未搜到什麼，如果存心遮掩，藉未必沒有退路。只要，她像上次那樣，再捏造一個謊話。

但她無法再說。

伏廷拿起那塊青玉，問：「這就是妳的貼身私物是嗎？」

她沉默了一瞬，點頭道：「是。」

他臉色鐵青：「那妳何不繼續騙我，這財富也是光王一併留給妳的。」

棲遲沉默不語。

「能讓我動用兵馬、親自搜查的，除了突厥人，就是妳，」他幾乎一字一頓地說：「我的夫人。」

棲遲說：「今日我也可以不去，也可以不管那些損失，但我不想讓北地有損失。」

伏廷看著她：「沒錯，是我逼妳的。」

她抬眼：「我只想讓你知道，我與你一樣，皆是為北地好。」哪怕她存著私心，希望北地好了之後更有利於她，也同樣是希望北地好。

伏廷兩步走到她跟前來：「那妳何不現身，直接告訴我？」

棲遲輕聲說：「我貴為宗室，卻暗中經商，有失身分。」

「身分？」伏廷冷笑道：「我又是什麼出身，會介意身分？」別說她是暗商，就是明面上的商人，他既娶了也會認，豈會計較什麼身分。李棲遲如此精明，又怎會想不到這一層。

她聲音更輕：「讓你知道了，只會讓你為難。」

「妳何不說實話？」伏廷低頭，凝視著她的雙眼，「妳騙我，無非是妳不信我。」

棲遲眼睫一顫，合住雙唇。

伏廷臉繃著，雙眼黑沉：「連我召妳都不見，甚至還防著我，我就如此不值得妳信任？」

忽而想起當初在皋蘭州，那個對著他笑的女人。她說：只要是你伏廷，就一定能還上。

他當時以為自己尋到了一個支持信任他的妻子，足以支撐他度過北地的寒冬。就算後來知道她不是真心的，至少還有這份信任在。

卻原來，連這都是假的。

伏廷捏住她下巴，強迫她抬起頭來：「妳騙我，卻還想擺弄我。」

棲遲的臉在燈火下沒了血色，只聽見他冷冷的聲音：「我伏廷是妳能擺弄的人嗎？」

他霍然鬆了手，轉身大步走出門。

棲遲想也不想就追了出去，直到廊上，拉住他的手。

伏廷回頭：「鬆手。」

棲遲抓著他的手沒放。

伏廷伸手，來撥她的手。

她心一沉，手指終究被他撥開。

李硯聽到風聲，快步跑到主屋外時，只見到他姑姑在廊下站著。

他走過去，看見她的模樣，如同看見另外一個人，過了會兒才敢開口：「姑姑，妳怎麼了？」

棲遲兩眼看著前方，到此時才回神，搖了搖頭。

李硯不放心，扶住她：「姑姑臉色不好，還是先回去歇著吧。」

棲遲被他扶回房中，在榻上坐下。

李硯看到房中凌亂，委實震驚了一下，站在她身旁陪著：「姑姑可是與姑父有什麼不快了，若有什麼不舒服的地方，就與我說吧。」

棲遲摸了摸他的臉，輕輕笑了笑：「也沒什麼，只是叫他知道我最大的祕密罷了。」

李硯一愣，繼而反應過來：「姑父知道了？」

她點頭，臉上仍然笑著，眼裡卻無笑意，出神般說：「若我有朝一日無法再助你，你能走下去嗎？」

李硯一愣：「姑姑怎會說這種話？」

棲遲眼睛動了動，輕輕笑笑：「是我說笑的，你莫要多想。」

李硯鬆了口氣，姑姑向來是教他往前看的人，何嘗會說出這種話來。他看了看周圍，心中擔憂，這樣的陣仗，真不知道姑父是怎麼了。

新露送了飯菜進來，看到家主在榻上坐著，放在她眼前後，手腳麻利地去收拾，也不敢說什麼。

李硯將筷子遞給棲遲：「姑姑，先吃點東西吧。」

棲遲平靜地接了過去：「都出去吧，我自己待片刻。」

李硯看她似有回緩，放了心，叫了新露，一同離開主屋。

棲遲獨自坐著，筷子遲遲未落下去，想起剛才的情形。

伏廷撥開她的手時，她說了句：「我還有話說。」

他看著她，聲音沉冷：「我已不知妳對我還有幾句真話？」

滿腹的話，頓時無法再說出半個字，只因她從未聽過他那般語氣，似已失望至極。

天剛濛濛亮，寺院山門已開。

住持走出門，看見眼前站著的人，不禁意外，連忙合手見禮：「夫人已經回府，為何又返回寺中？」

棲遲站在山門前，衣裙隨風輕掀，身後只有一馬，並無隨從。她一夜難眠，天沒亮就來了這裡。

「我記得，這寺中可以點佛燈。」

住持道：「想必是夫人要與大都護同點了。」

她搖頭輕語：「我想為亡者點一盞，不知可否？」

住持呼一聲佛號：「自然可以，夫人請。」

棲遲跟隨他入了寺中。

穿過大雄寶殿，入了一間佛堂，裡面皆是明亮的燈火。門邊一張桌案，上面放著筆墨紙硯。

住持拿了筆，雙手遞上：「請夫人寫上亡者名號。」

棲遲握筆，停在桌前，低著頭許久，才在紙上下筆。

住持見狀感慨：「夫人似心有掛礙，深沉難解。」

她寫完，擱下筆：「也許吧。」

住持又呼佛號：「掛礙不解，難見本心。」

她笑了一下：「我本心未改，一直未變。」

住持嘆息，過去接了那張紙，看到那名首碼有光王頭銜，便不敢怠慢，親手為她貼到佛燈上。

蓮花狀的佛燈點了起來，住持交到棲遲手中，合掌告退。

棲遲捧著燈，放到諸多燈盞正中。她在燈前的蒲團上跪下，看著那盞燈。

似是看到哥哥的臉，他面色蒼白地躺在榻上，對她說：「以後光王府，就靠妳了。」

還有阿硯。

她的心一點一點揪了起來，又想起伏廷。他覺得她不信他。昨晚在廊上，她就想告訴他，不是不信，是不敢。他是她最後的倚仗，她在他面前不能走錯一步，不能在沒到萬全的時候就露了底。

但這些話，她又怎能說得出口。說出口了，又叫他作何感想。

手裡的財富是她最後的底氣，甚至也是為阿硯鋪路的底氣，容不得半分試探，從她來北地時起，就沒有回頭路可走。

火光跳動，彷彿哥哥此刻就躺在她眼前，每一句囑託都還在耳邊。耳中卻又忽然響起那句：我伏廷是妳能擺弄的人嗎？

她心中一撞，眼前一片迷蒙，耳邊反反覆覆地纏繞著幾句話，揮之不去——

以後光王府就……靠妳了。

我知道的哥哥，我知道。

阿硯……

我會照顧好他的，一定會照顧好他的。

她手撐在身前，濕了手背，低低呢喃：「哥哥，對不起，我恐怕，完成不了你的囑託了……」

現在，她還沒得到他的心，就已身無所恃了，反而叫他寒了心。

「也許是我錯了，可我還不知道我在他心中的分量，我不敢，哥哥，你可聽到了嗎？」

「對不起，哥哥，對不起，若真那樣，你莫要怪我，莫要怪我……」

眼前一片模糊，她也不知自己在說些什麼，只想讓自己心安一些。

一路走來無人可訴，只有此時此地，能叫她鬆懈片刻。在這無人的佛堂裡，她只允許自己這一刻放縱，與至親言談。用只有她自己聽得見的聲音，一遍一遍地向哥哥道歉，希望他能原諒自己。

良久，直到她已看不清燭火，忽然聽到一道聲音：「縣主？」

棲遲緩緩抬眼，看見門邊一道模糊不清的身影。

第十九章　互不服輸

伏廷走入軍帳，解了佩刀放在兵器架上，順手將馬鞭搭在刀鞘上，走到角落裡的窄榻邊，倒頭躺下。

閉上眼前，他看見榻上墊的舊虎皮。這張皮子是他多年前獵的，已有些褪色，枕下翻了一角在那裡。是上次棲遲來時兩個人擠在一起睡了一晚造成的，他一直沒管。

他自外而歸，一夜沒睡，本想躺片刻，看到此景後又坐了起來。

許久後，羅小義從帳外進來，就看見伏廷在地圖架前站著。

他身上鬆鬆地披著軍服，似剛沖洗過，臉上、頸上帶著水珠，拿著酒袋，在往嘴裡灌酒。

羅小義不敢吱聲，知道是怎麼回事。昨晚自那圍著的製茶坊趕回城中後，他就匆匆趕去了都護府，進去正好撞見伏廷自後院大步走出來。

當時他看出他三哥有些不對勁，走出來時給人的感覺，好似胡部草原上一頭離了群的孤狼。除了他嫂嫂，沒人能讓他三哥這樣。

伏廷早就看到他，一連灌了三口，擰上塞子，頭也不抬地問：「什麼事？」

羅小義連忙堆起笑，開口說：「昨晚三哥不是交代我去處理那些商戶的事嗎，眼下他們已被穩住了。」

昨晚他帶著幾個官員去挨個給那些商戶宣了都護府的文書。只說先前並不是要遣散那魚形商號的掌櫃的，而是念在他們家將胡部買賣的事辦得迅速積極，特地招了他們去領賞的。好歹是把那些商戶弄安生了，順帶著還敦促了一下各家手上的買賣。

伏廷放下酒袋，隨口「嗯」一聲。

羅小義看看他的神色，乾笑一聲，道：「三哥這會兒怎麼看起地圖來了？」

伏廷說：「看看她在北地的經營。」

她是誰，羅小義心知肚明。他笑得更尷尬了，喉嚨裡聲音跟被沙子磨著似的，小聲說：「那什麼，我早就看出嫂嫂不是尋常女人了。」

他已經震驚了一整夜，想想以往見識過的那些魚形商號，那一遝一遝的飛錢，全都是他嫂嫂一個人的，真是驚得什麼也說不出來了。難怪他嫂嫂從不把錢當回事，她是真有錢啊！

伏廷聽了不禁扯了下嘴角。的確，李棲遲，從來就不是尋常女人，所以他一點也不驚訝她能有如此大的家業。

羅小義伸頭看了伏廷的神色一眼，試探著說：「三哥，嫂嫂有錢也不是壞事啊，咱們可以放心了，是不是能將她手底下那些掌櫃給放了，免得再叫其他商戶瞎想不是？」

昨日他自那間製茶坊離開時，那些掌櫃還被圍在那裡，他也不知道現在如何了。

伏廷拉了下身上披著的軍服，掖上衣領：「我已將人放了。」

羅小義這才想起什麼：「昨晚從都護府裡出來後就不見三哥人了，莫非就是去忙這個的？」

「嗯。」

羅小義說：「那何不叫我去呢，三哥何須親自跑一趟。」

「必須我去。」伏廷手上扣緊腰帶，摸到腰間收著的那枚魚形青玉。他去這趟，是為了封口。帶著青玉過去，是有心瞭解商號在北地各處的經營。每個人都在他跟前簽了生死狀，製茶坊裡發生的事，必須忘了。以後該做什麼做什麼，他們只是本分商人，利於北地民生，都護府不會為難。

想到這裡，他看向羅小義：「讓昨日調動的人馬都立下軍令狀，半個字也不可外傳。」

羅小義一想就明白了，正色說：「是了，三哥說得對，嫂嫂如此貴重的身分，豈能被人知道經商。」

「那是其次。」他說。

羅小義莫名其妙地問：「那還能是為什麼？」

伏廷手上束著兩袖，說：「她是大都護夫人，若叫人知道，會以為她所得皆是以權謀私，對她不利。」說完將那塊青玉掏出來，遞過去，「這塊青玉你拿去還給她。」

羅小義回味著他的話，不可思議地看著他，又看看那青玉，不接：「三哥連這都為嫂嫂考慮好了，分明就是沒氣，那你為何不自己去還？」

伏廷冷聲道：「少廢話，你不懂。」

羅小義說：「哪裡不懂了，我看三哥就是對嫂嫂在意得很。」

伏廷眼神冷了：「你想領軍棍？」

羅小義也是見不得他昨晚那模樣才說的，硬著頭皮說下去：「便是領軍棍我也要說，你多年孤身一人，嫂嫂可算是你唯一的家人了，你在意她又有什麼不對？」

伏廷咬腮，臉上一笑：「你懂個屁！」

不錯，李棲遲的確是他唯一的家人了。可她的家人，只在光州。

他將那塊青玉收回腰裡，看了羅小義一眼：「妄議上級是非，十軍棍，辦完事自己去領。」

羅小義瞪圓了眼睛，眼睜睜地看著他出了軍帳，有些後悔了，沒料到他真如此不近人情，料想是觸到他逆鱗了。

伏廷出帳不久，一個近衛到了跟前，向他稟報——

「大都護，朝中派遣了人過來，已入了瀚海府。」

他問：「何人？」

近衛報了名號。

他點了下頭以示知道了。

山寺的佛堂裡，棲遲站起了身。起身的同時她稍稍偏了頭，抬袖拭了拭眼淚，再轉過臉來，已經恢復如常。

終於看清來人，她上下看了一眼，沒料到他竟會出現在這裡。自皋蘭州一別後，她以為永遠不會再見到他了。

崔明度穿著一身湛藍的圓領羅袍，一支玉簪束著髮髻，正站在門口看著她。

她看了幾眼，語氣平靜地問：「崔世子因何會在這裡？」

崔明度眼定在她臉上，到此時才動了下，搭手見禮，溫聲道：「來此是帶了公務，入城前聽聞縣主與伏大都護近來正在寺院小住，便尋了過來，果然在此見到縣主。」

棲遲心想可真巧，入城前偏偏要打聽他們的所在。

「小住已經結束，既然是有公務，世子該去見我夫君。」她說完朝門外走去。

崔明度看著她到了跟前，將要與自己擦身而過，忍不住問：「縣主過得不好嗎？」

棲遲停住腳步，看他一眼。

崔明度五官很清秀，面白，一身文雅清貴之氣，與伏廷截然不同。伏廷英挺、硬朗，鼻挺目深，至少要比他黑一層。

她也不知自己為何看著他卻想到那男人，淡淡說：「我過得很好，不明白世子為何有此一說？」

崔明度看著她微紅的雙眼：「因為方才見妳似乎很傷心。」

他入寺時本沒抱太大希望，卻不想在佛堂門邊一眼便看到了她。她跪在蒲團上，手撐在身前，頹然將傾，默默垂淚。實在太過驚詫，他才會脫口喚了那聲「縣主」。

棲遲並不希望自己那般模樣落在他眼裡，轉開眼，臉上沒什麼表情：「世子想多了，這裡是佛寺，我不過在此悼念至親罷了。」

崔明度不禁朝佛堂裡看了一眼，那一片明晃晃的佛燈挨個放了幾排，也看不清，他卻心中有數：「縣主可是在悼念光王，可否容我也祭拜一下？」

棲遲似是聽見了什麼笑話，腳已跨出了門：「不用了。」

崔明度自知當初退婚傷了光王，心有愧疚已久，如今想要彌補也沒有機會，眼見著她走遠，緩步跟了過去。

山門外，臺階下，一個小沙彌牽著馬韁遞給棲遲。

她接了，留心到身後的人影，回頭看一眼：「崔世子還有事？」

崔明度自臺階上下來，眼睛看著她的馬：「縣主怎會一個隨從也沒帶，就這麼騎馬來了？」

棲遲道：「這是北地，我身為大都護夫人，要如何都可以。」

崔明度指了下遠處：「我帶著隨從，也理應要去都護府拜訪伏大都護，不如就由我護送縣主回府吧。」

棲遲笑了一下：「最好還是免了。」

崔明度看著她臉上那笑，低聲問：「縣主是否因為當初的事至今對我難以原諒，才會屢次迴避？」

棲遲看他根本就是個半熟的人，無愛無恨，更談不上什麼原諒，她不原諒的只是當初他們侯府氣到她哥哥，加重他的病情。對於這個人，她根本談不上什麼怨尤：「世子既然記得當初的事，就該知道我已嫁做人婦，既有前塵瓜葛，更應避嫌才是。」

崔明度猶豫了一下：「若只是避嫌，那我倒是放心了。」

棲遲察覺到他語氣裡有別的意味，忽然想到他當初給她寫信的事，立即要走：「世子若要去都護府，請自便，我該走了。」

崔明度退後半步：「是，縣主請。」

棲遲踩著馬鐙上了馬，頭也沒回地疾馳而去。

崔明度看著她遠去的身影，不知為何想到初見時她馬場高臺一擲，追隨男人出來時的那驚鴻一瞥。

每一次見到她，她總會叫他意外。馬場裡是，在這佛堂裡垂淚也是。

軍營裡，領完十軍棍的羅小義忍著疼，揉著後腰走到營帳前，就見一人一馬自眼前疾馳而去。他順著看過去，那黑亮的高頭大馬上的人，不是他三哥是誰。

羅小義順手揪住一個近衛：「什麼情況，大都護又願意回府去了？」

近衛抱拳說：「大都護接到奏報，朝中派了貴人過來，自然是要回府的。」

羅小義「嘖」一聲，心說：還以為是自己的十軍棍叫他三哥回心轉意了呢。「來的是誰啊？」他順嘴問了一句。

近衛答：「東都洛陽的河洛侯府世子。」

羅小義一愣，扯到傷處，咧嘴「嘶」了一聲：「來的怎會是他？」

伏廷一路疾馳回府。

剛下馬，一個身著常服的兵打馬而至，在他面前下跪，稟報說：「先前派去寺院周圍看守的人已經全都撤回，臨走前在寺中看到夫人。」

他問：「她為何又去寺中？」

「不知。」

伏廷沒說什麼，剛要入府，那兵又來報：「朝中派來的貴人也入了寺中，與夫人先後出了山門。」

伏廷握著馬鞭，想起崔明度那個人，冷眼看過去：「你們什麼都沒看到。」

那兵稱「是」，匆匆退下了。

伏廷進了府門，走到書房裡，看見棲遲。她在桌邊站著，似在等他。

「我知你一定會回來。」棲遲說。聽崔明度說帶了公務，她便知道他一定會回來。

伏廷看著她的臉，發現她眼睛有些紅，咬著牙，忍住沒有詢問。他一隻手伸到腰裡，掏出那枚魚形青玉放在桌上：「還給妳。」到最後，終究還是他自己來還。

棲遲看著那枚魚形青玉，又看了看他：「你還怪我嗎？」

伏廷說：「妳為北地做的，我沒理由怪妳。」

「你知道我說的不是這個。」她伸手拿起那枚魚形青玉，輕聲問，「這個還了我，那我以前的夫君，是否也能一併還我？」

伏廷不語，想笑，卻笑不出來。

棲遲看見他的下巴，她知道他每日都仔細用小刀刮過的，今日卻好似沒管，微微泛了青，眼裡似有了些許疲憊。

可能得不到他的回答了。她捏著那枚魚形青玉，手指不自覺地用了力：「你以前說會好好與我做夫妻，是不是也不作數了？」

伏廷低頭，終於笑了一聲：「是妳從沒想過好好與我做夫妻。」

門外，一個僕從匆匆趕到，稟報說：「大都護，朝中貴人已到。」

伏廷轉身走了出去。

半道，崔明度已匆匆趕至。

「伏大都護。」他抱拳見禮。

伏廷抱拳回軍禮：「崔世子遠道而來，為何連一句口信也沒有？」

崔明度笑道：「在下只是奉聖人令要往靺鞨一趟，途徑北地，聖人素來關心北地民生，在下才決心逗留幾日，好回去上呈天聽。」

伏廷說：「那是崔世子有心了。」

聖人多年不曾派人來北地，最關心的還是突厥，說素來關心北地民生，未免有些牽強。如此冠冕堂皇的理由，他姑且信了。

崔明度看向他身後，書房裡，棲遲緩緩走了出來，朝他們這裡看了一眼，遠看只可見她一張臉白寥寥的。

崔明度看了又看，才確定她看的是面前這個男人。

伏廷頭未回，卻留心到他的眼神，想起先前來人報的事。

李棲遲對崔明度如何，他在馬場裡是見識過的，不至於平白無故地捕風捉影，但崔明度對李棲遲是否一樣，就未必了。

天陰沉沉的，籠罩著厚厚的黑雲。

都護府外，五六個官員穿著齊整的官袍等候著。

伏廷走出來，身後跟著崔明度。

官員們立即上前，向崔明度見禮，請他去瀚海府內外走一趟。

這是伏廷的安排。既然崔明度說要替聖人來察看北地民生，他自然要成全。

僕從牽著伏廷的馬過來，他剛接了韁繩，忽聽崔明度問：「伏大都護何不請清流縣主同往？」

他看過去：「崔世子希望我夫人同往？」

崔明度道：「只是當初在皋蘭州裡時常見你們夫婦同來同往，料想你們感情很好，我才有此一說罷了。」

伏廷話音稍沉：「原來世子如此留心我們夫婦。」

崔明度一怔，笑了笑：「當初縣主千金一擲，在場之人無不關注，在下自然也留心了一些。」

聽這意思，似乎不帶上李棲遲就不對勁了。伏廷目光在崔明度身上掃過，只當沒注意到他話裡的那點欲蓋彌彰，吩咐僕從：「去將夫人請來。」

崔明度客氣地搭手：「是在下失禮僭越了。」

伏廷捏著馬鞭，一言不發。是不是真客氣，他心裡透亮。

片刻之後，棲遲自府門裡走了出來。

崔明度立時看了過去。棲遲頭戴帷帽，襦裙曳地，臂挽披帛，看不清神情。他不知她是否還如在書房門口時那樣白著臉。

新露和秋霜自她身後走了過來，二人如今在大都護跟前非常本分，頭也不敢抬，走到車前將墩子放好後，又回頭去扶家主過來登車。

棲遲走到伏廷跟前，停住了。

新露和秋霜退去。

她撩開帽紗看著他，眼朝那頭的崔明度身上一瞥，低低說：「你若不想我去，可以直說，我可以不去。」

伏廷一隻手握著韁繩：「我並未這麼說過。」

棲遲垂了眼，剛才僕從來請她時，她沒料到伏廷會主動開口，多問了一句，僕從說是貴人向大都護問起的，她才知道原來是崔明度開的口。她也沒再說什麼，踩著墩子上了車。

伏廷腿一抬，踩鐙上了馬，又看了那頭一眼，崔明度果然又看著他們這裡。

他不禁瞄了瞄馬車，儘管他偏居北地，也知道聖人恩寵崔氏大族。倘若當初李棲遲真的嫁給崔明度，她是否會將那一腔柔情都用在崔明度身上，把所有對他說的話，也都對崔明度說一遍。

想到此處，他一撇嘴角，握緊手裡的韁繩。

沒有倘若，李棲遲已經嫁給他了。

一行人馬，先去城外看了墾荒好的大片良田，又往城中而來。

官員們陪在一旁，一路與崔明度介紹著如今的情形。

大都護交代過，走個過場即可，他們不過說些大概罷了，全然是些場面話。

崔明度也沒注意聽，坐在馬上，時不時看那輛馬車一眼，又看看前面馬上的伏廷。車簾掀開一下，他看見棲遲抓著簾布的手，又放下簾子。

再回到城中時，黑雲壓得更低了。不出半個時辰，天上下起了雨。

伏廷下令，就近避雨。

官員們就近找了個鋪子，請貴客進去避雨。

因為下雨，鋪子裡客少，來了官員後就澈底清空了。

伏廷進去後，先看了牆上的魚形商號一眼，又看跟在後面進來的棲遲一眼，她的臉對著他，兩手收在袖中。

再到她的鋪子裡，誰也沒話可說。

北地的春雨急促而乾脆，說來就來，從屋簷上落到地上，濺起一片水花。

官員們陪同著崔明度坐在一旁。鋪中的夥計過來伺候諸位貴客，奉了茶招待。

崔明度往耳房裡看，隱約看見棲遲坐著的身影。他又往門口看，看見高大的男人。

伏廷站在那裡，並未進耳房。

崔明度不禁又朝耳房看一眼，這一路下來，這對夫婦說過的話寥寥無幾。尤其是棲遲，他幾乎沒見她怎麼開口，只是默默地跟著伏廷。他反反覆覆想起佛堂裡看到的那一幕，書房門口棲遲發白的臉。

「崔世子。」一個官員喚他，「請用茶。」

崔明度回了神，溫文爾雅地笑了一下，過了片刻，眼睛再次朝耳房看去。

一直到雨停，伏廷始終沒進耳房。

眾人將要離開。

出門之際，崔明度看了左右一眼，才跟伏廷說了句：「想不到北地還有如此富庶的鋪子，想來是北地的買賣通暢。」

他方才就注意到了，這裡面賣的大多是南方運來的物產，恰是北地沒有的。若無足夠的財力和人力，是很難千里迢迢運到這裡來售賣的。

伏廷沒說什麼，看了從耳房裡走出來的棲遲一眼。

他又如何會知道，如此富庶鋪子的主人就在眼前。

回到都護府時，天色已經昏暗。

新露和秋霜在車下等著，棲遲摘下帷帽遞過去。

走進府門，前院難得的開了，官員們還在，伏廷應該也在那裡。她沿著迴廊走著，想起這一路來，他們幾乎沒怎麼說過話。

還未到後院，一名侍從快步走來，在她面前拜禮：「恭請縣主移步，我家郎君有聖人口諭要傳給縣主。」

棲遲一瞬就明白過來：「你家郎君是崔世子？」

「是。」

聖人怎會有口諭給她，分明不曾在意過她這個宗室。她左右一想，跟著侍從走了過去。

前院廊上拐角處，一棵樹長得正好，枝丫伸展著。走過去時，她聽見一聲低低的喚聲：「縣主。」

棲遲停下腳步，並未看清他人，問了句：「聖人有何口諭？」

「對不住縣主，」崔明度隔著樹站著，看著她若隱若現的身影，「我知縣主有心避嫌，因而不得不出此下策，只想與縣主說幾句話。」

棲遲側身對著他：「我與世子應當沒有私話可說。」

他似有些急切：「請縣主容我說一句。」

棲遲沒作聲。

崔明度眼前伸著三兩枝綠葉，將她輕衣雲鬢的身影半遮半掩，將將隔在他們中間。他看著她的側臉，低聲道：「其實，我還未成婚。」

棲遲垂著眼，臉上沒什麼變化，倒是想了起來，當初在皋蘭州裡，似乎聽皋蘭都督說過：他年年孤身來馬場。她當時以為他是婚後不合，原來是還沒成婚。

「世子何必與我說這個。」

崔明度走近一步，低聲道：「縣主應當知道我的意思，我是想告訴縣主實情，當初退婚並非我本意，我根本沒有看上他人，我自知此舉不妥，與家中抗爭了三個月，但……」

但結局已經知道，不必多說了。

棲遲語氣平靜無波：「那想來，便是河洛侯府看不上勢衰的光王府了。」

崔明度語氣低了下去：「緣由不是一兩句可以說清的，我只希望縣主知道，退婚並非是我本意。」

棲遲捏著衣擺，心中澄如明鏡。需要捏造一個理由來退婚，緣由只可能是因為光王府。當初訂婚時她父母還在，哥哥年少出眾，光王府人際廣闊。後來父母去世，嫂嫂難產而亡，哥哥又不願另娶，之後更是重傷不起，只剩下一個尚不成事的孤子。

樹倒猢猻散，精明的人自然知道該如何選。或許河洛侯捏造一個看上他人的理由，已經算是給夠他們光王府面子了。

「多謝世子告知，」她轉身，沒有看他一眼，想要離去，「已不重要了，不過是前塵往事。」

倒要感謝這場退婚，她不需要一個做不了主的丈夫，更不需要一個看不上自己門楣的夫家。

「縣主。」崔明度追了一步。

棲遲背對著他，沒有回頭。

崔明度想起先前種種，終於忍不住說：「縣主分明是過得不好，若是安北大都護對妳不善，那皆是我的過錯，我願承擔。」

棲遲簡直要以為自己聽錯了，緩緩轉過身，「世子可知自己在說什麼？」

崔明度終於仔仔細細看清她的臉，這裡偏僻，還未懸燈，暮色裡他卻看得十分清楚，她眉眼如描，朱唇輕合。這樣的臉本該只有笑，不該有淚。他看著她的身影，心裡甚至冒出一句：這本該是他的妻子。

似乎被自己驚住了，良久，他才說出一句：「我知道。」

棲遲眼神平淡，語氣也淡：「婚已退了，我與河洛侯府再無瓜葛，世子不必將我過得如何看得如此之重。」

剛才那幾句話會說出來，崔明度自己也沒料到。或許是因為內疚，或許是因為不甘，或許是馬場一見至今都沒有忘記，再見卻只有她蒼白垂淚的模樣。他問：「縣主是因為侯府，才如此決絕嗎？」

棲遲轉過身去，「就算沒有侯府，也是一樣。我的夫君並未對不起我，我便也不能背叛他，這是最基本的道義，希望世子能成全。」

崔明度皺眉：「你們看上去並不好。」

棲遲的聲音忽然輕了，「那是我愧對他。」

崔明度怔住，不知真假。

「世子不要忘了這裡是什麼地方，與你說話的是誰，這些話，我就當沒有聽過。」

崔明度回了神，這裡是安北都護府，與他說話的是安北大都護夫人。他再也說不出半個字來。

眼前已經沒有了棲遲的身影。

棲遲走得很急，半分也不想停留。

廊上濕漉漉的，她走得太快，忽然踩到邊角濕處，腳底滑了一下，險些摔倒，驀然腰上一沉，又穩穩站住了。

她的腰上多了隻男人的手，袖口緊緊紮著束帶，她順著看過去，看到伏廷的臉。

他從她身後過來，身上軍服沾了些雨水，濕了半邊肩頭。見她站穩了，他那隻手就抽了回去。

棲遲忽然伸手抓住他那隻手，抓得緊緊的，順勢貼近到他身前，抓著那隻手按上自己的腰。

他軍服上被淋濕的那片已觸到她臉上，她全然不顧，手臂穿過去，抱住他，人往後退。

伏廷被她抱得緊緊的，她往後退，他不得不低頭遷就她，一連走了幾步。

兩人纏著，撞入廊邊的門裡。

門轟然合上，棲遲不知從哪裡來的力氣，抱著他，一隻手來拽他的腰帶，一隻手伸入他的衣襟。

伏廷的臉已繃緊了：「妳幹什麼？」

棲遲的心口猛跳著，她也說不清自己究竟要做什麼。就在剛才他要把手抽回去的那一瞬間，她覺得機會彷彿要失去了，如果不抓住，可能就再也抓不住了。

她踮著腳，仰著頭，親到他的脖子上，往上，親他的下巴。想親他的唇，但他就是不肯低頭。

她扯不開他的腰帶，伸入他衣襟的手胡亂摸到他胸口，被他一把按住。

伏廷的聲音似從牙關裡擠出來的，又低又啞：「我問妳幹什麼？」

棲遲仰臉看著他，雙頰帶著潮紅，輕輕喘著氣。剛剛另一個男子才對她示過好，她此刻卻只在對他示好。

她看著他的臉，他黑沉的眼睛，踮著的腳緩緩踩到地上，輕聲說：「是了，我忘了這事由你做主。」

伏廷咬住牙，懷裡的女人軟在他身上，他的手還在她腰上。他沒有低頭，因為一低頭就會對上她的眼、她的唇。

棲遲鬆開他，垂下眼眸，許久，抬起頭來說：「其實我想跟你好好做夫妻的，不管你信不信。」她退開，撫了下揉皺的衣擺，越過他，拉開門走了出去。

伏廷默默站在那裡，站了很久，才抬手掖住被扯開的領口。

棲遲出了門，反而沉靜下來了。既然已經走錯了一步，她還不至於沒有承擔的勇氣，事已至此，終究是要往前看的。或許，有些事情，註定無法強求。

主屋門口，新露和秋霜等著。

她走過去，理了理頭髮，急促的心跳漸漸平復下來，輕聲說：「將我從光州帶來的人都清點一下吧。」

天氣放晴，城中的糧鋪照常開門迎客，掌櫃剛送走幾位客人，忽見一群人護著一輛馬車到了門口。他仔細看了兩眼，便打發夥計將閒人清了，恭恭敬敬地立在門口等候著。

須臾，常來傳話的秋霜走了進來。

秋霜如往常般著圓領袍，作男裝打扮，進了門，朝他遞了個眼色，然後轉過頭，垂著手，退開兩步。

棲遲戴著帷帽走入，袖口微抬，出示魚形青玉。

掌櫃連忙搭手：「東家。」

棲遲點了個頭，在鋪中緩緩走了一圈，看過鋪中的前前後後，又走回來，說：「帳冊交給我看看。」

掌櫃連忙去取了來，雙手呈到她跟前。

棲遲拿了，在手中大概翻了一遍，心中就有了數，合起來交給他，忽然問：「你叫什麼？」

掌櫃愣住了，詫異道：「東家這麼多年從未問過小的名字，為何突然……」

秋霜打斷他：「既然問你，說就是了。」

掌櫃忙說「是」，報上名來：「小的名喚解九。」

棲遲記了下來，說：「你當日在製茶坊裡做得很好，之前的事做得也不錯，以後我不在的時候，北地各處的買賣就由你幫我照看著。」

解九不禁奇怪：「東家分明還在北地，何出此言？」

「不必多問，」她說：「照我說的做就是了。」

他忙道：「是，小的記住了。」

棲遲這一路過來已經檢視過好幾家大鋪子，這一間，是最後一處地方。她掃過鋪中四周，順帶著也理了下頭緒，慢慢說：「北地民生剛興，百姓大多貧苦，此後若是涉及農事用具、醫藥傷患的買賣，允許他們賒帳，特許額外讓利一成。」

解九垂著頭：「皆聽東家吩咐。」

「一切照舊，你們該做什麼做什麼，若有任何難決斷的，再傳信給我親自處理。」

「是。」

棲遲停在門口，一時想不到還要交代什麼，緩步走了出去。

回到車上，秋霜跟了上來，忍不住問：「家主真決定了？」

棲遲摘下帷帽，倚在車中，輕輕「嗯」一聲。

秋霜看了看她的臉色，不好再說什麼。

「他可是去了軍中？」棲遲忽然問。

秋霜回：「是，大都護領著崔世子入了軍中。」

她點了下頭：「那正好。」

馬車駛回都護府。

府中忙碌，僕從往來穿梭。

棲遲走回主屋，裡面也正在忙著。

新露捧著她的帳冊整理著，一本一本仔細疊放收攏好，再包裹起來。

一旁坐著李硯，他穿著雪白的綢衣，正盯著新露忙碌的動作，見到棲遲進來，看了她一眼，欲言又止。

棲遲走過去，在他身旁坐下，笑了笑：「你這是有話說？」

李硯看著她的笑臉，開口問：「姑姑可是真高興的？」

棲遲臉上那抹淡笑還未退去：「為何這麼問？」

李硯伸出手，牽住她的衣袖：「姑姑這些年為了我從未顧過自己，如今好不容易才與姑父團聚，這件事……難道就沒法子了嗎？」

身為宗室，卻暗中經商，他那晚見到姑姑的模樣，就知道這事有多嚴重，已經悄悄擔心了許久。

棲遲拍拍他的手背：「放心，至少你還有個有錢的姑姑，我早與你說過，錢是個好東西。」

李硯皺起了眉，不知該說什麼好。

棲遲安撫他：「好了，去吧，你那邊事是最多的，快去準備，莫誤了事。」說完她朝秋霜看一眼。

秋霜會意，過來請李硯：「世子，我去幫你收拾吧。」

李硯只好站了起來，出了門，又回頭看了姑姑一眼。

棲遲坐在那裡，眼神落在房中一角，沒有動，也不知在想什麼。

李硯摸了摸腰間別著的匕首。這是他姑父送給他的，教他做一個男人，遇事不要總縮在女人身後。他一路走一路想，忽而喚了聲「秋霜」：「我要去與老師說一聲，姑姑若問起，請她等一等我。」

秋霜道了聲「是」：「世子千萬要快些，不要誤了時辰。」

李硯答應了，往前走去，卻沒往平日裡上課的學堂而去，反而腳下一轉，往府外去了。

風過軍營，日已將斜。

伏廷行走在演武場外。

羅小義跟在他後面，一隻手揉了揉還沒好透的傷處，一隻手抬起，朝身後的人做了個請。

崔明度由幾個官員陪同著，跟在他們後面。

演武場裡士兵們正在操練，卻沒多大氣勢。別人不知道，羅小義心知肚明，那不過是士兵們做做樣子罷了，普普通通的，並沒什麼看頭。

他三哥交代了，這位世子就是打著幌子來北地的，何須給他看什麼真刀真槍。他們可犯不著將瀚海府的精銳拿出來，給一個素無往來的崔氏大族的人看。

崔明度看了一圈下來，向伏廷答謝：「我在城中叨擾已經失禮，有勞伏大都護竟還容許我入軍中來一睹諸位將士的風采。」

伏廷看了他一眼：「我都護府中沉悶，想必崔世子無人說話，不如來軍中。」

崔明度聞言臉上稍有變色，總覺得這話裡有些弦外之音，不禁看向他。

伏廷沉黑的眼眸在他身上掃了一下，便轉過頭去了。

都護府是他的，在他的眼皮子底下，能有什麼偏僻的地方。雨後樹下，崔明度和李棲遲站在那裡即使只有片刻工夫，也早被他發現了。

他沒過去聽半個字，更沒揭穿，是知道那是李棲遲的往事，理應由她自己處置，並不代表他不知道。

崔明度又朝演武場中看去，客氣地讚賞了一句：「不愧是能抵擋突厥的強兵。」他是有意將這個話題揭過去。

伏廷沒接話。

羅小義只好揉著腰後堆著笑接了句：「崔世子過獎了。」他心想真不愧是那些酸縐縐的文人，連這都能誇。

忽聞一聲馬嘶，伏廷轉身，眼睛遠遠掃過去，一人騎著馬似是剛剛疾馳而至，手上還在勒馬。

他眼力好，一眼看出那是誰，不等近衛來報就大步走了過去。

羅小義見他忽然走了，順帶著朝那頭看了一眼，瞇起眼一瞧，那穿著雪白細綢衣的貴氣小少年可不就是小世子，怎麼好端端地跑來軍營了？

李硯上次來過一回，因而還認得路，只不過上次是他姑父帶著來的，這次獨自來，費了好大的勁。

軍營守得嚴，他還沒接近就被附近巡邏的士兵攔住盤問了一番，好不容易有他姑父身邊的近衛認出他，才放他過來。

他轉頭看見遠遠走來的姑父，立即下了馬。

伏廷走到他跟前，上下看了他一眼，問：「來營中做什麼？」

李硯馬騎得太快，喘了口氣，乖巧地說：「我是特地來找姑父的。」

「有事？」伏廷問。

李硯猶豫了一下，看了看左右。

伏廷轉身：「到我帳中來。」

李硯快步跟上。

入了帳門，伏廷一直走到地圖架前，回過頭站定：「說。」

李硯手摸著腰裡他送的那把匕首，鼓起勇氣道：「我想問姑父，是不是嫌棄姑姑了？」

伏廷皺眉：「什麼？」

李硯垂下頭，又抬起來，低聲道：「我知道商人自古輕賤，姑姑身分尊貴卻暗中經商，一定會被認為是自賤身分，不知姑父是不是因此就嫌棄她了？」

他只想知道，他姑父是不是因為這事，便容不下他姑姑了。若真是那樣，那後面的話就不用說了。

伏廷說：「不是。」他答得乾脆，沒有半絲遲疑。

李硯眼眸立即亮了：「真的？」

伏廷頷首。他一個一步一個腳印走到今日的人，最不在意的就是身分。商人怎麼了，至少生活不愁，他最苦的時候連溫飽都難以解決，又豈會看不起商人。

與李棲遲之間的事豈能與一個半大小子說清，他只說：「若你來只是為了問這個，可以放心了，回去吧。」說完便要出帳。

李硯趕緊道：「姑父留步，我還有事。」

伏廷停了腳步，看著他。

李硯握緊手心，心一橫，說了實話：「姑姑她，要走了。」

叫新露清點從光州帶來的人，收拾了東西，去城中看了鋪子，前前後後的事宜都料理得差不多了。她是準備走了。

羅小義正陪著崔明度從演練場裡出來，忽然遠遠瞧見大帳帳簾一掀，他三哥大步走了出來。他正奇怪，就見李硯跟著從帳中走出來，有些侷促不安似的在那站著。

「那位可是光王世子？」崔明度問了句，他在皋蘭州裡見過，稍微有些印象，也是因為李硯五官與棲遲有些相似，尋思道：「來此找伏大都護，莫非是清流縣主有什麼事？」

羅小義聽他提到嫂嫂，笑了兩聲，心想三哥跟嫂嫂的事還沒過去呢，這位可別跟著摻合了，敷衍說：「豈會呢，世子在跟著我習武，應當是來找我的。」說著就朝那邊走了過去。

到了跟前，他拍了下李硯的肩，問：「怎麼了？」

李硯左右看看，湊到他跟前小聲說了兩句。

羅小義聞言大驚失色，連忙去尋他三哥的身影，只聽見一聲烈馬長嘶，人早已駕馬疾馳而去，頃刻便沒了蹤影。

棲遲坐在妝奩前，理了理妝，緩緩地站了起來。

新露過來說：「家主，已經都準備妥當了，只是世子去與他的先生話別了，或許要等上片刻。」

棲遲點了點頭：「催一催他，天色不早了，再晚城門該落了。」

新露領命而去。

棲遲走出門去，廊上靜悄悄的，該忙得都忙完了，僕從們已經退去。

她走出後院，沿著迴廊走著，就快至府門時，霍然停住腳步。

漸暗的天色裡，廊上站著男人的身影。

她微微一怔，沒料到他竟忽然回來了。

伏廷一身軍服收束，高大的身影站在前方，離她只有幾步之遙，眼睛死死地盯著她，從上到下地掃視著。

棲遲鬟髮綰得細緻高峨，身上披著件月白色的薄綢披風，再平常不過的裝束。

剛才回來時他看見了，外面馬車已經套好，她當初從光州帶來的隨從們垂著手在等著。李硯說的是真的，她要走了。

他聲音壓得沉沉地道：「妳要不告而別？」

棲遲眼珠輕動，猜他已經看見了，兩隻手輕輕握在一起，「我只是不想讓你以為，我是拿離開在要脅你。」何況眼下崔明度還在，沒必要弄得人盡皆知。

伏廷盯著她，「所以妳就要悄悄地走。」

棲遲輕垂眼睫，聲音淡淡地道：「若有一絲可能我也不願走，但走到這步皆是我強求所致，也許是你我夫妻緣薄，此後，我不再強求了。」

伏廷眼神陡然一沉：「妳再說一遍！」

棲遲被他這一句話撞入耳中，心裡似也被撞了一下，抬起頭：「你我夫妻緣薄，我不再強求了。」

伏廷緊緊抿住唇，面容冷肅，眼神沉定定地看在她臉上。

棲遲看著他的臉，想了諸多可能，但心知都沒可能了，緩緩往前走向府門。

擦身而過時，他一動也不動。

出了門，她提著衣擺緩步登車，手剛要去撩車簾，左右隨從全都垂下了頭。

身後忽傳來幾聲迅疾的腳步聲，一隻手抓住她的胳膊。她一回頭，對上男人的臉。腳下踩著墩子，她才得以與他平視。

伏廷看著她，手一伸，挾住她的腰。她吃了一驚，人已被他扛在肩頭。

左右皆不敢多看，他直接扛著她往回走。

棲遲何嘗遇到過這種架勢，身體壓在他肩上，一隻手抓著他的軍服，想要掙扎，卻被他的手臂死死地扣著雙腿，就這麼一路被他扛到房中。

他重重摔上房門，將她一把按到椅中。

彷若天旋地轉，她坐下時，微微急喘，對上他的臉。

「夫妻緣薄？」這幾個字似是從他牙關裡擠出來的，「那妳跟誰緣厚？」

棲遲說不出話來，起身想走。

伏廷拽住她，冷笑一聲：「走？我欠妳的債妳不要了？」

「不要了，我什麼都不要了。」她故作不在乎，轉身時披風不慎扯落，也不管了。

伏廷抓她的手倏然用了力，自後一把摟住她的腰，扣入懷裡，聲音貼在她耳邊：「妳真什麼都不要了？」

棲遲心中一跳，腰帶被他的手扯開，雙手急急扶住胡椅，背露了出來，有些涼。

某一瞬間，她身體猛然繃了起來，耳中反反覆覆都是他那句：妳真什麼都不要了？

身上轟然熱了起來，是他的唇落了上來，她雙手緊緊撐住胡椅的扶手，咬住唇。

身後軍服帶釦一響，下一刻，她被扣著往後一按，與他相貼。他的手，他的嘴，都在折磨她。

身軟如水，心跳如飛。

許久，她身體一緊，手指用力抓住扶手。

伏廷忽然伸手過來，撥過她的臉，低頭湊近，堵住她的唇。

棲遲怔了一下，心急跳起來。

他狠狠地親她，從她的唇角到整張唇都描摹了一遍，舌尖一頂，擠入她的牙關。

她輕哼一聲，思緒頓空。

屋中沒有點燈，外面天色已暗。

伏廷一直自後抱著她，狠而有力。

棲遲恍恍惚惚，一遍又一遍地被他低下頭親住。

她綿軟無力，忘了緣由。直到某一瞬，她快撐不住，險些軟倒，被他緊緊抱在懷裡。

他將她轉過來，一隻手緊摟著她，一隻手抬起她的下巴，聲音低啞地道：「終有一日，我會讓妳將瀚海府當成自己真正的家。」

棲遲眼神慢慢地在他臉上聚攏，撞入他漆黑的眼裡，似回了神，又似更出神了，語聲輕忽：「我等著……」

第二十章　暫別出境

身下墊著柔軟絲絨，棲遲的手摸了摸，睜開眼，瞬間被明亮的朝光晃了一下，等適應了，看見頭頂床帳，才發現自己在床上躺著。

她想了想，不記得自己是什麼時候到床上的。

身側無人，她以為伏廷已經走了，緩緩翻過身，一愣，看見坐在那裡的男人。

就在那把胡椅上，伏廷坐著，收著兩條腿，隨意地搭著兩條手臂，臉朝著她。

他身上換了身玄黑的胡服，俐落齊整，一絲不苟地束著髮，下巴上刮得乾乾淨淨。

四目相對，一時間，誰也沒開口。

棲遲擁著綢被坐起身，拿了床沿搭著的衣裳往身上穿。

伏廷看著她半遮半掩地將衣衫拉到青絲披散的肩背上，想起昨晚。

那日被她抱著時，他沒有接受，是不想夫妻之間只剩下這個。可昨晚，兩人之間似乎也只剩下這個了。

昨晚他一次比一次凶狠，直到後來，她的手臂不自覺地反勾住他的脖子，露出迷離的眼，他終於看出她那所謂的「不要」裡藏著的口是心非，才放過她，將她抱到床上。

他坐在這裡等她醒來，已經快有兩個時辰。

「妳打算去哪裡？」

棲遲正在繫腰帶，手上停住，看著他，他毫無預兆地開了口。

伏廷紋絲不動地坐著：「妳不是要回光州。」

棲遲微怔，掀了被，垂下雙腿坐在床沿上，兩隻手放在膝上：「你怎會知道？」

「妳沒有回去的理由。」他說。

李硯說的也是她要走，而不是回光州。如果光州還能做她的依靠，她又何須千里迢迢來北地。正因為心知肚明，他才回來得這麼快。

棲遲沒想到會被他一眼看穿，輕點了下頭：「是，我不是要回光州，我只是想離開瀚海府罷了。」

眼下還不是回光州的最佳時機。她只是沒法叫他再相信自己的話，解釋無門，一再強求只會讓彼此關係更僵，如此這樣，還不如離開，至少夫妻關係還在，她還是大都護夫人。

或許將來能有轉機，或許永無轉機。她只會往前看，也只能往前看。

「離開瀚海府。」伏廷重複一遍，咧了下嘴角。他自然知道，否則他就不會說出那句話來。她至今沒有將瀚海府當成家，說走就能走。

「我問妳打算去哪裡？」

「其實我哪裡都能去。」棲遲看著他，手指無意識地捏住膝上的裙擺，淡淡地笑了笑，「你知道的，我腰纏萬貫，何處都能落腳。」只不過，可能無法完成哥哥的囑託了。

伏廷點頭，心中自嘲：沒錯，她如此富有，自然是什麼地方都能去。他似乎是多問了。

他手在扶手上一按，坐到此刻，終於站了起來。

棲遲立即看住他，知道他是要走了。

伏廷走到門口，腳步停住，臉對著緊閉的房門，沒有轉頭看她。「該說的我已說了，」他沉著聲說：「妳真要走，我不會攔妳第二次。」

已給了承諾，總不能捆住她的手腳。如果她堅持要走，他攔又有什麼意思。他側臉如削，沒有神情，拉開門走了出去。

棲遲默默看著他的身影消失在眼中，回想起他說過的：終有一日，我會讓妳將瀚海府當成真正的家。

她當時失了所有思緒，沒多想就回了一句「我等著」。

「家主、家主？」

接連兩聲喚，棲遲回了神，才發現新露已經到了跟前。

房中多少有些凌亂，她也只能當別人看不見了。

新露一面拿了她的外衫伺候她穿上，一面道：「下面的還在等著家主吩咐，既然大都護回來了，家主可還是要走？」

棲遲站起來，想起昨日已準備好的馬車行李，耳後一熱，問：「他們還在等著？」

新露給她繫著衣帶，回：「昨晚就叫他們將馬車牽回了，只因崔世子忽然過來了一趟，看見苗頭，奴婢記得家主的吩咐，不好叫外人看了笑話，便先行打發他們回府裡等吩咐了。」

棲遲點頭「嗯」一聲。既然被崔明度看見了，他多半又會覺得是她過得不好，難免節外生枝。

她與伏廷如何，都是他們夫妻之間的事，與其他人無關。

伏廷走出後院，看見立在廊前、錦衣玉帶的崔明度。

未等他走近，崔明度已走過來，溫文爾雅地笑道：「昨日軍中一行還未盡興，伏大都護便沒了蹤影，今日只能來此等待伏大都護一同再入軍中了。」

伏廷說：「無妨。」他這個人向來惜字如金，出於官場客套，對崔明度已經算是很客氣了。

一名僕從雙手捧著他的佩刀和馬鞭送了過來。

崔明度看著他將那柄一掌來寬的刀負在腰後，又拿了馬鞭，再看他的臉，剛毅冷肅，看不出其他表情。

自當初在皋蘭州初見，他就覺得伏廷此人並不好接近，也許是因為身為軍人的緣故。他不知這位大都護對待已娶進門的妻子是不是也是如此。

剛想到這裡，崔明度就見棲遲自伏廷身後走了出來。

伏廷感覺身後有人，回頭看了一眼。

棲遲剛理完妝，莊重地綰著髮，穿著一襲輕綢襦裙，站在他身後。

他想起不久前在房中說過的話，抿緊唇。

三人在一處是巧合，卻似狹路相逢。

崔明度看了看二人，笑了一下，道：「昨日見伏大都護匆匆離營，在下還以為是都護府裡出了什麼事，去下塌處前特來看了看，在府外見有隨從和馬車，也不知是不是府上有人要遠行。」

伏廷嘴邊一扯，不是聽不出他話裡那點探尋的意味。

還沒說話，棲遲忽然道：「也不是要遠行，只不過是我閒來無事又想去寺中小住，知道夫君在招待世子，未曾告知，哪知夫君不放心我一人前去，收到消息就匆忙趕回了。」

她說著走到伏廷身旁，伸出手攀住他的胳膊，臉上露出笑來：「夫君臨走該跟世子說一聲的，倒叫別人誤會了。」

伏廷看著胳膊上她那隻手，又看了看她臉上的笑。心裡明白她的想法，他沒看錯，她對崔明度的態度一如既往，沒有半分念頭。

他換了隻手拿馬鞭，那隻胳膊一動，手伸到她腰後按住，道：「夫人以後要出門，最好還是說一聲。」

他語氣如常，只不過聲音更低沉了些。棲遲腰後被那隻手掌按著，分明沒有多用力，卻還是被帶著往他身邊貼近了一步。

當著外人的面，她不知自己臉上是不是又紅了，也沒看崔明度，溫軟地點頭，道：「嗯，我記住了。」

崔明度看著眼前這一幕——

伏廷身姿高大，一隻手拿著馬鞭，棲遲輕挨著他，彷若依偎，他低著頭，下巴快碰到她髮上簪著的玉釵。

崔明度沒看到她身後那隻手，但也知道這是男人輕攬女人的姿態。他守禮地側過身，移開眼去，笑了笑，客套了一句：「原來如此。」

看起來，確實是一副夫妻恩愛的模樣。

過了好一會兒，伏廷才鬆開棲遲，走了過來，手在崔明度面前客氣地抬了一下，走了出去。

眼見伏廷和崔明度已經走了，棲遲才繼續往前，沒走幾步，就遇上了迎面走來的李硯。

「姑姑，」看到她，李硯退了兩步，垂著頭說：「我正要去向妳告罪，昨日是我去向姑父報的信。」

棲遲看著他，沒作聲，其實已經猜到了，方才就是準備去找他的。

李硯抬頭看了看她，接著道：「我知道姑姑不想走的，只不過是因為那事與姑父弄得無解了，可我問過姑父了，他那般的英雄，一言九鼎，說了不會計較就絕對不會計較，姑姑大可以放心。」

棲遲輕輕嘆了口氣，不好與他解釋：「我知道你心細貼心，但這事，你不明白的。」

李硯聽她如此說，也不知該如何安慰，小聲道：「從小到大，我只有這次忤逆了姑姑，也是不想姑姑後悔。倘若姑姑還是堅持要走，不管去何處，我一定都會跟著姑姑。」

棲遲又何嘗想讓他走，待在都護府裡自然要比在外面好。昨日只是覺得姪子是她的責任，她若要走，理應是要帶他一併離開的。

此時也沒什麼好追究的了，她搖一下頭：「我不怪你，來找你也只是看一看，你放心就是了。」

話音剛落，秋霜走了過來：「家主。」

棲遲看了她來的方向一眼，問：「妳出去過了？」

秋霜是從府門過來的，稱了聲「是」，近前貼在她耳邊低語了幾句。

棲遲緩緩凝眉。

秋霜道：「是那叫解九的掌櫃找到我說的。」

棲遲想了想，低聲呢喃：「這下，怕是不想走也得走了。」

軍營裡，一群兵正在對著靶子射箭。

羅小義領著崔明度走到此處時，時不時看站在那頭的三哥一眼。

伏廷站在那裡，看似看著場中，到現在也沒怎麼說話。

瞧著倒是一切如常。

他也不敢多問，但到現在也沒聽到別的動靜，料想嫂嫂是沒走成，也不知他三哥在想什麼。

崔明度忽然說：「請羅將軍給我一張弓吧。」

羅小義聽了，從一個士兵手裡拿了張弓過來，遞給他：「崔世子也想試試身手？」

崔明度拿在手裡，笑了一下，走向前方的伏廷。

「伏大都護，」他開口說：「不知能否與在下玩一場射靶？」

伏廷看了他一眼，問：「崔世子是想玩，還是想比？」

崔明度一愣，笑道：「伏大都護何出此言？」

男人看男人，總是無比透亮。伏廷心裡有數得很，從崔明度來的第一日，他心裡就有數得很。他忍到今日，著實忍了許久。眼下正不悅，對方卻自己撞上來，這可怨不了他。

他將袖口上的束帶一收，說：「崔世子若與我比詩詞，我自當甘拜下風，但你若要與我比賽馬、射靶這些軍中的東西，只會叫我覺得，你很想贏過我。」最後幾個字，擲地有聲。

崔明度臉上笑容微僵，沒來由的又想起先前都護府裡的那一幕。

伏廷手一伸，自他手中拿過了弓，另一隻手伸出去：「箭。」

一個士兵連忙跑來，送上箭袋，又退開。

伏廷連抽三支，搭弦引弓。

羽箭離弦，呼嘯而去。一箭之後迅速接第二箭，第三箭，一氣呵成，快如閃電。

三發三中。

最後一箭過去時，力穿靶心，木頭製的靶子留了個肉眼可見的洞。是他下了狠勁。

崔明度看到，心中震懾，因為任誰都看得出來，這三箭不是玩兒，是動真格的。

他臉上好一會兒才露了笑，道：「伏大都護不愧是能力抗突厥的猛將！」

伏廷收回手，目視前方：「不錯，我只是一介武人，說話不會拐彎抹角，這話我只說一次。」

崔明度下意識問：「什麼話？」

伏廷看向他：「我不管李棲遲以往如何，她已嫁了我，就永遠是我伏廷的女人，誰也別想動。」手裡的弓在二人身前一點，他冷冷地說，「請崔世子謹記。」

崔明度無言，臉上再無一絲笑。

伏廷扔了弓，轉身而去，沒幾步，又回頭說：「靺鞨路途遙遠，崔世子不如儘早上路吧。」

棲遲走入糧鋪。

掌櫃早已等著，見到她立即抬了下手，請她入耳房。

她擺手遣退了他，快步走進去，合上門後，摘下頭上的帷帽，見到房中站著的人。是曹玉林。

「嫂嫂。」曹玉林依舊一身黑衣，出去一趟，臉上又黑了一層，臉頰略微瘦了些，朝她抱一下拳。

棲遲上下看過她，問：「只有妳一個人回來？」

「是。」曹玉林說：「我是從近路趕回來的。」

棲遲一臉凝重：「到底怎麼回事？」

一從秋霜口中得知消息，她便立即趕了過來。秋霜說是曹玉林返回送來的口訊，具體發生了什麼，自然還是要來問本人。

曹玉林有些不解：「這是商隊的事，嫂嫂為何會來問？」

棲遲暫時無法言明，只說：「我從秋霜那裡聽說了一些，妳且先告訴我詳情。」

曹玉林還當她是好奇，一邊請她入座，一邊開了口：「那支商隊出了些事，暫時怕是回不來了……」

此番她隨商隊行走，原本是一切順利的。出境後，商隊先是將從北地攜帶過去的中原物產賣出，賺取了厚利，再將境外的物產買入。之後要返回時，商隊卻被一家商號拖住了。

只因商隊先前接到東家的傳訊，說是接了胡部買賣，要他們在境外物色一批好的牲畜幼崽，一併帶回來。商隊很快就辦好了，與境外一家商號談攏，將要交易時，卻發現數額不對。原定一頭價格如常的牲畜幼崽，忽然翻了百倍，一批幼崽有百頭，一通下來，瞬間近乎天價。

商隊核實再三，卻發現那文書早被做了手腳，根本無處說理。這樣下來，便是尋當地的管事也說不清，便成了他們虧欠對方商號一筆巨財。

那商號眼見他們是第一次出境的商隊，更是變本加厲，放話若要退掉買賣，便要翻倍補償。眼下告到了當地管事的跟前，只給商隊兩個月的時間，若是還不上錢便要拿商隊的貨來抵。當地管事的便照規矩，通知商隊的東家去處置。

商隊已在返回之際，能用的錢財已經全都用了，這麼一大筆錢，必然要經東家親自批帳，這事無論如何都會送到東家跟前。

曹玉林是因為隨行才得以被放行，提前趕回通知這家商號。

棲遲聽完，眉頭緊蹙：「可知那作對的商號底細？」

曹玉林說：「出事時就已打聽過了，那家也是個大商號，素來沒有敵手，也許是見這支商隊第一次出境便如此手筆，想要打壓一下。」

棲遲臉色漸冷。她許久不曾親自走商了，這些商場上的爾虞我詐倒是不曾消停。

商隊她一直關注著，貨物皆是她親自吩咐買入的。裡面有些境外物產是講究時令的，經不起久耗，牛羊幼崽更是胡部等著要購入的。更何況還有她手底下那麼多人手也被扣了。

她想了想，又問：「這事多久了？」

曹玉林說：「快有大半月了，還是因我自近道日夜兼程趕回才縮短了許多，否則要等他們管事的送消息到，兩個月早就過去了，那批貨就真成他們的了。」

棲遲心說還好有她，才能叫她知道得如此及時：「那裡管事的是哪一方的？」

「既不是北地也不是突厥，那地方名義上屬於靺鞨，但離靺鞨首府遠得很，因而由當地胡人管事自行管理，多虧商隊有都護府的憑證，能證明是正經行商的，否則只怕情況更糟。」

棲遲明白了，有安北都護府的憑證在，至少人員暫時是安全的，只是要將那批貨帶回來，還得解決了眼下這事才行。她又問：「可知那家商號是做什麼買賣的？」

曹玉林不明白她為何問得如此細緻，卻還是說了下去。

半個時辰後，棲遲戴著帷帽，從耳房裡出來。

秋霜正在外面等著。

她吩咐說：「安排人手，將能用的都叫上。」

秋霜問道：「家主是要即刻過去？」

「嗯。」

「那大都護那邊……」

棲遲聞言沉默了一瞬，想起伏廷的話。他說她若真要走，他不會攔第二次。

她方才已經算過時間。曹玉林說知道近道，若是跟著她走近道，時間應該充裕，只不過此時再不能耽擱了。

她不是要走，但眼下的確是要出瀚海府一趟。

不能這麼走，她既然決定不走了，豈能平白叫他添了誤會，那與火上澆油又有何異。

棲遲想完，立即往外走：「回府。」

秋霜立即去車前放墩子。

她們走後，曹玉林從耳房裡走出來，準備趕去城門口等著。

方才棲遲走之前說這鋪子的掌櫃說了，這支商隊的東家今日就會隨她出發，需要她帶路，請她先去等待。

曹玉林不知她嫂嫂一個宗室貴女如何會管起這事來，但這支商隊幫了她的忙，她幫忙也是應該的，便答應下來了。

都護府外，新露和秋霜已將人手點好，吩咐妥當。

主屋裡，棲遲換上一身男裝，將臉上的脂粉抹去。

將該準備的都準備好了，她走到屋外，看了日頭一眼，又看了空無一人的迴廊一眼。

伏廷還未回來。

來來回回踏過迴廊好幾遍，她又看了日頭一眼，再等下去，可能城門就要落了。

不能等了，她拿了披風，走出門去。

新露已匆匆回來，看見她出門，忙問：「家主不等了？」

「不等了，」她停下腳步，說：「去將阿硯叫來，我囑咐幾句。」

新露剛要走，她又道：「妳和秋霜留下，不必隨我同去。」

都護府外恢復安靜時，天色也暗了下來。

羅小義推開府門，一邊轉頭等他三哥進門，一邊問：「三哥，你為何不由分說地就將那姓崔的送走了，莫非是看他礙眼了？」要不是因為這事，也不至於到現在才回來。

伏廷進了門：「嗯。」

羅小義一愣，沒想到他竟然就這麼承認了。

伏廷已經越過他走到府門裡面了。

他走得很快，徑直奔向主屋，進門前腳步一收，握緊手裡的馬鞭，在想進去後是不是裡面已經空無一人了。

他抬腳邁入。

房中一切如舊，案席上擺著她常靠的軟墊，案頭殘茶還留著餘香，她的妝奩銅鏡還豎著，只是無燈，也無人。

他掃了一圈，馬鞭握得更緊了，轉身就要出門。

門外，李硯匆忙趕來，一腳跨入，險些撞上他，趕緊站住：「姑父可算回來了，姑姑已經走了。」

伏廷抿唇站著，一言不發。

李硯忙道：「不，不是！是我沒說清楚，姑姑沒走，她只是暫時有事離開，特地留了話給我，叫我告訴姑父一聲。她真沒走，怕姑父不信，還特地把新露、秋霜留下了，我也還好好待在府裡。」

伏廷回過味來，握馬鞭的手鬆了些。確實，李硯還在，她不可能走。

他問：「她去做什麼了？」

李硯小聲說：「姑姑去處置買賣上的事了，她去經商了。」

伏廷沉眉：「什麼？」

她竟然就這麼出去經商了。

李硯怕他生氣，不敢多看他的臉色，垂著眼眸道：「是，姑姑說她決心不走了，就是去處置買賣了，若姑父仍不信她，她也確實是說了實話的。」

伏廷看過來，問：「她真這麼說的？」

李硯點頭：「原本姑姑是要自己告訴你的，一直沒等到姑父回來，她趕著上路，這才托我傳話的。」為了傳話，他特地將姑姑的話背了下來，一個字也不差。

伏廷聽她上路如此急切，便知一定是事出突然，皺了下眉，問：「帶人了沒有，去了何處，要去多久？」

一連三個問題抛出來，李硯呆了一下：「我……我忘問了。」隨即連忙認真回覆，「人帶了不少，姑姑將從光州帶來的護衛全帶上了，還說到了地方後會叫沿途鋪子送信回來報平安。」

說到此處，他又想起什麼，突然道：「對了，姑姑是跟那位姓曹的女將軍一同去的。」

伏廷聽說曹玉林也在，才算放心一些，頷首道：「知道了。」

李硯看他好似沒有生氣，心想：姑姑的交代應當是完成了。

剛打算走，伏廷叫住他：「信送到後說一聲。」

李硯愣了一下才反應過來他說的是姑姑報平安的信，立即應下：「是，我記住了。」

等李硯走了，伏廷朝窗外看一眼，果然看到新露和秋霜那兩個侍女。他一邊解佩刀，一邊回想著李硯說的每一句話。

她不是真的要走。

他將佩刀放在桌上，看著房中，她所有的東西都還在。

沒過多久，房門口傳出羅小義的聲音：「三哥。」他方才從李硯那兒打聽了，李硯只說他嫂嫂暫時出府一趟，沒說要走，他忍不住過來瞧瞧他三哥的動靜。

伏廷看了他一眼：「傳令下去，夫人還在府上，未曾出府。」

出去的是魚形商號的東家，若叫外人知道都護府與這麼大的商號有關聯，只會有害無利。

羅小義看了下他的臉色，比起先前可好看多了，放心地說：「明白了。」

伏廷又吩咐了一句：「盯著各處的動靜。」

羅小義心知肚明，這是為了他嫂嫂在外安全，訕訕笑道：「早知三哥就不要急著送那姓崔的走了，也不至於在路上耽誤那麼久，還能儘早回來與嫂嫂當面說上幾句不是。」他接著道：「對了，我看那姓崔的當時在路上與三哥說了好幾句話，都說什麼了？」

伏廷說：「沒什麼。」

羅小義不問了，再問怕又要挨十軍棍了，閉上嘴辦事去了。

伏廷看過房中四周，想著羅小義方才問的話。

崔明度臨走時，在路上問了他一句：「大都護既然能因縣主對我放狠話，為何又讓她在佛堂獨自垂淚？」

他當時立刻就想起那日她泛紅的雙眼。心裡很清楚，李棲遲不會為他垂淚，但不管她因何垂淚，那都是他的事。

他說：「那是我的責任，不是你的。」

崔明度再無他言，向他搭手告辭。

伏廷低下頭，手上鬆著袖口，想起最早她來時，也曾給他鬆過袖口，寬過衣。

這裡她毫無預兆地來了，如今到處都是她的痕跡，好在沒有毫無預兆地走。

他鬆了手，摸出酒袋，擰開喝了一口，塞上時咧了下嘴角。

縱然她心裡沒他，也不夠信他，她既然願意留下，他就不會輕易放了她。

夜深人靜，一間荒廟外的院牆裡，落腳一群護衛。

荒廟裡面，燃著一叢火堆，曹玉林坐在火堆旁，看著對面的棲遲。

她穿著一身圓領袍，外罩披風，束著男子的髮髻，原本頭上還戴著一頂深簷的斗笠，進了這裡後才拿下來。

看了許久，曹玉林終於忍不住問：「為何今日來與我碰面的不是那商號的東家，而是嫂嫂？」

先前棲遲在城門口與她碰了頭，就上路了。這一路下來，走的全是僻靜的小道，這種路只有如她這般的探子走得來，可不是宗室貴女受得了的。可她沒瞧見棲遲抱怨半句，甚至馬也騎得很快，她心中早已疑惑許久。

棲遲笑了笑：「那商隊的事由我處置，待時候到了我自然會告訴妳緣由。」

曹玉林點頭：「嫂嫂既然如此說了，料想事出有因，便是沖著三哥，我也該信嫂嫂的安排。」

棲遲聽她提起伏廷，不禁垂了眼，心想也不知阿硯將話帶到了沒有，更不知他聽了會不會信。

曹玉林見她坐著不動，好奇地問：「嫂嫂是在想三哥？」

棲遲沒動，輕輕「嗯」一聲。

曹玉林語氣少有的暖融：「嫂嫂與三哥夫妻情深，那太好了。」

剛說完，卻見棲遲臉上露了絲無奈的笑，她不禁奇怪：「難道我說錯了？」

棲遲本不想說的，但也無法在她面前裝出夫妻情深的模樣來，低聲道：「我們沒妳想得那般好，我瞞了他一個祕密，寒了他的心，只怕……再也焐不熱了。」

曹玉林一板一眼地坐著，看著她低垂的眼睫，被火光在臉上照出一層陰影。先前她與伏廷有事，也不曾這樣過。

「嫂嫂為何會這麼認為，竟像是覺得毫無轉圜了一般。」

棲遲又想起那一日她被拆穿的種種，他每一句話她都記得清清楚楚，尤其是他那句：我伏廷是妳能擺弄的人嗎？

她如自言自語般說：「我從未見過他那樣，他從未如此動怒過。」

「怒？」曹玉林搖頭，眼望著火光，似在回憶，「三哥何等人，他真怒時一人殺入突厥營中，斬敵數百，浴血奮戰。他的怒只會對敵，不會對自己人。我想在嫂嫂面前，三哥應當從未真動過怒。」

棲遲霍然抬眼，看她許久，笑了一聲：「妳這是在寬慰我。」

曹玉林一臉認真：「嫂嫂抬舉我，我是最不會寬慰人的。三哥的心是不是真寒了，嫂嫂不必看他說什麼，看他做什麼就知道了。」

棲遲眼動了動，隨即又笑了，想說「妳分明就很會寬慰人」，至少她已受到寬慰了。

說了一番話，曹玉林將外衫在地上一鋪，先睡下了。

棲遲睡不著，坐了許久後，起了身。

荒廟正中一尊殘像，看不出是哪一尊神佛，前面橫著一張破敗的木香案。月光照入，從香案上照到她腳下。

她拉了下身上的披風，摸到袖中的魚形青玉，想起伏廷將這魚形青玉還給她，想起他將她扛起就回了府，心說：是了，她怎會忘了，他向來是個嘴硬的。

眼前香案上積了一層灰，她的手搭在上面，無意識地描畫著，回了神，才看見上面被她寫了個「伏」字，想得太出神，竟隨手寫出來了。

她慢慢抹掉，細細擦著手心，又憶起他那句：終有一日，我會讓妳將瀚海府當成自己真正的家。

她在心裡又說一遍：我等著。

第二十一章　千里營救

二十多天後，北地境外百里的一座小城裡。

曹玉林黑衣颯颯，穿過狹窄的街道，拐入一間拱門圓頂的客舍。最裡面的客房門口守著兩個身著便服的護衛，她走過去，護衛便當即打開門讓她進去，又將門合上。

「嫂嫂，」曹玉林從懷裡掏出一疊飛錢，遞給房中的人，「這是剩下的。」

棲遲身上穿著月白色的圓領袍，站在拱形的花窗前，接在手裡點了點，道：「竟還有這麼多沒花完。」

曹玉林不解地問：「嫂嫂到底有何用意？我們時間已經不多了，為何每日只叫我到那家商號的店裡花錢？」

儘管她們一路上沒有半點耽擱，也花了大半月才到達這裡，又待了數日，眼看著許多天過去了。可到現在為止，她們除了花錢疏通一下當地管事，暫且保著商隊的人和貨，其餘便再無動作了。

棲遲也只是給曹玉林一筆錢，讓她每日到作對的那家商號的店裡去花銷，倒好似要叫對家多賺些錢似的。

「我只是想探探這家商號的底罷了，」棲遲抬眼看她，「妳花銷時，可有見到他們家的鋪子有何不尋常之處？」

曹玉林想了想：「沒有，只是平常做生意罷了。」

棲遲問：「對其他往來商戶如何？」

曹玉林說：「也是如常。」

棲遲心說：難道就只是奔著她這家來作對？她又問：「他們家在這城中有多少家鋪子？」

「十來家。」

棲遲看了手裡的飛錢一眼，不免好笑，原先聽曹玉林說這家也是家大商號，還帶了些謹慎。可這數日下來，不過十來家店鋪，也並非是什麼銷金窟，可見財勢遠不及她想像得那般足。

她故意問：「那妳覺得是商隊家的商號大，還是這一家大？」

曹玉林想了想，道：「料想是商隊家的大吧。這一路下來，我也看見不少魚形商號家的鋪面。」

「聽妳這麼說我便覺得好辦多了。」棲遲理了下衣袍，繫上披風，拿了桌上的帷帽，說：「走一趟吧。」

曹玉林見她終於有動作了，立即跟她出門。

到了門外，棲遲停了一下，從袖中取出一封信遞給門邊的護衛。

護衛接了，匆匆出去遞送。

「可是嫂嫂報平安的信？」曹玉林眼尖地瞧見了。

棲遲的臉隔著帽紗看不分明，語氣裡卻有些淡淡的笑意：「是，晚了好幾日。」

曹玉林跟著她的腳步，邊走邊道：「這一路下來，嫂嫂以往的神采好似又回來了。」

棲遲隨口道：「是嗎？」

「是。」自那晚荒廟裡一宿之後，曹玉林便察覺了，以往那個嬌滴滴卻眉眼含笑的嫂嫂又回來了。

出了客舍，門口一隊護衛守著一輛小頂馬車等候著。

棲遲登上車後，回頭朝曹玉林招了下手，示意她一併上來。

曹玉林跟上去，發現車中堆著許多匣子，多看了兩眼：「我還道嫂嫂是按兵不動，原來是早準備好了。」

棲遲坐下後，取了一紙文書在手中，翻看一遍，收起來，對她說：「我得感謝妳，多虧有妳相助，否則難以進展得如此順利。」

「嫂嫂何須如此客氣，便是除去三哥這一層，我與嫂嫂也不該如此生分。」曹玉林總是一板一眼的，也正因如此，說話便有種分外真誠之感。

棲遲撩開面紗，朝她笑起來：「那我以後就喚妳『阿嬋』如何？」

曹玉林木訥地看過來：「嫂嫂為何會知道這個名字？」

「妳說我還能從何得知？」棲遲反問，眼神有些揶揄。

羅小義說過曹玉林是由胡人養大的，有個胡名叫玉林嬋，只因這名字太過秀氣，與她本人英姿颯爽的模樣反差太大，棲遲才會記得這般清楚。

曹玉林會意，面無表情：「是了，定然是羅小義說的。」

棲遲看了看她的臉，怕戳到她不快：「我不過玩笑罷了，並非有意打聽什麼，妳莫放在心上。」

曹玉林端坐著，兩手交握：「嫂嫂不必如此顧忌，我與他的事也沒什麼不好說的，無非就是曾與他相好過一場罷了。」

棲遲一怔：「什麼？」

曹玉林看看她：「我與羅小義相好過，又分開了，就這麼回事。」

棲遲著實沒有想到，看之前情形，她還以為是羅小義一廂情願，沒料到竟然還有過這樣的往事。

「那為何要分開？」她問。

曹玉林平靜地搖了下頭：「不是一路人罷了。」她掀簾朝外說了聲「上路」，又回頭對棲遲說，「嫂嫂以後就喚我『阿嬋』好了。」

這座小城名叫古葉城，與北地不同，隨處可見拱門穹頂的房屋。

石頭鋪成的街道又直又窄，梳著小辮的幼童歡笑著跑過，兩邊的胡人小販直接在地上鋪一塊氈毯就兜售起各種東西。各色的人往來穿梭，穿著五顏六色的胡衣，說著各種話語。

街道正中，一家兩層高的酒肆，門前挑著胡語寫就的招牌。

馬車停下，曹玉林先下來，再掀了簾子。

棲遲走出來，抬頭，隔著帽紗看了酒肆大門一眼：「就是這裡？」

曹玉林點頭：「不錯。」那家與她作對的商號最大的店面就是這家，曹玉林早已打聽清楚，他們的東家就在這裡。

棲遲走了進去。

就算是白日，酒肆裡也鬧哄哄的。

臨門一張橫櫃，站著酒肆裡的夥計，見到一群隨從簇擁著兩人進來，皆是中原面孔，忙上前笑臉迎客，說著一口生硬的漢話。

曹玉林說：「叫你們東家出來，便說還錢的來了。」

夥計似是早等著的，一聽這話，麻溜地請他們上樓去。

棲遲走上去，樓上是一間間被分隔開的小隔間，招待貴客用的，算得上安靜。

夥計挑開拱形的門上垂著的珠簾，請他們進去。

裡面正中擺著一張方桌，桌後坐著個胡人漢子，布巾裹著捲曲的頭髮，一臉絡腮鬍，有一隻眼睛翻白，似乎是天生獨眼，正在喝酒吃菜，身後站著好幾個五大三粗的隨從。

夥計用胡語喚了他一句，這一句棲遲聽得懂，過往經商時與胡商打交道時聽過許多次，是東家的意思。

她看曹玉林一眼，曹玉林朝她點頭。所以這就是那個與她作對的人了。

那獨眼漢子看見當先進來的棲遲，放下手裡的銀質酒杯，上下打量她，用漢話問：「怎麼貴號東家就是妳這麼個女人？」

棲遲雖然身著男裝，但只是為了行走方便，身段是遮掩不住的，任誰都能看出她是個女人。

她隔著帽紗看對方兩眼，軟言軟語地道：「東家是我夫家，奈何出了這事，叫他急得臥病在床，無法前來，只好由我代替了。」這一番說辭是早就在車上與曹玉林說好的，她故意說得低軟可憐。

獨眼笑了一聲：「妳們就是再可憐，我也不能不要我的錢，此事妳們必然要給我一個交代，否則貨別想帶走。」

棲遲嘆了口氣：「既然如此，這樁買賣也就做不成了，那便按照你說的，退掉買賣，翻倍補償吧。」

獨眼跟左右隨從打了個眼色，看著她：「妳這話是真的？」

棲遲朝身後看一眼，幾個護衛捧著車裡備好的匣子走了進來，放在桌前空地上。

曹玉林彎腰，打開一只，裡面不是飛錢，而是明晃晃的真金白銀。

這樣的盒子放了一排，獨眼掃了一眼，笑得絡腮鬍一抖：「早知妳們如此爽快，我也犯不著告到管事那裡去了。」他擺了下手，叫身後的隨從過來拿錢。

棲遲豎手阻止：「錢給了你，我的人和貨要如何是好，你我得立下文書，免得去管事處贖人時空口無憑。」

獨眼想了想，又看了看那排匣子，實在動心，手一拍桌子：「好，立文書吧。」

棲遲從袖中取出文書來：「我一介女流，不懂經商，心急如焚的，也不知寫得對不對，不如請你幫我看一看，不然回去後無法向夫家交代，我便難辭其咎了。」

獨眼是想自己立文書的，見她立好了本還想推卻，卻見她是這麼一副模樣，料想也就是個深閨宅院裡的女人，咧著嘴笑：「那我便瞧瞧好了。」

曹玉林接了那文書，送到他跟前。

獨眼拿在手裡看了一遍，又看了一遍，這裡面明顯有個紕漏，他原先提出的是補償翻倍，這裡面竟然寫了兩個翻倍。這一個筆誤，卻是又要翻上一番了。

他將那文書翻來覆去看了幾遍，也沒再看出其他問題，故意不說出這處紕漏，往桌上一按：「可行。」

棲遲說：「那便就此定下了。」

獨眼叫人取了紅泥來，往文書上按了指印，便揮手讓隨從去取匣子。

曹玉林把文書拿過來，送到棲遲手中。

下一刻，只聽到一聲怒喝：「你們敢耍老子！」

那幾個五大三粗的隨從已揭開那一排匣子，除了那一個裡裝滿了金銀，其餘皆是空的。

獨眼這一聲暴喝，頓時幾個隨從圍了上來。

外面的護衛也瞬間湧入，雙方對峙起來。

棲遲不緊不慢地起身走到獨眼跟前，一手將文書按在桌上，一手伸入他面前的酒杯，兩指蘸了酒，在文書下方一抹，說：「你何不先看看清楚自己按過手印的文書？」

獨眼一看，那文書最下面浮出行半清半楚的字跡來：所得賠償款項多少，便按照一通寶一頭的價格，提供相應的牛羊幼崽。

一通寶一頭，這簡直是賤賣得不能再賤賣了，這天價的賠償折合下來，他需要提供成千上萬的牛羊幼崽不成。

獨眼嘴裡罵出一句胡語，緊接著又用漢話罵：「妳這女人裝模作樣，竟敢騙老子！」明明他檢查了好幾回，居然沒看出這點，說明這女人是個老手，對這些歪門邪道懂得很。

棲遲手指在文書上點了點，語氣竟還很溫和：「這不就是你們用的伎倆，如此下三濫的手段，早已無人再用了，若我去管事的那裡揭發，也未嘗不可。」

獨眼大喊一句胡語，劈手就來奪文書。

曹玉林眼疾手快地按住他的手臂，另一手握著匕首狠狠一插，釘著他的衣袖扎進桌面。

那幾個隨從聽了他的喊聲本要動手，見狀頓時不敢動彈。

桌上酒菜皆翻，獨眼在那兒扭著身子，翻白的那隻眼翻得更厲害了，他看自己的手一眼，匕首釘入的是衣袖，可差寸許就要刺入他手臂了，又看曹玉林一眼，臉色一僵，問道：「妳是什麼人？」

曹玉林說：「你管我什麼人。」

獨眼到這會兒才意識到是自己小看這兩個女人了。

棲遲將文書收好，攏著手站在桌前：「我本可以直接去見管事，特地走這一遭，只想弄清楚緣由。我已摸清你的底，你不過是個普通商戶，既然如此，何不打開門好好做生意，為何獨獨要尋我家商隊的事？」

獨眼梗著脖子：「勸妳不要多問的好。」

棲遲說：「你既然如此說了，我便不得不問清楚了。莫要忘了，此地是鞡鞨所屬，鞡鞨是我朝臣邦，你敢對我朝正經行商的商隊下手，便不怕他日鬧大了，弄成鞡鞨對我朝不敬？聽聞我朝剛派遣了使臣前往鞡鞨，你要在此時生事？」

獨眼臉上一番變化，翻白的那隻眼動來動去。

「如何，你還是不肯說？」棲遲轉身，「那走吧，去見管事。」

「慢著！」獨眼忙喊了一聲。

她停住。

獨眼看看左右：「我誰也得罪不起，只是有人發話，我照辦而已，我能說的就這麼多了。」

棲遲蹙眉：「何人？」

「勸妳少問。」獨眼說：「妳們要是現在走人，我就當妳們沒來過，什麼商隊和貨也別要了。」

曹玉林抓著匕首的那隻手猛地用力，刀鋒又入桌面幾寸，止了他的話，看向棲遲，等她發話。

無論是商隊，還是牛羊幼畜，都是必須帶回去的。棲遲看了獨眼一眼，平靜道：「你去管事處撤了訴狀，放了我的商隊和貨，原先的牛羊買賣按照正常的價格來，我方才給你的那一匣子金銀便是報酬。」

獨眼以為她在說胡話：「話我已說了，妳還敢要這批貨和牛羊？」

她點頭：「便是一根羊毛，我也要帶回去。」

獨眼咬牙點頭：「好，有種！夜間妳到城外來，交了錢，趕了牛羊就走，別說我沒提醒妳。」

臨晚時分，棲遲才走出酒肆，一路走一路思索著。

上車前，她腳步一停，吩咐身旁護衛：「馬上去官署接應商隊出來，叫他們不要休息，即刻帶上貨去城外等著，夜間一旦交易完牛羊就上路，半點也不要耽擱。」

護衛領命而去。

曹玉林跟在她身後，訝異問：「嫂嫂這是怎麼了？」

棲遲說：「思來想去覺得不對，那商號如此畏懼，指使他的恐怕不是小來頭，謹慎些好。」

曹玉林想了一下：「那我去城外先行打探一下，免得交易出事。」說完不等她開口，轉身匆匆而去。

棲遲登上車，吩咐趕回客舍。

回去後，不管其他，她先收拾了東西，又立即趕去城外。

大概是往來商貿的緣故，這境外小城沒有宵禁，從早到晚都有人進出。

往來的車馬當中，商隊被放了出來，馬車有十幾輛，隨行護送和負責買賣的有近百人，如此龐大的一支商隊，全在城門外等候著。

棲遲到時，看到城門前懸著燈，許多人穿行而過，不免安心了些。她從那獨眼的話裡想到些什麼，只是暫時還未坐實，也只能當作什麼事都沒有。

護衛牽著馬過來，她棄了車，坐到馬上，隨著人流出了城門，在僻靜的城牆下，與商隊一同等待著。

夜色一點一點降臨。

一名護衛來報，對方用木欄車運著牲畜幼崽過來了。

棲遲叮囑一句：「快辦，記住，無論如何，一定先將牲畜運回去。」

護衛去傳了話，商隊的人馬上趕了過去，雙方在夜色裡交易。

棲遲沒再見到那個獨眼，料想他本人沒敢來。

正等著，曹玉林自城中打馬趕來，一到她跟前就說：「嫂嫂快走！」

棲遲一驚：「怎麼了？」

「有一群人馬往城門口來了，不知是什麼來路，但有兵器。」

城中已經傳來馬蹄聲，頃刻就近了。

緊跟著，好好的城門處，忽然衝出一群持刀的人馬，瞬間引得驚叫聲四起，到處都是逃竄的人。

事出突然，無暇多想。棲遲立即策馬疾馳，順帶看商隊一眼，牛羊牲畜已被趕去前方，有一部分人還落在後面，得趕緊衝出去才行。

曹玉林打馬跟上她，想為她擋一下後方，轉頭卻聽見前方又來一陣轟隆馬蹄聲，竟然多出了另一群人馬，且數量龐大，浩浩蕩蕩如潮水般擋住了去路，恰與後方城門處那群持刀的人馬形成合圍之勢。

頓時，城門處逃竄湧出的人皆被包圍了。

伏廷走入書房，解了佩刀後，先算了下日子。

今日距她離開已有一個多月了。這一個多月裡，他大半住在營中，是今日需要議事才返回府中。

他在盆中洗了雙手，正準備更衣，羅小義忽然風風火火地闖了進來。

「三哥，邊境送來了消息。」

伏廷看見他懷裡揣著的奏報，手在袖上蹭了一下，伸出去：「拿來。」

羅小義趕緊送上。

伏廷翻開看了看，問：「什麼人做的？」

羅小義搖頭：「不知道，很古怪。」

是斥候送來的消息，一群人劫持了一群平民百姓，其中有他們北地的商隊，做得很隱祕，是半夜動的手。若非他三哥早就派人盯著，可能還不會發覺。

伏廷又看了奏報一眼，商隊，北地的商隊目前只有一支。這消息就算是快馬送到，也已發生好幾日了。

他問：「這地方準確？」

羅小義點頭：「是，在境外，出事的地方叫古葉城，那一帶就那幾個小城，錯不了。」

外面忽然傳出兩聲急促的腳步響，伏廷轉頭，看見李硯匆忙跑了進來。

「小義叔方才說古葉城出事了？」

羅小義見他一臉驚慌，莫名其妙：「你這是怎麼了？」

李硯伸出手，手裡是一封信，他白著臉說：「剛收到姑姑送回的信，她說……」

伏廷已經大步走過去，將信拿了過來。

信是秋霜去鋪中取來的，西域快馬送回，沒有半點耽擱。李硯記得姑父的吩咐，拿到後就送了過來，本意是來替姑姑報平安，不想卻聽到這個消息。只因姑姑在信中說，她眼下就在古葉城。

伏廷看完信，眉眼一凜，李棲遲，居然跑去那裡了！

他二話沒說就出了門。

羅小義反應過來，連忙去追，眼前哪裡還有他的蹤影。

風颳著，捲著飛沙，拍打在拱形窗戶上，發出吧嗒吧嗒的聲響。

半明半暗的屋子裡，關了一群人，全都擠在牆角。

棲遲坐在靠門的角落裡，聽著外面的腳步聲。她被關在這地方已有好幾日了。

曹玉林就在她身旁，正貼身於窗下，仔細聽著外面的動靜。過了許久，才聽到隱約幾句交談聲，並不分明，她卻聽出來了，轉頭過來小聲說：「是突厥語。」

棲遲環住膝，凝著眉，心說：果然。

她當時聽了那獨眼的話時便猜到一些，這一帶夾在北地和突厥中間，他說他誰也得罪不起。那能讓他得罪北地商隊的，也就只有突厥了。

她們來此數日不曾有事，一旦商隊要走對方便現身了，可見那獨眼說得沒錯，他們就是要留下商隊的貨。

她低聲說：「也許是突厥軍。」

曹玉林道：「我也懷疑，只是見他們用的不是突厥軍中慣用的彎刀，也未著甲胄，因而未下論斷。」

棲遲說：「單看他們如此人多勢眾，就絕非常人。」

當夜太黑沒能看清，但四處都是人馬，能將城門口團團圍住，豈是普通的突厥人能做到的。

曹玉林有經驗，低語一句：「若真如此，便麻煩了。」

棲遲被圍住時頭上的帷帽便已遺落，如今束著的髮髻已亂，臉上也沾了些許塵灰。她朝屋內掃視一圈，那群人沒把他們當人看待，無論男女就肆意關在一起。

她倒是沒與旁人擠在一起，身邊除了曹玉林，還有她商隊裡的不少人，以及幾個抵擋時受了傷的護衛。

商隊已被這突發的事情拆散，當時有部分人趕著牲畜幼崽及早上了路，也不知有沒有逃脫。剩餘的護衛也不知所蹤，或許是被關在別處，如果是那樣倒還算是好的。

這間屋子並不是什麼住人的地方，連著茅房，連日下來，一群人吃喝睡都在一處，充斥著一股難言的氣味。她聞了覺得很不舒服，胸口隱隱不適，幾欲作嘔，一隻手按住胸口。

曹玉林見狀，往她身前擋了擋，想她如此嬌貴的貴族女子，應該半點不曾受過這樣的苦，如今卻被困在這種地方，不免自責：「是我沒保護好嫂嫂。」

棲遲小聲說：「與妳無關，真是軍隊來了，僅憑我們這些人是跑不掉的。」

曹玉林還擔心她會害怕，不想她倒還鎮定地寬慰起自己來，低語道：「放心嫂嫂，三哥向來關心邊境動向，一旦得知消息，必定會來救妳。」

棲遲一直刻意地沒去多想，被她勾動，就難以遏制地想起伏廷。

上一次被突厥女擄走時她還問過他，若有一日她出事，他會不會來救她。沒想到真有這一日。

他會來嗎？她想他那樣一個有擔當的男人，自己的妻子出事應當會來的，可似乎又不確定。他現在，可還對她有氣？忽然想起，他們已有一個多月未見了。

「恐怕很難，」她垂眼，捏住衣擺，「外面那些人若是刻意隱瞞，可能還無人知道我們被困在這裡。」說到此處，她捏衣擺的手指愈發用力了。她還有許多事沒完成，絕對不能被困在這裡，更不能死在這裡。

「不行，」她聲音低低的，彷若自言自語，「一定要逃出去才行。」

曹玉林聞言，將藏在袖中的匕首捏在手裡：「嫂嫂說得對。」

外面傳出一連串的腳步聲，二人立即收斂，沒了聲音。

棲遲沉默著等待那群人過去，又看了看屋中被困的人。天南海北的人都有，有許多是中原人。

她看過去時，也有人朝著她這裡看。她再三看了看他們，發現那些不過是尋常出來討生活的平民和商人罷了。

這群突厥人，竟連普通百姓也不放過。

莽莽荒原，塵沙飛揚。

大隊人馬疾馳而過，如風過境，除去轟隆如雷的馬蹄聲外，再無其他動靜。

直至日暮，一馬勒停，後方眾人齊整停下。

伏廷當先坐在馬上，極目遠眺，一條湍急的河流橫擋在眼前，河對岸就是一條直通邊境外的近道。

他對北地地形瞭若指掌，這是最近的路。

羅小義打馬在旁，喘兩口氣，又抹了把臉上的汗：「三哥，我們日夜未停，已是最快的速度了，應當是趕得及的。」這麼說是怕他太擔心嫂嫂了。

「何況還有阿嬋在。」他又說了一句。曹玉林身手不亞於他，若非離了軍中，軍銜不會比他低的，羅小義雖也著急，但歷來是相信她的本事的。

伏廷沒說話，兩眼凝視前方。

很快，一名斥候快馬加鞭地自遠處馳來，近前後顧不得下馬，一抱拳便開了口：「稟大都護，古葉城外有突厥戰馬行過的痕跡，但未見突厥軍。」

伏廷聽到「突厥」二字，手已按在腰後的刀上，問：「古葉城有何動靜？」

「暫無其他動靜，看似一切如常。」

看似一切如常。有突厥行軍痕跡卻不見突厥軍，古葉城出了這樣的事卻一切如常。

伏廷迅速做了判斷，當即下令：「所有人卸下戰甲，只著便服，不可洩露安北都護府將士身分。」

所有人領命，下馬整裝。

羅小義也躍下了馬，手上毫不遲疑地照辦，口中卻詫異地問了句：「三哥這是為何？」

「此事與突厥脫不了干係，」伏廷說，「古葉城也許已被突厥控制了。」

出了這種事，古葉城卻無人問津，只有這一個可能。如果是突厥軍所為，劫持北地的商隊，最終的目的還是為了對付北地。如今突厥軍隱於暗處，他們更不能暴露在明處。

眾人迅速變換著裝，軟甲內著，外罩便服，所有兵器藏於馬腹之下。

羅小義翻身上馬，看了那條河流一眼：「可要等水流緩些再過去？」

「馬上走！」伏廷手中馬韁一扯，一馬當先，破河而過。

後方兵馬立即跟上，馬蹄奔踏，震裂長河，直奔境外。

棲遲一直沒怎麼吃，也沒怎麼睡。在這種環境下，她只能儘量閉目休息，讓自己保持清醒。屋中，有不知何處而來的胡民被困久了，在人群裡低低地跪地祈禱，念著聽不懂的禱詞。今日的屋外，忽然多了些不尋常。她抬起頭，聽見好像不時有人被帶出帶進一般，偶爾還有一兩聲慘叫傳來。

身旁的曹玉林低聲說：「他們要對我們下手了。」

棲遲暗暗心驚，往窗外望去，只看到模糊的人影經過。

門忽然被推開，一個生著鷹鉤鼻的突厥男人走了進來，手裡拖著柄長刀。

外面一點暮光照進來，擠在一處的人都不敢作聲，祈禱的胡人此時也不敢再開口了。

那鷹鉤鼻拖著刀在屋中走了一圈，停在棲遲這群人跟前，用不大流利的漢話問：「你們商隊的東家呢？」

商隊裡的人都搖頭。

「東家沒來。」

「我們底下的人都沒見過東家，誰也不知東家在何處。」

鷹鉤鼻不耐煩地冷哼了一聲，朝外說了句突厥語。

立即進來幾人，要拖走商隊裡的人。

商隊裡有人連忙道：「且慢，我們只是普通百姓而已，貨已是你們的了，豈可再得寸進尺？」

那鷹鉤鼻似是聽到什麼笑話，笑了兩聲，擺擺手就要把人往外拖。

忽然有什麼扔了過來，鷹鉤鼻伸手一兜，竟然是一遝飛錢，有的還掉在地上，他彎腰撿起來，看過去，看到一個髮髻微亂、罩著披風的人。

「放了他們，這些錢就是你的了。」

開了口，才發現是個女人，只不過束了男子髮髻，作男裝打扮。鷹鉤鼻只看到她雪白的臉，他陰惻惻地笑了起來，嘴裡又說了一句突厥語。

聽他命令的人不再管其他人，轉而去拖棲遲。

曹玉林聽出他話裡的意思，胳膊一動，想擋，被棲遲一隻手按住。

她說：「我在古葉城中各處都有錢，放過我們，五日後我再說個地方，你可以去取一筆回報，絕對比你剛才得到得還多。」

鷹鉤鼻掂了掂手裡的飛錢，好似有些被說動了，手擺了一下，刀卻架在她的頸上，說了句漢話：「說地方。」他竟想現在就想去拿錢。

棲遲不過是權宜之計，古葉城中雖存有錢，也需要她拿魚形青玉去親自取，就是他手中這一遝飛錢，也未必能兌出現錢來。

但能拖一刻是一刻。

「現在殺了我，你什麼也得不到，不過就是多留我們五日，我們也跑不掉，於你又有什麼損失，到時候真沒拿到，你再想怎樣也不遲。」

鷹鉤鼻冷笑著拿開刀：「明日，只留你們到明日。」他毫無遮攔地看了棲遲一眼，又露出那陰惻惻的笑來，透著一絲淫邪，「妳，今晚我再來。」說完掃了其他人一圈，揣了飛錢出去了。

跟著他的人再次將門鎖上。

棲遲臉上白了一分，環緊膝頭。

商隊的人都看了過來，小聲又驚慌地問：「這……如何是好啊？」

任誰都看得出來那鷹鉤鼻的意思。

曹玉林在她耳側低聲說：「實在不行，我只能為嫂嫂殺出一條血路來了。」

護衛們已失了武器，帶著傷，仍效忠地跪了下來。

棲遲抱著膝，想著可能發生的情形，緊緊咬住唇。

天色一點一點地暗了下來。

外面每響起一聲腳步聲，都讓曹玉林等人萬分戒備。

棲遲被曹玉林要求著強吃了些東西，卻食不下嚥，最後只勉強咽了些墊了腹。她強撐著精神，眼睛落在鞋面上，忽然感覺有人挪了過來，抬頭看了一眼。

那是一個女子，穿著彩衣，只是已經沾滿灰塵，就快看不出本色來了。隔著商隊裡的幾個人，她看著棲遲，小聲問：「能否與夫人說幾句話？」

棲遲以為她有什麼事，擺了下手。

身旁騰出空地來，那女子挪到了跟前，歪著臉細細地打量著她的眉眼，忽然輕笑一聲：「原來還真是夫人，賤妾瞧了好幾次，險些要以為是認錯人了。」

棲遲問：「妳認識我？」

女子抹了下臉：「夫人何不看看是否還認得賤妾？」

屋內已經昏暗，棲遲不得不湊近細看，對方手抹過後，露出殘粉未消的臉，稍細的眉眼，略帶風情，很是眼熟。

只兩眼，她便認了出來：「是妳，杜心奴。」何曾想到，當初臯蘭州被她打發掉的箜篌女，竟還有再見的一日。

「夫人竟還記得賤妾。」杜心奴倒有些驚喜。她不過一介低微螻蟻，眼前的卻是高高在上的大都護夫人，久未見面，不想她還能記得自己，實在叫人意外。

棲遲輕輕說：「我記得妳彈得一手好箜篌。」

杜心奴越發詫異，她以為這位夫人會記得她如何糾纏安北大都護，再不濟也是記得花銷了很大一筆錢財才打發了她，沒料到卻是這一句。這一句，倒好似只看見她的技藝。

她掩口笑起來：「賤妾以往沒說錯，夫人是賤妾生平見過最有意思的人了。」

棲遲也跟著微微笑了一下：「這樣的光景裡重逢，委實不能再說什麼有意思了。若是太平時候，我倒希望坐著好好再聽妳彈一彈箜篌。但眼下，相認不如不認。」說著，她指了下緊閉的門，提醒一句，「那些，是突厥人。」

杜心奴聽了捂一下嘴，左右看了看，被嚇到了，她原先還以為是哪裡來的劫匪，不想竟然是突厥人。

再看棲遲身邊緊挨著的曹玉林一眼，又看了圍在周遭的人一圈，皆防範似的盯著她，她明白了，連忙低語：「賤妾不過是與夫人有一面之緣，連夫人從何而來都不知道，只是為夫人彈過幾支曲子罷了。」

棲遲笑了一下：「多謝。」

杜心奴盯著她看，想不透她如此身分為何會在這裡，但看這情形也不好多問了。她嘆了口氣道：「得夫人所賜，賤妾這些時日下來才得以不用為生計奔波，還能走遍各地修習樂音，如今路過此地會與夫人再重逢，大概是上天的安排了。」

棲遲點頭，感覺眼前又暗了一層，想著即將到來的事，勉強笑道：「能在這境況下遇到一個故人，於我也是安慰。」

杜心奴看了她一會兒，忽然問：「夫人可否將身上的披風贈予賤妾？賤妾衣衫單薄，實在覺得有些冷了。」

棲遲看她形單影隻，被困在此處到現在才過來認她，料想也受了不少驚嚇，點了點頭，便將披風脫下來遞給她。

杜心奴披在身上，繫好，兩手解開頭髮，以手指做梳，梳理了一遍後，攏起來束髮。她一邊束髮一邊道：「賤妾在這境外走動以來發現，好多胡人男子看我們中原女子，一眼兩眼是很難分個細緻的。」

棲遲看著她將頭髮束成男子髮髻，穿著她的披風，又說了這樣的話，隱隱覺得不對勁：「妳這話何意？」

杜心奴弄好了，拉了下披風，低聲道：「先前的事賤妾都看到了，那突厥人八成是要來了，賤妾的意思是，以色侍人並非夫人能做的，卻是賤妾拿手的，那何不由賤妾代勞呢？」

之前商隊這邊的動靜全屋的人都看到了，誰都看得出來，那個鷹鉤鼻說晚上再來是什麼意圖。杜心奴就是那時候留心到棲遲的臉，仔細辨認過後，才過來相認。

她本也遲疑，但與棲遲說了這番話後，還是下了決心。她能有如今的生活，都是這位夫人的慷慨賜予的，給了她一條活路，還是一條體面的活路。

雖出身低微，但她也知禮義廉恥。倘若她對今日的事視而不見，那便是連為人的一點良知都沒了。

如她所言，外面真傳來了腳步聲。

棲遲身邊瞬間人人戒備，卻又被眼前這一幕弄得驚奇。

曹玉林手裡匕首已經滑了出來，也忍不住看著這個突然冒出來的女子。

棲遲卻只盯著杜心奴，壓低聲音道：「此事與妳無關，快將披風脫下來，我不可欠妳如此大恩。」

杜心奴拜道：「凡事必有因果，夫人不曾欠我什麼，是賤妾有心報恩罷了。倘若夫人當初不是寬容優待，而是將我打將出去，那麼今日賤妾便不是報恩，而是報仇了，所以夫人要謝便謝自己吧。」話沒說完，她就起身往外走。

「等等！」棲遲反應過來伸手去拉她已來不及，門已推開，她竟直接迎了上去。

鷹鉤鼻摸著黑走進來，陰笑著問：「等什麼？」

杜心奴在他身旁柔聲道：「不必等什麼了，賤妾都已迎出門來了。」

棲遲脫口說：「這是我朝宮廷中的樂師，以往只有聖人才配聽她彈的曲子，不能隨便走。」

鷹鉤鼻聽了問：「當真？」

杜心奴倒是聽明白棲遲的意思，隔著一片昏暗看了她一眼，笑道：「正是，賤妾的確出身宮廷，倘若不棄，願叫諸位也聽一聽我朝聖人才能聽的雅樂。」

鷹鉤鼻一邊說：「走。」一邊對旁邊隨從低聲吩咐句突厥語，聽語氣，大概是叫他去準備樂器。

隨後門被鎖上，他們一起走遠了。

曹玉林在旁小聲問：「嫂嫂為何這麼說？」

棲遲撫了下心口，她方才一急就直接扯了這個謊：「突厥歷來對我朝虎視眈眈，倘若有個機會讓他們能享受聖人才能享受到的，只會叫他們覺得暢快，我想，他們應當會願意花時間聽所謂高不可攀的宮樂。」

曹玉林明白了：「嫂嫂還是不想那女子為妳委身突厥人。」

棲遲點頭，又撫了下心口。杜心奴有這技藝傍身是好事，便是有了機會拖延，哪怕只能拖一時半刻也是好的。

外面果然傳來隱約的箜篌聲，奏的果然是宮廷樂曲，許多人張揚的笑聲傳出來，彷彿十分得意。笑聲當中有人說了句突厥語。

屋中忽然有人低呼出聲：「他們是突厥兵！」

棲遲看過去，似乎是白日裡那個祈禱的胡人，他原來是懂突厥語的，正在與身旁的中原人小聲說：「方才那人說到什麼右將軍，他們肯定是突厥兵！」

人群騷動起來。

棲遲蹙眉，坐實了，他們果然是突厥軍。

不過「右將軍」這個稱號，好似在哪裡聽過。好一會兒，她才想起來——

當初突厥女被殺，羅小義自她屍身上搜出來的東西上發現她正是出自突厥右將軍府。多虧有摸魚形青玉一事，棲遲才能記得此事。

突厥女雖然當場就被伏廷滅了口，商隊幫著抓過探子的事卻在北地不是什麼祕密，也有可能被突厥知道。這次針對商隊是一箭雙雕，既可以報復她的商號，又可以破壞北地民生的恢復，歸根結底仍是要對付北地。

越是如此，她越是要小心身分。無論是商隊東家，還是大都護夫人，落在他們手裡都不會好過。

棲遲提提神，聽著那箜篌聲，口中低語：「阿嬋，妳聽到了？他們的確是突厥軍。」

「我聽到了，突厥軍……」曹玉林的聲音聽起來有些不對。

棲遲本想說杜心奴的拖延是個機會，她們應該早做打算，或許出去後還能將杜心奴一併解救了，聽到她的語氣，忙轉頭看去，卻見她一隻手按在胸口，臉色發青，立即伸手去扶：「妳怎麼了？」

曹玉林緩了緩，才說：「對不住嫂嫂，我舊傷發作了。」

棲遲心沉到了底。錢沒了，還有色，色沒了，就只剩一條命了。

可她必須堅持下去。

窗口泛出一絲白時，已不知過去多久。

棲遲陡然驚醒。

她先前一直沒有合眼，始終聽著遠處的箜篌聲和歡笑聲，卻還是撐不住坐著睡了片刻。現在醒了，是因為忽然察覺箜篌聲沒了，再細聽，覺得四周安靜得有些詭異。

緊接著，忽然傳出幾聲高昂的突厥語，似下命令一般。就連身邊坐著沒動的曹玉林都抬起了頭。

「原來如此。」她說。

棲遲問：「妳聽出什麼了？」

「古葉城早被突厥把控了，」曹玉林低聲說：「城裡管事的靺鞨人送消息給他們，有人混入城裡，他們現在要去解決那批人。」

棲遲心說難怪，他們早就聯手設好的套，只等請君入甕，難怪獨眼畏懼成那樣。

「也許是三哥來了。」曹玉林幾乎是用氣息說出這句。

棲遲心口一跳，下意識往窗口望。

門上忽然一聲重響，被人推開，一個突厥人用生硬的漢話大喊了一聲：「都出來！」聽聲音還是那個鷹鉤鼻。

所有人不得不起身出去。

棲遲調整著情緒，起身時伸手扶住曹玉林：「妳好些沒有？」

她垂著頭，走得還算穩，並未多說：「嫂嫂放心。」

出了屋子就是院落，出了院落卻是城中的街道。他們被押來那晚天太黑了，繞了很多路，未曾發現一直在古葉城中。

外面天還不夠亮，棲遲悄悄看了看前後，他們是分批被押出來的，前面有一些人已被押著走了，後面有些人還沒出來，她沒能看到杜心奴在何處。

街邊，一群人站在那裡等著，天光熹微中人影幢幢，看不太分明。

鷹鉤鼻領著一群突厥人過去，與那群人交談了幾句，說的竟然是漢話，隨即下令上路。

棲遲扶著曹玉林，大概聽見幾句。那群人是靺鞨人，他們等在這裡，是要幫著這群突厥兵轉移他們。

她皺了下眉頭，心說：就算伏廷來了，可能也找不到他們了。如今整座城裡裡外外都是他們的人，要尋機脫逃簡直難於登天。

一聲呼喝，她回了神。

突厥人趕著他們上路了。

天色完全亮起前，被押著的人已經浩浩蕩蕩地走到了城門口。

鷹鉤鼻忽然喊了一聲，手一抬，不讓走了。「誰說要出城的？」他用漢話問。

突厥和靺鞨語言不通，靺鞨通漢話，以至於他們反倒要靠漢話來交談。

一個靺鞨人回答：「去城外找個地方更妥當。」

「不行！」鷹鉤鼻警惕地拔出長刀，轉頭指著所有人：「都蹲下，誰都不准走！」

被抓的幾乎全是平民百姓，一見刀便驚叫著蹲下不敢動了。

棲遲也跟著蹲下，看了曹玉林一眼，見她好些了，才把手鬆開。

鷹鉤鼻正指著個靺鞨人下令：「你，去關城門！」

那鞅鞨人沒動。

鷹鉤鼻怒道：「怎麼回事？叫你們領頭的來說！」

那鞅鞨人讓開一步，他身後，一個人走了出來。

棲遲忍耐著聽著動靜，卻沒聽到說話聲，悄悄抬眼，看見走出來的那個鞅鞨人高大的身影。他一身胡服緊束，微低著頭，一隻手拿著馬鞭，緩緩走來時，一下一下地輕敲在腿側，好似在數著腳步。

棲遲看了一眼，又看了一眼，霍然抬頭，心口猛烈地跳動起來。

是她看錯了？怎麼會，他就這麼堂而皇之地現身了。

天還沒完全亮透，但他已經走近，身形和臉型在她眼裡已很清楚。的確是他，是伏廷。

伏廷停步，低著頭，眼盯著她，忽然朝旁一瞥。

棲遲下意識地順著他的眼神看過去，那裡是一匹黑亮的高馬，他的馬。她眼轉回來，心想這是什麼意思，難道要她獨自逃跑？那其他人怎麼辦？

伏廷頭更低，下巴緊緊收著，又朝那邊看了一眼，唇抿得死死的。

她看明白了，的確就是這個意思。

「你幹什麼！」鷹鉤鼻半天沒等到回話，終於忍不住大步走過來。

伏廷轉身，迎著他抬起頭。

鷹鉤鼻剛要質問，看見他的臉，嫌光不夠亮，走近了又看了一眼，大驚失色，立即拔刀，口中一串突厥語戛然而止。

伏廷手裡的刀已經先一步送了出去。

騷亂乍起。

曹玉林看明白，低低催促：「嫂嫂快走。」

就是現在，伏廷製造了他的時機。

棲遲握緊手心，起身，跑向那匹馬。

伏廷看她上了馬，朝曹玉林點了個頭，意思是已有安排，藉著雙方混亂，迅速追上去。

棲遲身前撲來一個突厥兵，下一刻就被他一刀解決。

伏廷刀未收，一手拽住轠繩，緊跟著翻身而上，將她一攬，直衝出城門。

第二十二章 共行險途

出古葉城近百里，是一大片人煙稀少的荒蕪之地。

日光淡薄，風嘯未停，一匹快馬疾馳，匆匆勒停。

伏廷腿一跨，下了馬，一手提刀，一手將棲遲挾下來，扣著她的手腕往前走。

棲遲還沒站穩就被他拽了出去，腳下急切，幾乎要跟不上他的步伐，邊走邊看著他的後背。他轉著頭，兩眼警覺地掃視左右，一言不發。

前方矗立著一片年久失修的佛塔林，塔身已經斑駁，許多塔尖也已坍塌，腳下一路雜草叢生。

伏廷拽著她走了進去，腳步一停，回過頭，手裡的刀往地上一插，將她按著靠在一座佛塔上，手撥正她的臉，兩眼上下掃視著她：「妳有沒有事？可有受傷？」

從一早到現在，足足好幾個時辰的奔波，棲遲早已筋疲力盡，靠在那裡輕輕喘著氣，搖搖頭：「沒有，沒有受傷。」

伏廷抬高她的臉，迅速地又看她兩眼，確信沒有受傷，從懷裡摸出水囊，用牙咬開，遞到她嘴邊。

棲遲顧不得飲水，剛平復了些便問：「其他人怎麼辦，阿嬋還在他們手裡，還有杜心奴，就是當初那個箜篌女，若不是她，我的名節便保不住了。」

伏廷驀地笑了一聲：「名節？命都要沒了妳還管名節！」

棲遲怔了怔，這才發現他一張臉緊繃著，眉峰壓低，似是一直忍到現在。她不知他是不是帶著氣，看著他的臉，沒了話語。

「妳知道那些是什麼人？」伏廷盯著她，聲沉下去，另一隻手還牢牢扣著她的手腕。

棲遲低低說：「突厥軍。」

他點頭，一條腿壓著她抵在身前，像是不讓她逃一般：「妳還敢不告訴我就跑來境外？」

棲遲身前是他的胸膛，身後是佛塔，無法動彈，只能迎上他的眼：「我也想告訴你，可經商得撇清與都護府的關聯，何況當時你我……」她眼神動了動，在他臉上輕掃而過，終是沒說出來。

彼此心知肚明。

伏廷嘴一抿。道理他如何不懂，不懂就不會配合著遮掩她這一個多月以來出府的事實。可真正事到眼前，他又恨不得早些知道。

他咬了咬牙：「只差一步，妳可知會有什麼下場？」

棲遲垂了眼，臉上發白，直到此刻回想，仍然心有餘悸。也許能逃出來，也許差一步，她就真沒命了。

伏廷看她鬢邊髮絲微散，掩著她蒼白的臉，忽又後悔說了這一句，剛脫險，又嚇她做什麼。突厥會在靺鞨的地界上來這麼一出，連他也沒料到，又何況是只能以商人身分行走的她。

他把水囊抵著她唇上壓了一下，緩了聲：「喝水。」

棲遲抬起頭看了他一眼，立即配合地伸出隻手來托著水囊，就著他的手，啟開雙唇喝了兩口。

伏廷的拇指在她下頜上一抹，抹掉她唇邊那點殘餘的水跡，又將水囊遞到自己嘴裡灌了兩口，要去摁塞子時，才終於鬆開那隻一直扣著她手腕的手。

很快，他又從懷裡摸出一小包乾糧，遞到她眼前：「吃了。」

棲遲撥開，裡面是黑乎乎的肉乾，她捏了一塊放到嘴裡，乾硬無比，幾乎嚼不動，似乎也並不覺得餓，搖搖頭，不想再吃了。

這是軍中的東西，伏廷知道對她而言是難以下嚥了些，但還是拿了一塊遞到她眼前：「吃完，不吃沒力氣趕路。」

棲遲看了看他不由分說的架勢，終是抬手拿了，送到口中。

伏廷收起東西，轉頭拔了地上的刀，環顧四周一圈，又凝神聽了下動靜，快步過去牽馬過來，抓著她的手就走。

棲遲艱難地咽下最後一口肉乾，被他拉著，一直走到塔林深處。

隱隱有流淌的水聲，伏廷鬆開馬韁，手在馬額上一按，多年的戰馬，極通人性，跪下前蹄，俯低不嘶。他拉著棲遲往前，撥開一人高的茅草，草下橫著一條河。

「下去。」話音未落，他已跨入河中，回頭伸手一拉，將她拉下去。

河水略急，伏廷緊攬著棲遲蹲下，一手拄著刀，藏身水草之中。

棲遲並未聽見什麼動靜，但明白他一定是聽到了什麼，踩著河中的石頭，半身浸水，勉強抓著他的胳膊蹲穩，被他攬得太緊，人幾乎埋在他胸前。

茅草掩著光，不知過了多久，伏廷才稍稍鬆開了她。

棲遲自他胸口抬起頭，喘了口氣：「沒事了？」

「只能說暫時沒事。」伏廷盯著她的臉，將手中的刀收入腰後鞘中，沒急著上去，往後退了一步，手抄著河水，抹過她的臉。將她臉上的灰塵洗乾淨，他又抄了水，淋著她的脖子清洗了一下。

棲遲的臉和脖子被他的手撫過，呼吸不自覺地快了些。

伏廷站了起來，拖著她的手上了岸。

大風吹著，黑雲壓頂，天光似也暗了一層。

棲遲被他拉到背風的佛塔後，他蹲下去，兩手抓住她的衣擺，用力擰去水。

起身後，他解了腰帶，將身上半濕的軍服脫下，沒顧上擰，先將裡面一層穿著的軟甲脫下，塞在她手裡：「穿上。」

棲遲拿在手裡時，又聽他說：「就現在，歇片刻。」

她知道輕重緩急，沒有耽擱，走去塔後，解開身上的圓領袍，將軟甲仔細套在中衣外，剛掩上，朝伏廷看過去，見他已去河邊將馬牽了回來，半濕半乾的軍服在他身上披著，所幸他腳上穿著長過半膝的胡靴，胡褲未濕。

伏廷鬆了馬，又拔了刀，在另一頭坐下，與她離了幾步的距離。

棲遲看著他，想著他到現在為止都雷厲風行的，現在又坐在另一邊，也許真的是還沒消氣。可一想到他來救自己，心裡便像被什麼壓著一般，沉甸甸的。

她整理好衣裳，緩緩挨著佛塔坐下，又看了看他的側臉，心知這一次她還是理虧的，故意放軟聲調，喚他：「三郎？」

伏廷轉頭看過來。他是故意守在這裡，方便盯著外面的動靜，想叫她休息片刻，沒料到忽然聽到這麼一聲，不禁盯住了她。

棲遲被他盯著，眼睛動了動，又喚：「三哥？」

伏廷嘴角一動，抿緊，快被她瞎叫得弄笑了，不知她是在賣什麼關子，手搭在膝上，故意不動聲色。

棲遲也不知該說什麼，想問他是否還帶著氣，又不想再提先前的事，一隻手緩緩摸了摸胳膊。北疆天氣不似中原，氣候多變，眼下大風正盛，她方才入了一下水，此刻便難免覺得冷了。

她又搓了下胳膊，輕聲說：「三郎，我冷。」

伏廷看到她這模樣，不禁磨了下牙根，想罵自己，將刀在身邊一放，說：「過來。」

棲遲起身，走過去，胳膊被他握著一扯，坐入他懷裡。

伏廷拉開軍服衣襟，緊緊裹住她。

棲遲埋首在他懷間，雙手環到他背後，摸了摸他緊窄的腰身。

伏廷以手臂鉗制住她兩手：「別動。」還不想在這地方辦了她。

棲遲靠著他的胸口，不再動了。她是想確定一下是不是真的，四周只有風吹草動聲，還有他隱約可聞的呼吸，可一路的奔逃下來，又好似很不真實。

下巴忽然被手一托，是伏廷抬起她的臉：「以後還敢嗎？」

棲遲盯著他的雙眼，他眼下帶著一層青灰，眉骨突出，眼窩深陷，一雙眸沉如點漆。她不禁問：「敢什麼？」

伏廷說：「還敢不敢再不說一聲就跑出來？」

她此時分外聽話，搖了下頭：「不敢了。」

伏廷點頭，將她抱得死緊，低頭盯著她的雙眼：「我就是聽見箜篌聲才尋到你們的。」

棲遲心中一動，才知他是在回她先前的話。她當時不知就身在城中，並沒指望能有人聽見聲音，沒想到歪打正著。如此說來，杜心奴未必有事了。

「他們人太多，」伏廷越發托高她的臉，臉色認真，「我帶的人不夠，想救其他人，就必須吸引開他們的主力，我已在他們跟前露了臉，所以現在妳我才是最危險的，明白了嗎？」

棲遲一瞬間就懂了，輕輕點頭：「明白了。」

伏廷早有安排，只有將主力吸引走，羅小義才能帶著剩餘的人去解救其他人。否則那麼多人，要從密不透風的一座城裡帶走很難。

突厥人既然看到他的臉，就絕對不會錯過殺他的機會。眼下看情形，他們已經一路追過來了。

他低頭看了看棲遲，手上不自覺地將她攬緊。直到此時才發覺並不是氣她不告而別，只是後怕罷了。

睜開眼，一縷稀薄的天光近在眼前。棲遲動了一下，才發現自己居然就這麼睡著了。

她的人卻在動，身下是前行的馬，不疾不徐。伏廷在身後緊緊抱著她。

這麼久過去，兩個人的衣裳已經乾透了。

「醒了？」他低頭看她一眼。

「何時上的路？」她竟然一點也未察覺，大概是連日來太過疲憊了。

「夜裡。」伏廷一面說，一面將馬勒停。

莽莽荒野，早已不知身在何處。他下了馬，將她抱下來。

不用說一個字，棲遲便立即跟上他。

四周寂靜無聲。伏廷鬆開韁繩，放任馬在後面自行跟著，拉著她步行往前。走出去很遠，料想不會留下清晰的馬蹄印了，才要再回頭上馬，伏廷忽然又停住腳步。

棲遲頓時不敢再走。畢竟他們已是吸引突厥主力的靶子，這種時候，任何一點動靜都叫人忌憚。

伏廷聽了片刻，拉著她，就近在一塊大石後蹲下，低聲說：「有人在前面。」

棲遲往前看去，遠遠的，似有一大堆人停在那裡，因為沒有聲音，在這天色裡竟然險些沒被察覺。

人都坐在那裡，旁邊有許多輛車，似乎是在休整。

伏廷眼力好，已經看清：「那是商隊。」

棲遲瞇眼細看許久，發現那些車駕都是木欄車，是裝牲畜幼崽的，有些驚喜：「那是我的商隊。」是趕著牲畜先行的那一批，還擔心他們沒能逃脫，原來已到了這裡。

伏廷聞言不禁又看了一遍，眼睛掃到遠處還有一群人守著，沉眉說：「不是休整，應是被攔截了。」

棲遲蹙了眉，順著他的視線看過去，那群人當中，有一個打頭的，看著有些眼熟，似乎是那個獨眼。

伏廷已經將周圍情況看了個清楚：「人不少。」

棲遲心沉到了底，低聲說：「我已經與他們交易了，現在他們又追過來攔截，一定是受突厥指使。」

伏廷心中有數：「無非是不想讓北地好罷了。」

突厥針對商隊，不管是出於私還是出於公，都是不願意讓北地好起來的。他們向來無所不用其極。

棲遲默不吭聲。

伏廷看她一眼：「想拿回來？」

棲遲自然想，否則就不會放話「一根羊毛也要帶回去」了，可對眼前的情形也很清楚，輕聲道：「我們只有兩個人。」

伏廷沉思一瞬，說：「可這兩個人是北地的大都護和大都護夫人。」

棲遲不禁看向他。

伏廷指一下那裡：「既然是北地的東西，為何妳我不能拿回來？」說完拉她一下，「走。」

天一點一點亮了起來。

商隊連人帶畜的在原地一直休整到此時，終於有人動了。

在胡人的看管下，商隊裡有幾人自後方的木欄車裡取了草料，挨個將這批牲畜幼崽飼餵了一遍，其餘的人無聲地站了起來。

不遠處，一片坡地下，兩道緊貼的人影正看著那裡。

「他們好似要上路了。」棲遲輕聲說。

伏廷為防有險，手一直攬著她，幾乎將她罩在身下，在她耳邊低低「嗯」一聲，看了胡人們面朝的方向一眼，毫無疑問，這些人是要將商隊趕回古葉城去了。

他們兩個一直待到此時，勉強也算休整了一番，順便將那頭的情形看清了。商隊前後左右的胡人都帶了刀，剃著頭，只留一條側辮，那是靺鞨武士的裝束，說明這些胡人應當是古葉城中的靺鞨兵，興許是被突厥操控才來做這攔截之事。

靺鞨兵雖算不上能征善戰，但對付人手不多的商隊，已是綽綽有餘。

伏廷坐起，抓住棲遲的手，往她手心裡塞了柄匕首，盯著她：「就按我們方才定好的做，怕嗎？」

棲遲握著那柄匕首，聽著他低沉的聲音，不能說毫無畏懼，畢竟在逃出古葉城後，還未完全脫險，但那些人出自她的商隊，那裡的人和貨都是她該擔的責任。

她低聲說：「怕也要試試。」

伏廷看著她的臉，聲音更沉了些：「放心，妳應當用不上它。」

棲遲不禁看向他，就見他自身後拿出準備好的長弓。

伏廷將弓握在手裡，箭袋放在一側，兩眼沉著地落在她臉上：「有我在妳就用不上它。」

聽了這句話，又見到他這樣的架勢，棲遲頓時心定了許多。

天上忽然傳來一聲鷹鳴，伏廷抬頭看了一眼。

棲遲看他抬頭，也跟著往上看了一眼：「怎麼了？」

伏廷低頭想了想這附近一帶的地形，就連居住了哪些部族他也瞭若指掌，又看了泛藍的天一眼，說：「再等一等。」

片刻之後，天澈底亮透了。

忽來一句胡語呼喝，商隊就像是一條凝滯的長龍，拖著沉緩的身軀動了。

若非胡人眾多，將商隊前後圍得水泄不通，看起來他們真的就只是在這裡休整了一宿，不像是被攔截的。

最前方，那個獨眼走了出來，抹著捲曲的絡腮鬍鬚，臉上還帶著惺忪的睡意，強打著精神準備領路。

正要出發，忽地有個胡人不知道喊了句什麼。獨眼聞聲，警覺地看過去，就見遠處有一人走了過來。

那是個穿著圓領袍的中原人，縱然衣袍寬大，一路走近，衣帶當風，行動間也遮掩不住身姿的纖秀窈窕，何況臉上還以一塊白帕子做面巾遮掩了大半，只露出了一雙黑白分明的杏眼。

於是任誰都看了出來，這是個女人。

商隊正要上路，卻忽然冒出個如此打扮的女人來，難免惹人奇怪，那群胡人當中有人用漢話喝了一聲：「什麼人？」

對方站在一丈開外，說：「點兒。」

問話的人沒聽懂，持刀相對。

獨眼撥開人走出來，看看她那身衣擺已經髒污的圓領袍，越看越熟悉，再聽這聲音，臉色一變：「是妳！」

是棲遲。她攏著手站在那裡，對他的臉色視而不見，平靜地道：「點兒過路，山門開否？」這一句，是買賣場上的黑話，所謂「點兒」，指的是願出錢的主顧。她在問：她是來談買賣的，可願談上一談。

獨眼也是混跡買賣場上多年的人，漢話裡就屬這些話聽得最多的，自然是聽得懂的，只是莫名其妙。他看了看身後的商隊，又看了看這前後左右，只見到她一個人，上下打量著她，齜牙咧嘴地笑起來：「開了山門遇海冷，點絕！」

「海冷」指兵，他現在可是帶著兵來的，如今就憑她孤身一人，又是個女人，居然敢空手前來，真是不要命了。這裡可不是他那間酒肆，還能任由她倡狂。

棲遲看了周圍那些手持兵戈的胡人一眼，緩緩道：「孤草頭行江，杵門子不敢收？」

意思是何不先聽聽她的買賣是什麼呢？反正她也只是孤身前來，難道他們這麼多人還怕她一個女人不成？還是說，有錢賺他還不想賺？

獨眼看了周圍雲裡霧裡的靺鞨兵一眼，翻白的那隻眼轉了轉，心想聽一聽也無妨，反正此時不必怕她。

「開。」他回。

棲遲點頭，指了一下天：「至密塾，二道杵。」

獨眼翳鬢一抖，變了臉色。

她指的是天，話裡的密塾卻是指北面，說的是叫他帶著商隊改道，送入北地，屆時會給他再翻一番的報酬。

「開否？」棲遲問得很認真。

這就是她和伏廷商定好的做法。僅憑他們二人，也許可以將商隊直接搶回來，但未必能安全送入北地，畢竟他們還在吸引突厥軍的路途上，無法兼顧這麼一大批人和牲畜。

既然如此，不如將這群攔截的人，收為己用。讓他們放棄回古葉城，而是直接護送商隊回北地。

獨眼翳鬢抖了又抖，想罵她瘋婆娘。

棲遲卻搶先又說了幾句，皆是暗語——

我們商號買賣大，你心中應有數，倘若你願意做成這樁買賣，此後北地與靺鞨商號互通，兩家互惠，可獲長利。

我商號如此大的經營，你不用擔心我食言，今日許諾，必然達成。

你早已說明得罪不起任何人，如此幫著突厥對付中原商號，那便是與上邦作對，我是在給你一個將功補過的機會。

一連幾句說完，她又問了一遍：「開否？」

獨眼心裡盤算著，臉色數番變化。說對錢不動心是假的，也知道這是家中原的大商號惹不起，背後的天朝上邦更是惹不起，若能安安心心地做生意，長久獲利那是再好不過的了，可突厥的刀已經架上脖子了，他能怎麼辦？錢再重要，也比不上眼前的性命。

他也回了幾句——

之前就勸你們離開，是妳堅持要這批貨，如今還敢回來，簡直是找死。

妳自稱是這支商隊東家的屋裡人，倘若我抓妳送去給突厥人，我便是頭功，沒有如此做，就是不想得罪你們，早說了商隊和貨都留下，趕緊滾，還能留下一命。

怨不得我，要怨就怨突厥。

旁邊有個鞣鞨武士用鞣鞨語問了句他們在說什麼，已有些不耐煩了。

獨眼知道不能耽誤下去了，朝棲遲冷笑兩聲，也顧不得打什麼暗語了，直接道：「妳個娘們兒不想死就趕緊走。」

棲遲話已說清，也不打啞謎了，聲音冷了許多：「我不計較你出爾反爾，已是大人大量。你當我一個女人敢站在這裡，真是孤身前來？你有海冷，我有冷子點，還是個海翅子。」

冷子點是官，而海翅子，是高官。

獨眼大驚，轉著頭四下望著，沒看見任何人，「呸」了一聲，只當是被她騙了，畢竟這女人的手段他見識過了，忙嚷起胡語，叫靺鞨兵去抓她。

忽聽一聲輕嘯破風而來，一支飛箭射來，斜斜插入地面，離走得最快的一個靺鞨兵的腳只有幾寸，阻斷他們前行的腳步。

眾人駭然，倉皇四顧。看不見對方身在何處，更不知對方有多少人。

仍有不信邪的靺鞨兵衝上來，又是一支飛箭，射在他腳邊，這下無人敢隨便動彈了。

棲遲不動不退，站在那裡，語調平穩地說：「看到了？我在路上遇到我朝高官，已經報官處置，方才禮遇你不願接受，莫要後悔。」

話音剛落，一聲突兀的鷹鳴自空中傳來。

她的身後，一人策馬而出，馬蹄獵獵，踏風而至，頃刻便到了眼前，一手持韁，一手按著腰後的長刀。

他跨馬一橫，擋在棲遲身前，居高臨下地看下來：「安北都護府行轄，何人敢造次？」

饒是一群持刀的靺鞨兵，聽到「安北都護府」幾個字還是不禁後退半步。

獨眼臉都白了，翻白的眼不停地轉動，連帶臉上捲曲的鬍鬚也一抖一抖地抖個不停。

海翅子，莫非就是安北都護府裡的？

但見只有這一人，他還是不信：「何以證明你就是安北大都護？」

伏廷自腰後取下那柄刀，橫在眼前：「問問你們當中可有兵齡五載以上的，不認得我的人，還不認得我的刀？」

隊伍中已有幾個鞑鞨兵連忙跪了下來。

安北都護府足以叫突厥色變，何人敢小覷。古葉城夾在中間，邊境戰起時少不得有人見過他出入戰場，光是鞑鞨自己也曾與北地交過手，後稱臣納貢，再不敢有異動，有些閱歷的稍微一受提醒就認了出來。

伏廷將刀一收，自腰間取出印信，朝他們一翻。

不需任何話，這次跪了一地。

獨眼也連忙跪了下來：「大……大都護，小的該死。」

伏廷將印信收起，手按在刀上，冷聲說：「敢攔截我北地商隊，的確該死。」

獨眼戰戰兢兢地道：「大都護見諒，並非小的敢如此行事，只因不得已而為之，古葉城全城都被突厥軍占了，只要我們透露半點消息，家人便要一命嗚呼，不敢有人違背。」

伏廷道：「古葉城之事我已知曉，正是來解圍的，已命斥候趕往鞑鞨首府報信，必然會有援軍趕至。」這一句是實話，入城之前他已下令做了。

他拇指抵著刀鞘，鏗然一聲，刀出一寸，伴隨著他冷肅的聲音，如利刃封喉：「我朝使臣正出使鞑鞨，你們是想先反叛？」

眾人伏地不起，皆稱「不敢」。

「那便照辦。」他拇指一扣，刀回鞘中。

最終，還是獨眼抬頭，看了被他擋在後方的女人一眼，畏懼地道：「實不相瞞，這筆買賣小的也動心，但就算安北都護府能解救了古葉城，眼下突厥大軍就要過來了，我們只看到大都護一人，恐……恐怕抵擋不住他們，也是死路一條。」

棲遲不禁轉頭朝遠處看了看，心提了起來，看向伏廷。早在計畫之時，他們便已猜到會有這一層，沒想到真是如此。

伏廷也朝她看了一眼，收著下頜，冷冷地說：「誰說我只有一人？」

獨眼小心翼翼地看過去。

伏廷耳中聽著四方動靜，口中說：「我的人馬上便到。」

剛說完，隱約聽見馬蹄震震，當真有人前來。

棲遲循聲望去，一群跨馬持弓的胡人從視野盡頭疾奔過來，塵煙瀰漫，離得太遠，一時看不清有多少人。

伏廷說：「這是先頭胡部，大軍在後，你們是要即刻上路，還是要等我大軍前來？」

獨眼聽到，再不敢多言，忙隔著馬向棲遲行胡禮：「請夫人海涵，網開一面。」是希望她千萬別在安北都護府前告他的狀了。

棲遲淡淡地問：「那這筆買賣你便接了？」

他忙道：「接了接了。」

棲遲走出一步，對著商隊最前列的人亮了下袖中的魚形青玉，點了下頭。

商隊中皆俯首，聽憑東家安排。

伏廷看遠處的塵煙一眼，心知時間不多，發話說：「快滾！」

獨眼慌忙起身，招呼眾人上路。

商隊改了道，往北而行。

伏廷目視他們走遠，立即轉頭朝棲遲伸手：「上來。」

棲遲將手遞給他，被他拽上馬背。

那群胡人的馬蹄已到了跟前。

伏廷轉頭，忽然朝著他們高喊一句胡語。

那群人頓時急急勒馬，繼而調轉馬頭，四散而去。

伏廷一夾馬腹，往前疾馳。

棲遲縮在他懷間，問：「他們是什麼人？」

伏廷說：「住在附近的一支胡部。」

早在看到那隻鷹時，他便記起這周圍居住的部族，這一支靺鞨人靠打獵為生，鷹是他們的嚮導。

在打馬出來之前，他等著那隻鷹盤旋到頭頂，故意朝鷹翅射了一箭。羽箭擦過飛鷹的翅膀，激出一聲突兀的鷹鳴，鷹往此處墜來，必然惹得這支胡部追來觀望。

由此，正好冒充他的人。

棲遲明白了，又驚詫又佩服，這男人有時候太過狡猾了。她又問：「你方才喊的是什麼？」

伏廷的聲音被兩側颳過的風吹著，凜冽如刀：「突厥軍來了。」他把他們吸引過來，總不能置他們於險地，自然要支開他們。

遠遠的，似有另一股更沉更重的馬蹄聲傳來。

伏廷策馬，故意往濕軟處行，留下馬蹄印，以便吸引緊跟而至的突厥軍，好讓商隊順利離去。

馬蹄聲緊跟在他們身後，但很快就聽不見了。

伏廷策馬衝下一片坡地，勒停馬，將棲遲抱下來，拉著她前行。

幾乎是在跑，一直到草深處，枯樹後，他停了下來，一把接住來不及收腳的她。

棲遲喘著氣：「他們沒追上來？」

「也許。」

伏廷打馬現身前，用弓支在那裡，拉著弦，做了個假像。只要有劇烈的馬蹄踏過，震下壓著的石塊，箭離弦而出，盲目地射出去，便會叫追兵以為是有人藏身在那裡，必然會追過去查看。

現在人沒追上來，或許是此法奏效了。

風吹著，二人喘息不止。

棲遲兩手攀著他的胳膊，背靠在樹幹上，忽然彎了眼角。

伏廷盯著她：「笑什麼？」

她說：「這是我做過最有意思的買賣。」

縱使現在她沒有一文錢，他也沒有一個兵，竟也做成了。

伏廷看著她的臉：「真的？」

「嗯。」她眼裡閃著光亮，攝人一般，喘著氣，臉上的半透不透的白帕子隨著呼吸一呼一吸，描摹出她的唇。

他眼神凝在她臉上，抓她的手一緊，一手扯去帕子，低頭吻上去。

棲遲呼吸更急了，被他用力地壓著唇，幾乎要喘不過氣來。

他親得沉而急切，忽然一手伸入她的胸襟。

胸口一燙，她難言地縮了下肩。是他的手指在作祟，這樣的觸碰，讓她難耐又煎熬。

伏廷狠狠含著她的唇，從唇到齒，舌尖糾纏時，手上也用了力，她忍耐不住顫了一下，整個人靠在他懷裡。

他又停了手，聲音沉沉的響在她耳邊：「我還要保存體力。」

棲遲的心似乎漏跳了一瞬，埋著臉在他懷裡，耳根滾熱，舌根發麻，說不出話來，只能一口一口地呼吸，緩不過來似的，是因逃跑還是因他，似也分不清了。

伏廷向來有一說一，他眼下的確需要保存體力。

自北地一路趕來，為了以最快的速度到達，所有人只能輪流休息探路，他每日睡不到兩個時辰，其餘時間都在路上，幾乎連吃飯、喝水、洗漱都沒下過馬。入城後尋找棲遲又片刻不得耽誤，直到此刻，他還沒怎麼合過眼。

他搓了搓手指，指尖似還殘留著她身上的滑膩，不禁自嘲：剛才不收手，可能就停不下來了。

棲遲自他懷間抬起頭，終於平復了喘息，心還急跳著，看見他那隻手，臉上又熱了起來，輕聲說：「我身上都髒了。」

伏廷差點要說一句滑得很，知道她面皮薄，扯了下嘴角，說：「沒有。」

棲遲沒作聲，手指不自覺地拉了下衣襟。男人的手勁太大了，胸口那裡到現在還有些麻麻的疼，她猜可能紅了。

伏廷低頭又看她一眼，見她不言不語，懷疑是不是被他那句直白的話弄的，問：「想什麼呢？」

棲遲不好意思直言，岔開話題：「只是想怎麼那麼巧就叫你看見了那隻鷹？」

伏廷笑了一聲：「可見這回連老天也站在北地這邊。」

這聲笑裡似帶著一絲張揚的意氣風發。棲遲不禁看向他挺鼻深目的臉，忽然想起曾經聽他說起的那句：老子不信邁不過這道坎。沒來由的，她也跟著笑了一下。

伏廷從懷裡摸出酒袋，擰開灌了兩口，提了神，收回懷中，拖起她的手腕，從枯樹後走出。馬在外面吃著草。

他手臂在她腰上一收，抱著她坐上馬背，跟著踩鐙上馬，坐在她身後攬著她，扯韁前行。

馬蹄踏過長及人腰的茅草，越行越偏。

棲遲卻覺得他似是故意的，他攬在她身前的那隻手握著韁繩，五指有力，控著馬的方向，游刃有餘一般。

穿過一片頭頂遮蔽的密林，馬行下坡，前方是一叢一叢的帳篷，在半青起伏的山地間駐紮，好似是某支聚居的部落。

伏廷下了馬，將她抱下來。

棲遲腳踩到地，看向那裡：「這是何處？」

伏廷說：「就是我說的那支胡部。」

「來這裡做什麼？」

「妳方才說身上髒了。」

棲遲這才回味過來，胳膊一動，人已被他拉著往前走去。

最近的帳篷前，有一個上了年紀的老婦正在縫補，看到有人牽馬過來，便站起了身。

伏廷鬆開棲遲，說：「等我一下。」

棲遲「嗯」一聲，就見他大步走了過去，停在那老婦跟前，說了幾句胡語，從腰間掏出些碎錢遞給她，又轉頭指了下棲遲。

不是什麼大事，給了錢，胡民也好說話，老婦當即笑著回了兩句，朝棲遲招招手。

棲遲走過去，伏廷朝老婦偏了下頭說：「跟她去。」

她問：「那你呢？」

他扯了下軍服：「我也要洗一下。」

棲遲這才點了點頭，跟著老婦入了帳篷。

帳篷不大，吃睡的用具都放在一間裡，看起來很擠，角落裡放著個大圓木桶，已經老舊。老婦手腳麻利地拎了幾桶水來，澆進去後，又添了好幾塊石頭進去，很快就準備好了，朝棲遲笑笑，說了句胡語，出去了。

沒一會兒，老婦又進來，手裡捧著一套衣服擺在木桶旁，手在她身上上下比畫了下。

棲遲明白這是給她穿的意思，道了聲謝。

老婦可能根本沒聽明白，咧嘴笑著出去了。

棲遲將帳門掩好，解衣入水時，踩到那些溫熱的石頭才想起來為何老婦的動作這麼快。以往走南闖北，也曾聽說過胡部這種法子，這些石頭是一直燒著的，燙得很，水燒到半溫澆進來就行了，因而費不了多長時間。

這樣也好，伏廷帶著她東躲西藏的，這點時間原本就是偷出來的。

雖然很疲憊，也不能耽誤太多時間在這些閒事上。

棲遲抄著水將全身洗了一遍，又解開頭髮梳洗了一下，盡可能快地清洗完了，起身穿衣時才發現自己胸前還真紅了一塊。她咬了咬唇，一旦回想，耳根又要生熱，趕緊斷了念頭，用衣裳趕緊掩上了。

拿到那件軟甲時，她才想起這一直由她穿著。當時沒多想，是當取暖才穿上的，她放在一邊，想著還是還給伏廷，換上那件胡衣。

圓領袍已經髒污得不成樣子，她收拾了，拿起那件軟甲走出去，正好撞見伏廷。

他身上鬆散地披著軍服，自另一頭走來，頭髮和臉上都濕漉漉的，顯然也是剛清洗過。

「好了？」他在帳門前停下。

棲遲點頭，看著水珠從他髮上淋到臉上，又落入他微微敞露的胸前，眼神輕輕閃了閃，將軟甲遞給他：「這個忘了給你了。」

伏廷看了一眼就說：「穿著。」

她搖頭：「我也用不著。」

伏廷拿了，手在她肩上一按，推著她就進了帳。帳門掩上，他直接動手剝了她外面的胡衣。

棲遲怔了一下，忽見他抬起頭來，看著她說：「第一次穿胡衣？」

她點頭：「穿得不對？」

伏廷嘴角一扯：「太鬆了。」原本這件衣服對她而言就有些寬鬆，她又沒繫緊，被他一剝就剝下來了。

棲遲這才明白他的意思，默默無言，再看他，卻見他將手裡的軟甲給她套上了。套上後，他又接著將那件胡衣給她穿上，手上緊緊一收，扣緊了腰帶。

「叫妳穿著就穿著。」說完他先揭了帳簾走出去了。

棲遲拉正衣襟，摸了摸臉，好一會兒才跟著走出去。

那個老婦還在外面，正在架著鍋煮東西，看見她出來，招了招手，似乎是想招待她。

棲遲走過去，在旁邊的一塊石頭上坐下，看到地上自己的影子，才想起頭髮還隨意地盤著，看了看老婦，胡人女子的髮式大多俐落簡練，與中原很不同。

她朝老婦笑笑，指了下自己的頭髮，又指了指老婦的頭髮，意思是請老婦給自己綰一個同樣的髮式。既然衣服換了，再換個胡人的髮式，便更有利於遮掩了。

老婦笑著點頭，放下手裡的活，擦擦手，過來動手擺弄起她的頭髮來，一面還摸了摸她的頭髮，不知道說兩句什麼，好似在讚嘆她頭髮好一般。

棲遲也聽不懂，只能微笑，坐著任她忙碌，眼睛看著四周，忽然發現這帳外多了許多匹馬，馬背上還放著弓。

伏廷的馬也在，就徘徊在一間氈房外，她往氈房裡看，看到好幾個人站在裡面，正中坐著個上了年紀的老人。

老人的對面站著個人，看背影，是軍服穿戴齊整的伏廷。

棲遲隔了好幾丈遠，看那老人盯著伏廷，似有些沉臉不善，嘴巴開合，不知道在說什麼。

下一刻，就見伏廷動手扯開左袖上的束帶，鬆了袖口後往上一提，露出結實的左臂，緊接著右手在腿側靴筒中一摸，抽出柄匕首，往那條小臂上一劃。

棲遲一驚，身體一動，頭髮被扯了一下，蹙了眉，才想起老婦還握著她的頭髮。

老婦大概是看出來了，繞到她身前，指指氈房，搖了搖手，又拍了拍她的肩，安撫一般。

棲遲眼盯著那裡，覺得氈房裡的人似乎都很震驚，個個面面相覷。那位老人臉色看來倒是好看多了。

她攔了下老婦的手，想起身過去看看到底是怎麼回事，卻見氈房裡的人都走了出來，只好又坐了回去。

伏廷走在最後面，那個老人與他一同出門，出來時還遞了塊布巾給他。

他接了，接著纏在小臂上，裹住那道傷口，抬頭朝她這裡看了一眼，接著就往這裡走了過來。

棲遲一直盯著他到了跟前，問：「怎麼回事？」

老婦正好也在此時給她綰好了髮髻，去一旁攪動鍋裡煮著的東西了。

伏廷在她旁邊坐下，說：「我傷了他們的鷹。」

各部有各部的規矩，這支部族以鷹為圖騰，傷了他們的鷹，等同傷了他們的神靈，他沒什麼好迴避的。傷在鷹翅，他便二話不說，割臂償還。

棲遲蹙起眉，盯著他的小臂，伸手去摸自己袖口。

伏廷一眼看見，抿了下嘴角：「又想花錢解決？」

她動了動眼珠，因為被他說中了。「原想賠些錢給他們買藥來醫那鷹便是了，」她忍不住說，「何須如此。」摸到衣袖才想起剛換了胡衣，她險些忘了，眼下她已身無分文。

不是想藐視胡部的規矩，只是本也是不得已而為之，何況如今還在逃亡的路上，他怎能添傷。

伏廷看著她，有些好笑，真是難得，李棲遲竟也有沒錢可花的一日。「不必，他們已經不追究了。」這些胡民也不是什麼無理取鬧之徒，見他如此自罰，也就不說什麼了。

他頓了一下，又說：「我是想讓他們幫忙。」

棲遲想著方才那群胡民出來時的神情，好似的確是沒事了，才放了心，問他：「幫什麼忙？」

他說：「幫忙探一探古葉城的消息。」

棲遲明白了，又看他的小臂一眼，心想不疼嗎？說割就割下去了。

旁邊的老婦盛了碗鍋裡的湯端給棲遲。

她接了，道了聲謝，本要喝，聞到那湯一股腥膻的氣味，覺得不適，又不想喝了，只在手裡端著。

老婦又盛了一碗給伏廷，笑著不知道說了句什麼。

伏廷看棲遲一眼，回了一句。

棲遲看他：「你們說什麼了？」

伏廷端著碗，看看她的臉，早已留心到她頭髮梳成了胡女的髮式。大概是圖簡便，老婦給她在兩邊編出兩條辮髮，纏到後面綁在一起便了事了，可是襯著她雪白的中原面孔，坐在眼前，卻是一種獨特的風情。

他舌尖抵了下牙關，實話實說：「她問我，妳是不是我的女人。」

棲遲眸光一動，被這一句露骨的話弄得臉上又要生熱了，朝那老婦看了一眼，心想若在中原，都是說夫人或妻室才是，可也知道鄉野之間，大多也就是稱婆娘或女人了。

她眼睛看到他身上，問：「那你是如何回的？」

伏廷臉正對著她，目光沉沉的：「妳說呢？難道妳不是我女人？」

棲遲被問得偏了下臉，好似是問了個不該問的問題，手捧著碗，許久，才低低回了句：「嗯，是。」

伏廷看著她，像在品她那一句承認。這樣的話對她而言或許粗俗，對他來說卻是習以為常，直接、透澈。

嫁了他這樣的人，自然註定是他的女人。他仰脖，將碗裡的湯喝了。

第二十三章 虎口脫險

地上日影斜移一寸，胡部帳篷外馬嘶陣陣。

棲遲坐在沸騰的大鍋旁，朝聲音來源看去，就見部族中的幾個男人又跨上馬背，每人持了隻鷹，接連出去了。

其他人入了帳篷，偶爾有幾個女人和孩子從帳篷裡鑽出來朝她這裡觀望，看看她，又看看伏廷，好似對他們的到訪感到很新奇。

伏廷目送著那幾個男人離去，放下碗，用胡語向老婦道了謝，轉頭看到她手裡還端著那碗，提醒一句：「吃完，別耽誤。」說完起身大步走了。

棲遲看了碗裡的湯一眼，只好忍耐著喝了下去。湯裡有肉，她也艱難地咽了下去。

將碗還給老婦時，她想了想，全身上下除了那塊魚形青玉，真的是什麼也沒了。倒是那身換下的圓領袍還值些錢，雖然髒污不堪，但好歹是細綢的，名貴得很，本想送給她做報答，轉念一想也不能留下，否則被突厥人發現蛛絲馬跡，只會害了人家。

她只好空著兩手朝老婦笑笑，指了下伏廷離去的方向：「他是個好男人，不是有意傷害你們的鷹的，我也沒什麼可給你們的了，只能道謝。」

老婦笑著露出牙，點點頭，好像聽懂了一樣。

棲遲站起身，轉過頭，伏廷已牽著馬到了跟前。她問：「現在便走嗎？」

伏廷頷首：「不能久留。」

任何地方都不能久留，尤其是有人的地方，待久了若被突厥人發現，會對這支胡部不利。

棲遲自然明白緣由，只是想著方才那群男人剛離開，應當是去打聽古葉城的消息了。「我以為你會等他們打聽回來才走。」

他手指了下天空：「他們會用鷹傳訊。」

棲遲明白了，難怪那幾人出去時都帶著鷹，隨即又看了看他的小臂：「那你的傷就這樣？」

那隻袖口已經束起，看起來好似什麼都沒發生過。

伏廷看著她，聲音低了些：「我自己下的手，心中有數。」說完一隻手牽著馬，一隻手伸來抓住她的手腕，腳步很快，「走。」

棲遲收斂了心神，急走幾步，為了能跟上他的步伐。他身高腿長，腳步也大，若不拉著她，真的很容易就叫她落在後面。

待出了胡部，遠離了那片帳篷，伏廷才轉身，一手將她托上馬背，跟著坐上去。不想在附近留下他戰馬的痕跡。

澈底遠離那片地方，又回到莽莽荒野。

天光漸沉，時已將暮。大片荒蕪的土地從眼前延伸而出，泛著土白，溝壑叢生，兩邊是雜生的茅草和樹林。

棲遲往前看，認了出來，這一帶好似可以通往北地的邊境線，一旦到了邊境線上，就能進入北地了。

伏廷手一扯韁，轉向入了林中。他先下馬，再朝她伸手。

棲遲撐著他的手從馬背上下來，看了看左右：「就在這裡等消息？」

伏廷看她一眼，不用他說，她已知道了。他抽了刀，斬了附近的雜草，點頭：「要與小義會合了才能走。」

他的目的是要拖住突厥主力，為解救其他人爭取時間，如今還沒等到羅小義的消息，就算到了邊境一帶，也要繼續周旋，還不能拋下他們先入境。叫胡部去打聽古葉城的消息，就是為了得知羅小義的動向。

棲遲在他斬過草的地方坐下，背靠著樹幹，知道他是有心為之，所以才沒有在那支胡部休息，而是跑出這麼遠才停下。

伏廷並沒有坐，只在馬旁站著。

棲遲抬眼看過去，看他站得筆挺，身姿如松，臂上挽著那張弓，手扶著的馬鞍下露出一截劍鞘，是他藏著的佩劍，腰後的刀還片刻不離地掛著。目光往上，看到他的側臉，直到此時，她才發現他下巴上明顯泛青，一定是好久都沒刮過鬍子了。

不知道這一路他們是如何趕來的，想起羅小義和曹玉林，她心裡有些擔憂：「也不知他們如何了？」

伏廷看向她：「如今突厥在暗，我不能直接調入大軍，否則會被反咬一口，說是我占據了古葉城，唯有先等靺鞨援兵到，我們才能有所行動。」

棲遲一想就明白了，突厥如此隱瞞，未必沒有這個意圖。

「一旦抵達邊境線就不用顧慮了，」他說：「料想突厥暫時不敢冒進，除非他們想即刻開戰。」

他也只在這時候才會言語多些。棲遲看他眉宇間卻是一如往常寡言時的深沉模樣，說：「我想你應該不願打仗。」她知道他有多在意民生。

果然，伏廷說：「北地剛有起色，最好不打。」

眼下只要儘快和羅小義會合，返回北地再作處置。真要打，無所畏懼，但能不打仗就不打仗。

片刻工夫，忽然遠遠地傳來一聲鷹鳴。伏廷抬頭看了一眼，叫她：「上馬。」

棲遲一直提著精神，立即起身過來。

他幾乎與她同時上馬，沒有半點耽擱，振韁出了樹林。

一路疾馳，直往鷹鳴的方向而去。

半道，伏廷忽然勒馬。

棲遲被這急停弄得晃了下身，還好被他一隻手臂撈住，穩穩靠在他胸前。她覺得不對勁，輕聲問：「怎麼了？」

伏廷沒作聲，眼睛掃過四周。一片開闊的荒涼之地，一點聲音也沒有，身下的戰馬蹄刨地，低聲嘶鳴。

他霍然扯韁調轉馬頭，疾馳而去，一手牢牢攬住懷裡的棲遲。

荒野崎嶇，風利如刀。棲遲耳側只餘呼呼的風聲，聽見他說：「他們追來了。」

未及多言，風聲中已傳來劇烈的馬蹄聲響。

馬馳得太快，路便越發顯得顛簸難行了。

身後馬蹄聲迫近，越來越近，接連有羽箭射來。

伏廷馬走斜道才得以避過，低頭看了懷裡的棲遲一眼，多虧她會騎馬，才能在這情形下也坐得很穩。他將馬韁遞到她手裡：「妳來控馬。」

棲遲接過馬韁，他立即鬆了雙手，拿下臂上的弓，抽了羽箭，搭箭回頭。

一連兩箭，射中兩人。但對方的速度並沒有被拖慢多少，他們居然直接踏過那兩具同伴的屍體緊追而來。

伏廷冷眼收弓，一俯身，從馬腹下摸出馬鞭，用力一扯，纏在棲遲腰上，又繞過自己，緊緊綁住。

棲遲被他的舉動弄得驚了一下，沒有回頭，只看著前路，手裡緊緊握著馬韁。

伏廷將馬韁搶了過去，摸到她發涼的手指，手在她背上一按，身體前傾，將她完全護在懷裡。

箭矢不斷，直追而來。

天已經漸漸暗下，天氣不好，又颳起大風。但對伏廷而言卻是好事。

他策馬往左，終於在前方見到一片陡峭的坡地，直衝而下。那裡是一大片黃沙地帶，大風吹過，揚起紛揚的沙塵，足以遮蔽人的行蹤。

馬終於被他勒停下來。

棲遲被沙塵迷了眼，也顧不上，身上馬鞭一鬆，她被伏廷一手挾下馬，深一腳淺一腳地往前走。

四周昏暗，似是大片的密林和深山。等到入了更暗的地方，她眼睛才得以睜開，總算看清，已身在一處山洞裡。

「甩掉了？」她回頭問。

伏廷站在洞口，點了下頭。

她鬆了口氣，直到此時才敢回想剛才，之前什麼也不敢想。

伏廷解了腰後的刀，扔了臂上的弓，抓著她的那隻手一用力，把她拉到跟前。

棲遲貼在他胸口上，抬頭對上他的眼眸。

他抓著衣擺往腰間一掖，就地坐下，又拉了她一下，道：「坐下。」

棲遲跟著坐下，看著他。

洞中昏暗，伏廷臉上似蒙了一層霧，看不分明。「怕血嗎？」他忽然問。

她怔了怔：「為何問這個？」

伏廷在昏暗裡盯著她，胸膛起伏，在輕喘，另一隻手抓著她的手，送到肩後：「如果不怕，就幫我取出來。」

棲遲的手指碰到什麼，頓時一縮，整個人驚住了。

「別怕，只是中了一箭。」他說。

她已摸到了，是箭羽，不知道什麼時候中的，全然沒想到。如果他不說，她甚至沒有察覺。

她僵著手：「你讓我幫你取？」

伏廷從腰間摸出一樣東西塞在她手裡，她茫然地摸了下，好似是藥貼。

「拔了箭，把這按上。」他彷彿在說一件稀鬆平常的事。

棲遲看著他的肩，心不覺得跳快了，聲音輕飄飄的：「我怕會出事。」

「不會。」伏廷抓住她那隻手，「快，越拖越麻煩。」

棲遲捏住手心，定了定心，別慌，這種時候，只有她能幫他了。

「好，你教我。」她盯著他的臉，聲音穩住了。

伏廷將她拉近，喘口氣，說：「先刺入半寸，再斜著拔出，用全力，下手快就行了。」

棲遲更驚，竟然還要先入半寸。她往前，跪坐到他身上，一手搭住他的肩，一手懸在那支箭上，盯著他的臉，想問一句，該如何叫他分神，卻又怕問出口，反而叫他無法分神了。

不知道箭入了多深，更不知道拔出來會有多痛。忽然她想了起來，倘若軟甲還在他身上就不會這樣了。

昏暗裡，伏廷的臉近在咫尺，一雙眼沉定：「拔。」

棲遲鼻尖被他的呼吸拂過，想起他親她的時候，眼盯著他的唇，手握住箭。

兩個人對視著，她感覺手下他的肩已繃緊，甚至他渾身都繃緊了，已做好準備。

她提了提神，搭在他肩上的手環到他肩後，忽然主動貼了上去。

伏廷唇上一軟，是她主動親他。瞬間他就親了回去，一隻手按住她的後頸，狠狠地含住她的唇。

棲遲急喘，他下巴上泛青的地方磨過她的唇和下頜，微微的癢。但她沒忘了初衷，不敢猶豫，用盡全力，一刺，一拔。

伏廷陡然吃痛，按在她後頸上的手猛地用力，沒收住，不慎在她唇上咬了一口，忍住了，退開。

棲遲顧不上唇上那點痛，連忙拿著那塊藥貼撕了按上去，指尖觸到溫熱的血，用衣袖直接擦去，緊緊壓著。

伏廷穩坐著，一動不動，只有不穩的呼吸能聽出他此時的忍耐。

好一會兒，他摸到那支箭，拿起來看了一眼，聲音有些嘶啞地說：「還好，無毒。」

棲遲順帶看了一眼，藉著洞口暗沉的一點天光，才發現那箭竟然是帶著倒鉤的，難怪要先入半寸再斜著拔出，就算如此，被拔出來後還帶出一絲血肉。

她胸口一悶，捂住嘴，險些要嘔出來。

伏廷扔了箭，抱住她的腰，將她的臉撥過去：「別看。」

棲遲伏在他的肩窩裡，一想到他竟連這樣的痛楚都能忍，便什麼都說不出來了。

天終於亮了，大風轉緩。

外面除了伏廷的馬嘶了幾聲之外，再無其他聲音。

伏廷坐在洞口，一低頭，就看見膝上躺著的棲遲。這一夜她是挨著他睡的。

他動了下肩，肩上纏著布條，是自她裡襟上撕下來的。所幸她在胡部裡換過乾淨衣裳，卻用在這裡。昨晚太暗，還好沒有纏錯。

小臂上的傷因為用弓也崩開了，但比起箭傷已經算不上什麼了。他解開袖口，重新裹了傷口，朝外看了一眼，又垂眼看著棲遲，發現她唇上被他咬破，還有些腫。

他舔了下唇，想起這還是頭一回她主動親他，猜到是為了叫他分神，也的確是奏效了。被她碰上的一瞬，他心思就都在她身上了。

他又看她的唇一眼，覺得他那一下太狠了，伸手摸了一下。

棲遲被這一摸弄醒了。她坐起來，眼睛立即看向他，一夜過去，都有些懷疑昨晚的事是不是真的。

伏廷看她醒了，直接拉她起身：「趁現在走。」

「你的傷不要緊了？」她跟著站起來。

「至少能堅持回到北地。」他指了下外面，「鷹鳴傳來了。」

棲遲一聽，立即跟著他走出去。

拿水囊洗漱了一番，她坐上馬背，將手裡的血跡蹭乾淨，轉頭卻看到伏廷肩上的血跡，還是有些觸目驚心。多虧昨日光暗，否則她不知是否真能拔得下去。

她又看看伏廷，擔心他是不是在硬撐。

伏廷用水抹了把臉，翻身坐到她背後，怕她見了不舒服，將她的臉撥過去，仍不讓她多看。

兩人毫無停頓地上了路，連乾糧也是在馬背上吃的。

風過留塵，一路疾馳而去，偶爾還能看見地上凌亂的馬蹄印，可見突厥軍一定在附近搜尋過。

伏廷打馬慢行到此處，看過四周後，下了馬背。

棲遲見他下馬，也跟著下來，見他一言不發地指了下前方的密林，明白他的意思，是要從這片林子裡穿過去。

二人一步不停地進了林中，腳下只有踩過枯葉的細響聲。

不知多久，察覺眼前被遮蔽的天光似乎亮了一層，應當是將要出林子了，棲遲伸手拉了下伏廷的腰帶。

伏廷轉過頭。

她小聲問：「為何不遮掩一下？」是說他現在的模樣太惹人注意了。

伏廷壓低聲音回：「我是有意的。」故意沒作遮掩，就是為了吸引追兵。

棲遲知道緣由，可也知道眼下境況不比先前，看了他肩後一眼說：「可你已受傷了。」

伏廷抿了抿唇，突厥恨他入骨，一心要除去他，早已將他的相貌銘記在心，即使遮掩也未必有那麼大的用處。只是聽她這麼說，他還是問了句：「妳想怎麼遮掩？」

棲遲說：「你蹲下來。」

伏廷二話不說，依言蹲下。

她挨著他，半蹲在他身後。

伏廷只感覺頭上髮髻散了，她的手擺弄他的頭髮，心裡就有數了。

棲遲學著那老婦的樣子，幫他將側面頭髮編成一辮，掖去肩後。他的頭髮又黑又硬，就如同他這個人一般。

她弄好了，退開看了一眼。原本他就穿著胡衣，又身形高大，如今換了這個髮式，確有幾分胡人男子的模樣了。

伏廷轉頭看過來，看到她頭上的髮辮，又掃了地上挨著的兩道薄影一眼，低聲說：「這下該像一對胡人夫婦了。」

棲遲本是好心替他遮掩才這麼弄的，聽了這句，倒好似她是故意的一般，不禁看了自己身上的胡衣一眼，又看了看他的模樣。

中原束髮講究禮儀，胡人的髮式卻盡顯野性，襯著他英挺的面貌，似將他骨子裡那絲野性展露無疑。她看了好幾眼，低語一句：「難怪小辛雲說你是北地情郎。」

伏廷已聽見，沉聲一笑，起了身，一把將她拉起來，趁勢抵在樹幹上：「再胡說八道一句試試。」這種時候還能提起外人，他覺得她簡直是故意的。

棲遲眼神閃躲一下，心說不過是有感而發罷了，提醒說：「你還有傷呢。」

伏廷咧了下嘴角，抓住她的手，拉著她繼續往外走，心想還知道他有傷，沒有傷早就讓她說不出話來了。

出了林子，他們走的是條僻靜的小道。過了一條奔流的溪水，不斷地穿行於山腳密草之間，再也沒看到之前見過的馬蹄印。

伏廷還記得傳出鷹鳴的方向，要往那裡去時，他們已澈底遠離那片山林，再次進入無遮無攔的荒野。

還未上馬，隱約看見遠處似有人馬在遊走查看，伏廷示意棲遲上馬，朝那頭指了一下。

棲遲也看見了，正打算退避，胳膊已被他抓住。

伏廷朝馬背偏一下頭，示意她坐在馬背上，一邊動手解了佩刀藏在馬腹之下，低聲說：「他們只有兩個人，正好試試看妳的遮掩是否有用？」

棲遲猜到他的想法，多半是想解決對方。她遲疑一下，是因為想到他的傷，但見他眼神沉凝地望著那裡，還是照他所言坐上馬背。

伏廷牽著馬韁在下方，他們此刻看起來就像是一對路過的普通胡人夫婦。

那兩個人打馬緩行而來，一路走一路看，很快發現他們。

伏廷故意牽著馬往側面走，直到對方一聲呼喝。

瞬間，他手自馬腹下抽出一刀擲了過去，正中一人胸腹。那人直直地從馬背上倒了下去，他手裡抽出的劍已投向另一人。

這一劍卻未能要了那人的命，只叫他肩胛被刺，跌下了馬。伏廷大步過去，勒住他，又低又快地問了兩句突厥語。

對方殘喘著回了兩句。

伏廷聽完手下一鬆，一劍斃其命。抽了刀和劍，他將兩具屍體迅速拖去一邊的草叢裡，又將他們的馬匹趕遠。

這一番行動極為乾脆凌厲。他返回馬旁時，棲遲才從另一面轉過頭來，也沒看他染血的刀和劍，輕聲說：「可見還是有些用的。」

伏廷將刀劍收好，看她一眼，一路下來，她倒是坦然多了，這種時候竟能半開玩笑了。

翻身上馬後，他看了這兩個人來的方向一眼，不能再往前，扯韁朝另一個方向而去：「繞道過去。」

方才他已問出來，突厥軍已經回頭去攔截古葉城裡救出的人。如果羅小義等人在鷹鳴聲附近，那麼離他們已經很近了，但並非什麼好事。一思及此，他立即馳馬加速。

馬速一快，棲遲便嗅到一股輕微的血腥氣。她想往後看，但伏廷緊緊扣著她，無法回頭。

「你的傷……」

「沒事。」伏廷直接打斷她，聲音從她頭頂傳來。

棲遲不禁蹙眉，沒再作聲。他方才分明動了武，傷口應該是裂開了，現在一定是扛著的，還不知要這樣扛多久。

天碧藍如洗，雲潔白低垂，半空中盤旋著一隻鷹。忽然那隻鷹淒厲地叫了兩聲，往遠處飛走了。

伏廷看得分明，心裡迅速過了一遍。這不是什麼好訊號，說明下方有人干擾這隻鷹，或許突厥軍已經攔住他們了。

他快速做出判斷，偏了方向，馳馬未停，直至衝下一片坡地。

這裡一大片都是飛沙走石的不毛之地，散落著不知從哪座山頭上滾落下來的大小石塊，被風送到此處，堆積得猶如一堆一堆的小丘。

距離邊境線已經不遠了。他躍下馬，將棲遲挾下來：「在這裡等我。」

棲遲轉頭看他：「你要一個人去吸引他們？」

他說：「我去幫小義，帶著妳不方便。」突厥的目標在他，他已受傷，帶著她怕會無法兼顧，反而還會害了她。

棲遲蹙眉不語，總覺得這樣太危險了。

伏廷按著她，讓她蹲在石堆後，說：「最多三刻，我一定返回。」

這句話是承諾，三刻內如果無法幫羅小義他們轉移開突厥軍的主力，他也不會拖延，直接趕來帶她離開，入境後再做計較。

棲遲在這方面幫不了他，也不能拖累他，只能點頭。

伏廷看她一眼，想說一句這次讓她信他，他一定返回，隨即又覺得什麼都不重要了，何況也不能再耽誤了。

他翻身上馬，疾馳而去。

棲遲的目光追著看去時，只看見他臂挽長弓的背影，很快就消失在視野裡。她又轉頭朝邊境方向望瞭望，眉頭未鬆，手指好幾次捏起衣擺又放下，但想著他一路下來的本事，多少又安心了些。

只要是這個男人發的話，她就覺得他是能做到的。

伏廷快馬到了半道，聽到幾匹馬馳來的聲音。

他立即躍下馬，往道旁迴避，伏低身後一手拿出弓。

那幾匹馬就要衝到跟前，他的弓已拉滿，忽然又鬆懈了力道，一箭射偏，射在對方馬前。

那馬一停，後方幾人也急急停住。馬上的人看了過來，先是一怔，繼而大喜：「三哥！」是羅小義。

伏廷大步走出去，打量著他們，羅小義帶著幾個近衛，一行不過十人。他問：「你們怎麼在這裡？」

羅小義道：「自然是來接應三哥的，我們的人都已安全抵達邊境線上了，只差三哥和嫂嫂沒回來，怎能叫人不著急？」

方才他看到伏廷，乍一眼險些沒認出來，是因為他的胡人打扮，但僅憑那身形和軍服，羅小義還是不出兩眼就認出來了。

伏廷朝鷹鳴的方向看了一眼，皺眉：「你說你們已經到邊境線了？」

「正是，」羅小義豈會拿這個來誆他，「三哥可實在小瞧突厥人對你的殺心了，他們一見你簡直傾巢而出。剩下的人都被我們在城中東躲西藏地誘殲了，加上城中百姓暗中相助，解救得很順利。」

伏廷沉眉，之前被他除去的那兩個突厥人竟不顧性命也要透露假消息給他，看來是有心把他引來這裡。他想了想，又問：「你們一路到邊境可有遇上什麼險阻？」

羅小義搖頭：「很順暢。」正因如此，他才叫其他人先帶眾人跨過邊境線入北地，自己又率輕騎過來找尋他三哥，免得人多驚動突厥軍主力。說到此處，他問了句，「對了，嫂嫂呢？」

伏廷聽到此處，心中已全都有數，臉色一沉，立即翻身上馬：「快回！」

羅小義一愣，聽他語氣不對，連忙跟上。

日頭高了，三刻即將過去。

棲遲坐在小丘下一動也不動，耳邊卻忽然聽到若有似無的樂聲。她懷疑自己聽錯了，豎起根手指感受一下，風自北而來，這樂聲也是從北面傳來的。

再凝神細聽，隱隱約約的，似乎是箜篌，難道是杜心奴的箜篌聲？她覺得不可思議，若真是如此，實在再好不過了，因為按她此刻所處的方位來推斷，料想杜心奴她們已經在她前面了，說不定已跨過邊境線了。

想到此處，她不禁一怔，恍然驚起，若真如此，那伏廷可能就入圈套了。

遠處，轟隆聲如雷踏來。她探身看了一眼，退後兩步。如果沒看錯，那似乎是一直追著他們的突厥軍。

伏廷馬馳得極快，怕晚了就出事了。

與突厥交手至今，他很清楚對方的狡詐。那一出定是突厥軍故意為之，引他過去，再從後方包抄，只有前後夾擊，才有可能把他留住。

而他們要包抄的後方，是邊境一帶。棲遲還在那裡。

伏廷腮邊收緊，往之前停留的地方衝去，遠遠的，已經看見大軍攜帶遮天蔽日的塵煙自斜前方衝了出來。他們馬蹄所向之處，正是那片他放下棲遲的石堆所在之處。

身後，是另一股震耳欲聾的馬蹄聲。兩股突厥軍正試圖合攏而來，圍攏的盡頭，是他們這一隊輕騎。

伏廷狠狠抽了下馬鞭，急衝過去，眼裡只剩下石堆那一處。

「棲遲！」他幾乎下意識地喊了一聲。

風迎面吹來，將他的聲音反撲了回來，沒有回音。

他又抽了下馬鞭：「李棲遲！」

仍無回音。

伏廷心沉了下去，攥著馬韁的手死緊，忽地有個人影出現在他的餘光裡。他轉頭，看到那道穿著胡衣的熟悉人影，已經提到嗓子眼的心頓時一鬆。

那是棲遲，她竟然從另一頭的草叢裡出來了。

前方突厥軍越來越近，再近就會進入羽箭的射程範圍。伏廷狠抽馬臀，全然不顧地疾馳，朝她喊：「快！」

後面羅小義已明白情形，立即吩咐：「掩護大都護！」

棲遲往他那裡跑去。

她在見到突厥軍蹤影時就躲開了，原本試圖往邊境線走，可是忽然聽到喚她名字的聲音，又跑了回來。

她提著衣擺，咬著唇朝前跑，四周都是瀰漫的塵煙，幾乎要看不清楚情形了。但她只能往前，因為生機在那裡。

「快！」伏廷的聲近了些。

天地混亂間，他只留心著那個人。馬行得太快，風割著臉都麻木了，他咬著牙，朝奔跑的人馳近。

百步，五十步，十步，他急扯韁繩，一俯身，手臂用力，攬住她的腰，將她扯上馬背。

幾道羽箭射出，是後方羅小義領著人在掩護。他的馬迅速衝出，一隻手臂還緊緊箍著懷裡的人：「抱緊我！」

太過急切，棲遲被他攬上馬時是側坐的，聞聲立即環緊他的腰。直到此時，變化太快，她還沒轉回神來，除了用力抱著他，再無能做的。

前方已至邊境線，一支大軍正橫亙於線上。

那是距離此地最近的幽陵都督府的兵馬，早已得斥候命令，在此等候。

伏廷目視前方，就快到時，手臂一揮：「收翼！」話音未落，一手摟住棲遲，伏下身去。

身後羅小義等人全都俯身馬背。

前方一聲高呼：「放！」萬箭齊發，呼嘯過他們的頭頂，直往突厥軍而去。

馬蹄前躍，踏過奔流的河水，跨入境內。後方的突厥軍被箭雨所阻，勒停半道，遠遠對峙。

兩軍橫陳相列，一方暗藏，一方急烈。

皆不在萬全準備之時，現在誰再往前貿然多進一步，都有可能直接引起戰事。

許久，突厥軍終於緩緩退去，猶如潮水歸息，塵煙卻彌久不散。

直到此刻，無數雙眼睛才看向先前衝過來的人，然而當先奔入的人卻一扯馬韁，馳馬去了後方。

羅小義朝他三哥嫂嫂奔遠的地方看了一眼，掃過軍前，不想叫三軍將士意識到方才驚險，喘著粗氣帶頭喊了句：「恭迎大都護！」

眾軍聞聲，都跟著齊整地持兵見禮：「恭迎大都護！」

雖已不見大都護蹤影。

直到馳出很遠，伏廷才勒停了馬。

他坐在馬上，緊緊抱著棲遲，手扶著她的脖子，摸到她身上的溫熱，彷彿還不夠真切，一低頭，含上去，從她破了的唇邊到頸上，如啃似咬。

棲遲顧不上這是在荒郊馬上，昂著頭，由著他逞凶，哪怕吃痛，也只輕輕顫了下，沒有避讓。這點痛才讓她覺得是真的。

伏廷退開，狠狠地喘息。

棲遲從他懷裡抬了頭，雙手還牢牢抱著他的腰，亦在喘息不停：「我們進北地了？」

伏廷頷首，沉眉斂目，剛才那一幕已不願再想。

第二十四章　得一大喜

遠處傳來羅小義喚「三哥」的聲音。棲遲聽見，鬆開伏廷，緩緩坐正了。

伏廷低頭看她一眼，從懷裡摸出酒袋，咬開塞子，往自己嘴裡灌了口酒，剛才那陣驚險似乎才徹底過去。

棲遲看著他手裡的酒袋，想醒醒神，鼓起勇氣說：「我也想喝一口。」

伏廷知道她的酒量，盯著她被風吹著的雪白的臉，沒有照辦，伸出拇指在酒袋口沿一按，沾了點酒氣，抹在她唇上，低聲說：「怕妳會醉。」

棲遲舔了舔唇，覺得剛好，這點酒氣讓她清醒許多。

羅小義領著人找過來時，伏廷剛好把酒袋收起來。

「三哥、嫂嫂，幽陵都督府帶人馬來接應時紮了營，就在附近，我們的人也都在那裡等著了。」

伏廷扯韁：「走。」

邊境線附近，軍隊後方幾十里外，新紮了一處營地。

暮色四合，篝火叢叢。火堆旁坐著曹玉林。

不知等了多久，她終於看見一匹快馬帶領著十數名輕騎一路衝入營中，為首的馬上坐著伏廷和棲遲，後方跟著的是出去接應他們的羅小義和一行近衛。

曹玉林平日裡比誰都木訥寡淡，這次卻提心吊膽許久，一看到他們回來，立即站了起來。

羅小義從馬上跳下來：「就是這裡了。」

伏廷下馬，腳一落地，就朝馬背上的人伸出手。

棲遲搭著他的胳膊下了馬。

「大都護。」前方立即有一人過來見禮。

伏廷朝那人瞄了一眼，在棲遲耳邊小聲提醒：「幽陵都督。」

棲遲朝對方看了一眼。

邊境附近生活的皆是逐水草而生的胡民，幽陵都督本人便是胡人首領出身，褐髮白膚，身著官袍，立在馬前。

伏廷朝曹玉林那裡偏下頭，說：「妳先去休整。」

棲遲知道他是要與幽陵都督說話，點點頭，朝曹玉林那裡走了過去。

曹玉林已經迎了上來：「嫂嫂可算安全回來了。」

營帳四周都是伏廷帶來的兵馬，棲遲轉頭看了一圈，只看到她，其他古葉城中的人卻沒有瞧見。她在火堆旁坐下，問：「古葉城裡救出來的人呢？」

曹玉林坐在她一步之外，回道：「嫂嫂放心，不是北地的，出了城便自行離去了，是北地的，也在幾個時辰前各自散去了，對了，那個箜篌女……」

棲遲正想問杜心奴：「她如何？」

「她也走了，」曹玉林說：「料想也是擔驚受怕了一番，到這裡後沒多久便走了，臨走前托我帶話給嫂嫂，說他日若是譜得了新曲，有緣相聚時再請嫂嫂品鑑。」

棲遲一路驚險，幾乎沒有鬆懈片刻，此時聽了這話不禁笑了：「如此最好。」還能這麼說，證明人沒事。

火堆上烤著肉，正在滋滋冒油。曹玉林用刀割了一塊遞給她，順帶著將其他事情仔細說了一遍給她聽。

商隊的人和貨都安然無恙，因被突厥盯上，入境後是最早離去的。曹玉林自行做主，讓棲遲身邊那些剩下的護衛護送商隊先走了。

棲遲拿著那塊肉，越發放了心。

曹玉林話說完了，便沒話說了。

棲遲轉頭，正好看見羅小義從旁經過，先前還未留心，此時才發現羅小義的髮髻亂了，灰頭土臉的。她看看羅小義，又看了看曹玉林，問了句：「你們可有遇上凶險？」

羅小義停下來，眼睛朝曹玉林身上一瞥，笑得露了牙：「嫂嫂放心就是了，咱們安北都護府的大都護和夫人捨身忘死地吸引了突厥大軍，我們哪裡還會遇上什麼凶險。何況阿嬋本身武藝不差，用不著我做什麼。」

曹玉林的目光從燃燒的火堆上收回來，道：「還是得謝你，我舊傷犯了，沒你們及時過去，不一定能出得來。」

羅小義嘿嘿乾笑：「多大點事，這麼客氣做什麼。」說到此處，他忽接著道：「說起來，此番三哥真是如有天助，可見他命不該絕，料想那些突厥人該氣壞了，那個勞什子右將軍也要氣死了，早知如此還不如把我們扣著呢，這下可是兩邊都沒撈著。」

曹玉林沒再作聲。

棲遲看著他的模樣，倒好似與平常一樣口舌伶俐，只是一句不停的，反而讓人感覺像是在沒話找話說一般。

她又看了看兩人，料想是在曹玉林面前的緣故。能把八面玲瓏的羅小義弄得沒話找話，真不知這二人是怎麼一回事。

她不好多言，只能轉頭去看伏廷。

伏廷正和幽陵都督站在一處，半明半暗的火光描摹出他的身形，倒比身邊那個真胡人看著還要高出一些。

羅小義的話停了，周圍一下沒了聲。三人相對，只剩身旁一叢篝火在燒得劈啪作響。

棲遲看了一會兒，安靜地坐著，漸漸疲倦了。

不多時，伏廷朝這裡走過來。

羅小義看到他，如蒙大赦一般問了句：「三哥，如何說？」

「靺鞨的援兵已快到了。」他在火堆旁坐下，腿挨著棲遲，「但料想突厥今晚就會退兵。」

幽陵都督方才稟報，斥候帶回消息，因為崔明度在靺鞨首府出訪，消息送到後多加催促，援兵來得很快。

不過突厥的目的顯然是為了對付安北都護府，如今打草驚蛇，沒能達成目的，不可能留下來與靺鞨交戰，肯定會及時退走，不會讓靺鞨抓住把柄。

羅小義聽了，立即道：「那三哥有何安排？」

伏廷說：「回瀚海府再做計較。」突厥既然有了動作就不會善罷甘休，他需儘早做安排。

羅小義會意：「何時動身？」

「現在。」

他向來說一不二，羅小義沒廢話，看了曹玉林一眼，就過去安排了。

伏廷看向棲遲。她挨著他坐著，到現在都沒作聲，也沒動。

曹玉林在旁見了，小聲喚了句「嫂嫂」，沒見她動彈，壓低聲：「嫂嫂怎的不說話了？」

伏廷已經看見，她眼簾垂下，看起來坐得端正，其實半邊身子都靠在他身上，手裡捏的那塊肉一口未動，已經自手裡滑到了地上。他有些好笑：「睡著了。」

曹玉林鬆了口氣：「還以為是怎麼了。」

伏廷一隻手扶著棲遲，直到現在，終於見到她頹弱的模樣了。真不知道她這副嬌貴的身子是如何扛下這一路驚險的。

他看曹玉林一眼，聲音低了不少道：「你們即刻動身，我在後防著突厥，半道會合。」

曹玉林抱拳，起身而去。

伏廷俯身，將棲遲抱起來。她身軀溫軟，窩在他懷裡，居然睡沉了。他看了兩眼，愈覺好笑，心想一定是真累了。

幽陵都督早已見到這個胡姬隨大都護一同回來，此時又見大都護直接抱著她從火堆旁離開，還爽朗地問羅小義：「那是大都護帶回來的戰利品不成？」

羅小義心說：什麼玩意兒，他三哥何曾是那等人，要不是他自己屋裡的，他哪能這麼人前就抱著不撒手了。

他笑了兩聲，招招手。

幽陵都督附耳過去，聽他說了幾句，頗為意外：「原來大都護與夫人如此恩愛。」

方才羅小義告訴他，那是大都護夫人，是大都護此行來邊境巡視時特地帶上的，片刻也離不開。

他三哥來時就吩咐過，只當他嫂嫂先前都在府裡，如今現身邊境是因為隨行，如此便不用迴避下官，也可撇清與商隊的關聯。否則古葉城裡救出來的那些人就不會散得那麼快了，皆是安排好的。

離開營地往瀚海府而去，走的是一條最短的捷徑。

天高雲白時，棲遲醒了，是被車的晃動搖醒的。

逃離險境後，她整個人似澈底鬆懈一般，繼而便是鋪天蓋地的疲憊席捲而來，竟不記得自己是何時睡著的。

車中鋪著厚厚的一層氈毯，待她往外看出去時，車已停下。

外面是一望無際的原野，附近居住的都是逐水草而居的遊牧部族，偶爾能看到一叢一叢的胡帳。

重兵防守在後，遙遙只可見齊整隊形拖出的塵煙。

曹玉林站在車旁，看到她露臉，開口道：「嫂嫂醒了就好，我們按三哥說的路線走的，比先前更快，穿過這裡可以縮短一半行程，只不過路難行些，要換騎馬了，正準備叫醒妳。」

棲遲整一下衣裳，又摸摸頭髮，這一夜和衣而睡，不知該成什麼樣了。

曹玉林已拿著水囊遞來。

她下了車，倒水洗漱，看了看左右：「他們人呢？」

曹玉林說：「三哥給我們殿後，馬上就到。」

難怪沒看到他人，棲遲心說：難道他是不用休息的？將水囊還給曹玉林，她拿帕子擦了擦臉，眼前遞來乾糧。

「嫂嫂到現在還沒吃東西。」

聽了這話她才注意到，的確自昨晚起就沒吃過東西。她看了看那乾硬的肉乾，在伏廷那裡吃過，軍中的東西，搖了搖頭：「算了，不想吃。」

好似此刻她的知覺才回籠。先前都是壓著的，想著不能拖伏廷的後腿，能忍則忍，現在卻是根本沒有食欲。

遠處忽有一陣快馬馳來，到了跟前，是伏廷和羅小義過來了。

下了馬，伏廷走了過來，仍是那般胡人髮式的裝束，可見真的是一夜沒歇。

棲遲軟軟地倚在車旁，等著他到跟前，看了他下巴上更重的一層青色一眼，輕語一句：「你的傷不要緊了？」

伏廷看起來竟和沒事一樣，輕描淡寫地道：「沒事。」他看到曹玉林手裡的乾糧，問她，「為何不吃東西？」

棲遲實話實說：「沒胃口。」

伏廷伸手過來撥了下她的臉，覺得她下頜尖了許多，發話說：「必須吃。」

棲遲看了看兩邊，羅小義早已轉開了眼，曹玉林倒是一板一眼地還看著他們，她趕緊拿下他的手。

伏廷也朝左右看了看，一路下來習慣了，也沒在意還有外人在場。他接了曹玉林手裡的乾糧，塞到她手裡：「吃飽了再上路。」

棲遲光是拿著就覺得不舒服，胸口一陣一陣地翻滾一般，可也知道不吃不行。

忽然後方一陣塵煙滾來，有人喊：「大都護留步。」

伏廷轉頭看去，是幽陵都督打馬趕了過來。他將馬韁塞到棲遲手裡：「先上馬等我。」說完朝那頭走去。

幽陵都督帶了三五個隨從，後面還跟著一小隊人馬，大約有十來人的樣子，隊中趕著好幾輛馬車，看方向是從邊境線方向一路過來的。

伏廷走過去時，幽陵都督已風風火火迎上來，向他見禮，說是古葉城的管事連夜趕來，想求見大都護。

幽陵都督當時就說大都護連夜便走了，但對方堅持要見，他見對方鄭重，只好親自帶著人追了過來。

伏廷點頭，允對方一見。

棲遲站在馬旁，萬分勉強地咽下幾口肉乾，遞給曹玉林，踩鐙上了馬，轉頭朝那頭看去。跟著幽陵都督來的那隊人馬當中，走出一個鞋韉人樣貌的老人，規規矩矩地向伏廷見禮，頭也不敢抬地說著話。

有一會兒工夫，也不知說了什麼，伏廷忽然轉頭，朝她這裡指了一下，嘴動了動。

老人下拜，領著人很快退走了。

伏廷沒管他們，在那裡與幽陵都督交代幾句邊防的事，很快就走了回來。

棲遲被風吹得微微瞇了眼，看著他到了跟前，問：「那是什麼人？」

「古葉城的管事。」

「他來做什麼？」

伏廷說：「賠禮道歉。」

突厥已經退兵，他們自知得罪了安北都護府，實在惶恐，便連夜趕來告罪，想要賠禮道歉。

棲遲不詫異，若非這管事插手，她也不至於非被要求過來這趟，又問：「那他賠什麼了？」

「錢財，我已命他賠給商隊。」伏廷答得很乾脆。自然是賠給她的商隊。

「就這些？」棲遲不禁又朝那頭看一眼，心想看這架勢，好幾輛馬車，還以為賠償很重呢。

伏廷抬眼看了看她：「就這些。」

棲遲忽然想起來：「可我看你方才指了我一下，說什麼了？」

伏廷咧嘴：「隨手一指罷了。」

棲遲見他想笑未笑的模樣，便想多半又是故意要弄自己。這人有時候壞得很，她早已領教過，乾脆不問了。

伏廷抓韁，翻身而上，坐到她背後，低頭又看她一眼，才笑了一下。

其實他沒說實話。古葉城管事除了提出賠錢之外，還送來十個靺鞨美人。他直接拒絕了，叫管事的把錢賠給商隊，人都領回去。

管事的以為他對靺鞨美人不滿意，再三保證個個都是城中千挑萬選出來的上等美人。

他於是指了下棲遲，說：「大都護夫人就在那裡，你看我還需要什麼美人。」後來又說一句，「我這裡，有她一個就夠了。」

管事的連看也不敢多看，連忙退去了。

連日趕路，不曾耽擱，距離瀚海府已經不遠。

棲遲卻覺得伏廷的話越來越少了。兩人一路同乘一馬，行得不快不慢，大多時候他只是扯著馬韁專心看路，甚至比先前話還少。

她坐在高高的馬背上，目光投出去，已隱約看到瀚海府的城郭了。

伏廷終於發話，眾人最後一次停下休整。

棲遲從馬上下來，正好看見羅小義坐在道旁發著呆，身上的甲冑灰濛濛的，也顧不上打理，睜著雙圓眼望著遠處。

她看著不免好笑，想了起來，曹玉林已經離去了。

曹玉林為探消息，向來行蹤不定，說走就走，連聲招呼也沒打。那日在半道上，棲遲一覺醒來，就已不見她的蹤影了。

「小義，」棲遲忽而叫他一聲，伸手在袖中一摸，拿出來，捏成拳在他眼前晃一下，「你猜我手裡拿著什麼？」

羅小義看看她，擠出絲笑：「嫂嫂拿的什麼？」

棲遲說：「飛錢。」

「啊？」羅小義莫名其妙，心想她拿飛錢出來做什麼，眼睛卻是下意識地盯住了。

棲遲手上捏了捏，好似用力將手心裡的飛錢捏成團一般，手抬高，往外使勁一拋。

羅小義的眼睛隨著她的動作甩了半圈，睜大了眼，當即嚷起來：「哎！嫂嫂妳扔錢做什麼？」

他可心疼錢了，馬上要去撿，身都動了，一眼看到棲遲身後，身拔起一半，停在那裡：「三哥？」

棲遲回頭，就見伏廷正抿唇盯著羅小義。

羅小義總覺得他這眼神似是在罵他傻，頓時回過味來，「嘖」一聲，懊惱地說：「定是被嫂嫂騙了！」

是他蠢了，被他三哥瞪著才想起他嫂嫂是死裡逃生回來的，到現在身上那身胡衣還沒換下呢，怎麼可能還有半文錢。

棲遲攤開手心，果然裡面什麼都沒有。她說：「逗你罷了。」無非是見他無精打采的，想叫他提個神罷了。

羅小義摸了摸鼻子，乾咳兩聲，訕笑道：「嫂嫂是想看我的笑話，可不是，就叫三哥看了我笑話了。」話雖如此，人倒是打起精神來了。

棲遲笑了笑，看了伏廷一眼，走了過去。

伏廷坐了下來，腳邊放著他的刀，見她過來，拿著水囊遞過來。

她接了水囊，蹲在他身側，喝了一口，指了下羅小義，小聲問：「他和阿嬋的事你知道嗎？」

伏廷眼簾掀了一下，便明白她剛才為何要逗羅小義了，故意問：「什麼事？」

棲遲眉頭輕挑，聲輕輕的，不想叫別人聽見：「我以為你一定知道的。」自然是說曹玉林和羅小義曾相好過的事。

身為義兄，伏廷如何會不知道，就不遮掩了，點頭：「知道。」

棲遲捧著水囊，看著他，其實想問緣由，但又覺得打聽別人的事不好，還是忍住了。

伏廷已看見她臉上神情，壓低聲音說：「別管，她有她的理由。」

「誰？」她下意識地問。

「曹玉林。」

棲遲認真聽著，他又道：「妳還不如管管眼前。」

她一怔：「眼前怎麼了？」

伏廷本是想說還不如管管妳我的事，隨口一說，倒叫她岔偏了。心裡有些好笑，他一手摸到刀，站起來：「沒什麼，走吧。」

只坐了片刻工夫便又上路了，棲遲覺得他太心急了，好似一點兒也容不得耽誤的模樣，難怪話也變少了。

城門大開，快馬騎兵開道，直入瀚海府。尚在白日，大街上往來百姓皆退避兩側讓道。

棲遲坐在馬上，人被伏廷擁在懷裡，刻意低了頭，不想被人瞧見自己眼下的模樣。這一路緊趕慢趕，哪裡還有半點儀態形貌可言。

忽見兩側近衛收攏，嚴嚴實實擋住她，她才抬了眼，身後男人的手臂還牢牢箍在她腰上。

伏廷早已注意到她的模樣，揮了下手，便叫左右遮擋住了，手臂也將她攬緊了些，以身擋著，免得她不自在。

直到都護府門前，左右才散開，讓大都護的馬入府。

早有僕從立門等候，上前牽馬伺候，不敢延誤。

羅小義是個活絡人，眼下又有了精神，笑嘻嘻地打馬過來說：「三哥與嫂嫂回了府便好了，我也苦了一遭，今日定然是要蹭上一頓飯才回的。」

伏廷下了馬，將棲遲接下來，說：「你自己吃。」

羅小義不以為意，笑著下馬，跟上他入府。

棲遲先一步進了府門，穿過廊下，直到書房門口，既沒看見新露和秋霜，也沒見到李硯。她還想著出了這樣的事，該叫他們急壞了，卻不想根本沒見到他們。

有僕從在門邊稟報說：「世子連日裡總去軍中，二位侍女也總出府。」

棲遲便明白了，一定是去打聽她的消息了，料想城中鋪子也沒少跑。

伏廷已走了過來，問她：「府中可有大夫？」

以往棲遲還沒來時，他為省花銷，從沒在府中安排過大夫，只用軍中的軍醫，如今府上有沒有，自然只能問她。

棲遲看向他，覺出一絲不妙：「有，怎麼了？」

伏廷推開書房的門，邁腳進去，一邊解刀，一邊說：「治傷。」

棲遲跟進門，就見他抽下腰帶，解開軍服，衣服剝下來的一瞬，她蹙緊了眉：「你為何不早說？」

他肩後中衣上印著一大攤乾涸的血跡，那軍服因是蟒黑的，又厚，穿在外面根本看不出來，脫下了才發現。

直到此時她才明白為何他一路話越來越少，原來是因為扛著傷，先前居然還說沒事了。

伏廷隨手扔下軍服，看了看她，聲音低緩不少：「不是致命傷，血也止了，我心中有數。」他還不至於拿自己的性命開玩笑，只不過入了皮肉，少不得鑽心蝕骨的痛楚，一路下來忍耐了不少。

話剛說完，便聽到一聲倒抽冷氣的聲音：「三哥你……」羅小義是來找伏廷的，剛到書房門口就見到這麼一幕，眼都瞪大了。

伏廷看他一眼：「你慌個屁，去叫大夫！」

羅小義不敢耽誤，一陣風似的跑去叫大夫了。

棲遲胸口有些難受，捂著口轉開眼。儘管他說得輕巧，但看到那中衣背後的血跡，她還是不舒服，像被什麼刺了一下似的。他為何不能愛惜自己一些。

很快，羅小義就將大夫拽了過來。

這大夫其實是當初棲遲從光王府中帶來的，只因來時擔心旅途勞頓，棲遲怕李硯會身體不適，才特地帶上的。

伏廷除了上身衣裳，袒露肩背，坐在榻上。

大夫將他身上那副用以應急的藥貼揭下，清洗傷口，換藥包紮，麻利地料理好了，連藥方子都沒開。只說傷勢並無大礙，大都護身強體健，尋常人怕是要臥床休養的，竟叫他硬生生地扛過去了。

伏廷聽了點頭，拿了乾淨的中衣套上，看向棲遲。她在一旁坐著，臉上泛白，怏怏無力的模樣。

他問：「被嚇到了？」

「沒有，被藥味薰的罷了。」屋中的確瀰漫著藥味，棲遲聞了不舒服，捂了捂口。

伏廷說：「那別待著了，先出去吧。」

棲遲站起來，走出門去，深吸兩口氣。

伏廷看著她的背影，想想不放心，轉頭對大夫說：「去給夫人也看看。」說完便一頭躺倒下去。

羅小義正在門口看著，忽見他三哥一頭倒了下去，嚇了一跳，還以為他是暈過去了，連忙跑到跟前喚：「三哥！」

棲遲也回過頭。

大夫在旁看了看，說：「無妨，大都護只是睡著了。」

羅小義這才吐出口氣來，心想他三哥也真是能扛，這麼久沒睡過一個好覺，還挨著箭傷，就這麼沒事一般撐了回來，不累才怪呢。

棲遲跟著鬆了口氣，低聲說：「先讓他睡吧。」

大夫不敢忘記大都護的吩咐，弓身出門，來給她請脈。

羅小義跟著出來，見狀道：「嫂嫂是該瞧一瞧，看起來氣色不好。」

棲遲摸摸臉，想著連日來的確不大舒服，點了下頭。

羅小義先去吃飯了。

主屋裡，棲遲端坐著，伸出手。

大夫在對面仔細把完脈，又詢問她近來可有不適。

她說：「常有噁心反胃，料想是馬上顛簸所致。」

大夫詫異：「縣主竟還歷經顛簸，實在是我見過女子之中身體最好的。」

棲遲問：「何出此言？」

大夫更加意外：「縣主難道對自己的身子一無所覺不成？」

聽了這句，棲遲才在意起來：「怎麼？」

大夫忽然笑了起來，倒叫她愈發詫異了。

「縣主自光州而來至今，得一大喜啊！」

伏廷醒過來時，先看了窗外一眼。

外面日光如常，他按了下後頸，起了身。

兩個僕從進來，送來清洗的熱水和飯食。

他先吩咐，去將羅小義叫來。

僕從退了出去。

待他洗漱過，也用了飯，棲遲從門外走了進來。見他已醒了，她站在門口，一時沒有作聲。

伏廷正往身上套著乾淨的軍服，眼睛看向她，原還想著去主屋看一下，不想她先過來了。

棲遲已換過衣裳，頭髮也梳回了端莊的雲鬟，一雙眼如有話說，在他身上流連一遍：「可算醒了，你都睡了一整日了。」

伏廷這才知道為何還在白日，原來他睡了這麼久。他看了看她的神色：「妳在等我醒？」

棲遲眼神輕輕遊移，道：「算是吧。」

伏廷雖受用，卻還是看出她神情有異，不只是眼神，連語氣也不同於往常。他問：「有話說？」

棲遲兩手交握住，看他已穿好軍服，先問了句：「你這是要出去了？」

伏廷扣上腰帶：「嗯，要入軍中。」

她唇啟開，又合上。

伏廷已瞧見了：「有事就直說。」

「是有件事……」棲遲輕聲承認，忽然轉過頭，捂著嘴乾嘔了一聲。

羅小義正好走到門口：「三哥叫我？」

伏廷還在看棲遲：「妳沒看大夫？」忽然想起在路上時就好幾回見她這樣。

棲遲掩了掩口：「看了，沒病。」

伏廷這才看羅小義一眼：「叫你去營中布防，先去外面等我。」

羅小義知道這是防範突厥的大事，不敢耽誤，只是覺得眼前二人古怪，看看他，又看看棲遲，撓了撓鼻子走了。

伏廷站到棲遲面前：「何事？」走之前還是要先聽她將事說完。

棲遲臉上莫名多了兩抹紅暈，一隻手撫在小腹上，想著羅小義還在等，搖了搖頭：「也不是什麼大事，回頭再說吧。」

伏廷仔細看了看她的臉色：「妳真沒生病？」

「嗯。」她點頭。

伏廷再三打量她一番，才拿了馬鞭出門。

從未見過她這般模樣，像是有什麼難以啟齒的事一般。他一路走一路轉著手裡的馬鞭。

羅小義跟在他身後道：「知道三哥防著突厥，但你這一路就沒好好歇過，還受了傷，只睡一日哪夠。」

伏廷一個字都沒聽進去，思來想去覺得棲遲那模樣不對勁，明明乾嘔了好幾次，卻又說沒病。

「女人作嘔是怎麼回事？」他忽然問。

羅小義一聽便笑了：「三哥怎的問起這個，我只聽人說一次作嘔壞肚子，一直作嘔懷小子，誰知道真假啊。」

伏廷想起棲遲捂著嘴，一隻手撫在小腹上的樣子，跨出府門的腳一下停住了。

羅小義跟著停下，看他側臉怔忪，眼珠沉黑地斂在眸中，手裡馬鞭都捏緊了，也不知在思索什麼。

「怎麼了三哥？」

伏廷忽將馬鞭往他身上一拋：「先不去了。」說完轉頭，快步往回走。

羅小義捧著他的馬鞭，莫名其妙，這是怎麼了？

口。

棲遲還未離開書房，先嘆了口氣，不知該不該好笑。剛才本想說的，可最終，卻又開不了口。

身前忽然罩下一層陰影，她頭一抬，伏廷去而復返，站在她眼前。

他盯著她，從上而下，看了好幾遍，忽然問：「多久了？」

棲遲眼眨了一下，臉上微紅，側過身去：「什麼多久了？」

伏廷擋著不讓她迴避，伸手在她腰上一攬，將她扣到胸前，另一隻手貼上她的小腹，盯著她，喉結滾了滾：「多久了？」

棲遲紅著臉，看來不用她說了。

昨日那大夫問她為何對自己身子一無所覺，她才想起到現在還沒來月事。

大夫說她自光州而來至今，得一大喜。這一喜，在她腹中。

她看著在她面前低著頭，胸膛微微起伏的男人，輕輕移開眼，低語一句：「何不問你自己。」

這麼說便是承認了。伏廷站直，手抹了下嘴，心裡有一處像是被狠狠地抓住了，難以置信：「妳居然……」他舔住牙，沒說下去。

居然從那麼危險的境地裡走了一遭。一想起先前種種險況，若有意外，簡直無法想像。

棲遲看了看他，已經猜到他想說什麼。她又何嘗不意外，難怪連大夫也說她身體好。

伏廷眼睛盯在她腹上，又看了看她的臉，一步未動，心裡卻已波濤翻湧，嘴角揚起，又抿上，一時也不知該說什麼。

偏廳裡，大夫接受一番問話，跪拜離去。

伏廷緊跟著走出來，在廊下漫無目的地走動兩步。直到此時問過大夫，確信棲遲的確安然無恙，他才算澈底放心。

他伸手摸懷，又想摸酒，可過了寒冬臘月需要驅寒的時候，也不用再時刻提神，懷裡並沒有裝著酒袋。

日暮時分，斜陽將盡，在廊前拖出他一道斜影，他看著自己的影子，忽然有些好笑，覺得現在的自己就像是個未經人事的毛頭小子。

「三哥？」羅小義不知從何處冒了出來。

伏廷看他一眼，站直了，臉色也擺正了：「鬼鬼祟祟地做什麼？」

羅小義直笑：「我已聽說了。」他指指大夫離去的方向，眉飛色舞的。

他先去了趟軍中，再過來時正好瞧見大夫從偏廳裡離開，原先以為是他三哥的傷出事了，去問了一下，不想竟問出喜訊來。

「三哥，說實話，你可高興壞了吧？」

伏廷說：「我是你不成？」

羅小義「嘖」一聲：「是了，三哥素來穩重，自然是在心裡高興了。」

伏廷知道他是在揶揄，今日卻任他去。

「可要慶祝一下？」羅小義忽然問。

伏廷說：「哪來的花頭？」

羅小義一下子認真起來了：「這算什麼花頭，你打父母亡故後就一直一個人到如今，如今嫂嫂就要為你添丁進口了，怎能不慶祝？」

伏廷聽他提及父母，抿住了嘴。

羅小義反應過來，訕笑道：「我不該提這茬的，沒別的意思，反正就是替三哥高興唄。」

他跟著伏廷多年，比起其他人更深知他的過往。伏廷父母早亡，但這段過往他幾乎從來不提。左右跟隨他的人要麼是軍隊下屬，要麼是下級官員，也只有他這個當兄弟的清楚。今日一不小心說溜了嘴，實在是有些不應當。

「要不喝一盅吧。」他岔開話。

伏廷站了一瞬，說：「也好，喝點兒吧。」

羅小義見他發話，才輕鬆起來，拍了下腿：「好啊！」說著又止不住嘿嘿地笑起來。他這個人生了雙圓眼，一笑就特別明顯。

伏廷抬腳踹他一下：「別笑了。」不知道的還以為是他要有孩子了呢。

棲遲在主屋裡坐著，身邊早已被圍住。

新露和秋霜在她面前恭敬下拜，規規矩矩地見了禮，起身後俱是一臉的笑：「恭喜家主！」

李硯在她面前站著，不可思議地看著她的小腹：「太好了姑姑，我這是要有弟弟了，不，也許是個妹妹，反正都好。」

新露和秋霜聽了他這又亂又急的話語，皆掩口而笑。

李硯連日來因著實擔心棲遲安危，為了第一時間等到斥候的消息，堅持要住在軍中，連帶新露和秋霜一併只能在那裡伺候著。

今日收到消息後他們匆匆趕回來，正好見到棲遲隨同伏廷一同從書房裡出來。

當時那情形，用李硯的話來說便是，他姑父的臉色倒是沒瞧出什麼，可一隻手緊緊扶在她姑姑腰後，姑姑面頰微紅，瞧著沒有半點事，又好似很有事。

當時還不知道緣由，隨後他姑父讓他們來屋裡團聚，適逢一個婢女送來大夫交代的安胎湯藥，才叫他們知道這消息。

頓時翻天覆地一般，新露和秋霜都快要喜極而泣了。原先他們只顧著擔心棲遲安危，哪裡會想到人不僅沒事，還多出一個呀！這簡直是喜從天降。

於是新露和秋霜立即行了大禮，跪拜道喜。李硯也是驚喜得有些語無倫次了。

棲遲看著他們這模樣，有些好笑：「被你們弄得如此鄭重，我倒是沒想到。」

新露道：「自然要鄭重了，家主此後有了大都護的骨肉，一定會更得大都護疼愛，料想以往那些波折都不會再有了，這是天大的好事呀。」

棲遲聽了心思輕動。她原也意外，但現在已平靜許多，這個孩子來了，很突然，卻又順理成章，一瞬間就讓她明白她已與他有了更深的聯結。

的確是好事，她與他之間，從此就不只是彼此了。

她莫名的想笑，又看了看他們，還是收斂了：「行了，莫要再說這個了，倒叫我生出負擔來了。」

新露一聽那還得了，看了看秋霜，又扯了下李硯的衣袖，笑道：「那家主還是好生歇著吧，我們這便退去了。」

李硯原本還想問她此番出去可有遇到什麼驚險沒有，此時都不敢再提了。臨走前，他還有些感慨：「姑姑可千萬要好好休養，不管是弟弟還是妹妹，可是我們光王府的寶。」剛才他就在想，若是他父王還在世，不知該有多高興。

棲遲看著他：「你才是光王府的寶。」

李硯不好意思地笑了，又叮囑兩句，才隨著新露秋霜一同離去。

待他們都走了，棲遲隨手拿了本帳冊翻了翻，又放下，忽然想到，若是光王府一如往昔，北地也重振了雄風，這孩子身兼光王府和安北都護府兩重榮光，不知該是何等的榮貴。

可惜如今北地還未完全復甦，光王府也一蹶不振。她轉回神，心說：總會好起來的……

坐到此時，不覺有些乏了，如今知曉是懷了身孕，感受似也明顯多了，她不想了，乾脆去榻上躺了下來。

天已黑下來。

後院外，羅小義打著飄地走了。

考慮到伏廷身上有傷，那些酒他都搶著替他三哥喝了，這才喝多了，告辭的時候舌頭都發硬了，直感慨他三哥今天可太高興了，就趕緊溜了。

伏廷走到主屋門口時，嗅了下身上的酒氣，朝垂著的門簾看了一眼，想起棲遲現在聞到點味道就不舒服，轉頭叫來幾個僕從吩咐幾句。

待他低頭進門，卻見棲遲在榻上安安靜靜地躺著，已經睡著了。

他走過去，垂眼看了看，棲遲側臥著，身姿纖軟，大概是有了身子不舒服，睡著了還微微蹙著眉。

幾個僕從端著水送了進來。

伏廷手揮一下，示意送去屏風後，一手拿了絨毯給棲遲蓋上，轉頭走去門邊。

恰好看見新露到了門外，他問了句：「她可有好生用飯？」

新露忙斂衽屈膝回：「家主用了飯，只是還有些不舒服，吃得不多。」

伏廷點點頭：「記著好生照顧。」

新露何嘗聽他吩咐過這些小事，心中替家主一喜，抬頭已見他大步走回房中去了。

棲遲醒來時，身上蓋著絨毯，坐起身，理了理衣裳，看見屋中亮著燈火，屏風後有輕微響動，一道人影立在那裡，一眼就能看出是伏廷。

他已從屏風後走了出來，剛清洗過，換上寬鬆的衣袍，看到她醒了，走了過來，衣襟微敞，露著一片胸口。

棲遲兩手搭膝，眼波掃來，眼角微微挑起，有種別樣的風情。

伏廷看了一眼，又多看了一眼，衣袍一掖，在她身旁坐下。

棲遲瞬間聞到他身上的味道：「你喝酒了？」

伏廷「嗯」一聲，低頭問：「聞著難受？」就是怕她聞到味道難受，才特地清洗了一下，他此時有箭傷還不能碰水，否則便直接洗澡了。

棲遲搖了下頭，沒覺得多難受，只是覺得酒味有些濃，看他的臉一眼，他臉色如常，唯有兩眼似是多出些迷蒙，沉黑如墨地落在她臉上，竟有了深遠的意味。

她找話問：「好好的，喝酒做什麼？」

伏廷說：「小義說想慶賀一下。」原本也沒那個心思，只是聽羅小義提及早亡的父母，他忽地意識到，這世上就快有一個與他血脈相連的人出生了，且是唯一有血脈聯繫的人，於是才點了頭。

棲遲自然明白是要慶賀什麼，沒想到他們如此在意，竟叫她有些受寵若驚，低聲說：「原來你如此高興。」

伏廷眼掃過去，她半身斜倚在榻上，微微傾向他這邊，他甚至能清楚地看見她一根一根的長睫。美人嬌柔之態，連言語都軟綿綿的。他手一伸將她攬到胸前，低頭看著她：「難道妳不高興？」

棲遲正當身軟的時候，被這一攬就緊緊貼上他的胸口，抬頭時臉摩挲過他的衣襟，下頜掃過他的胸膛，那觸感好似黏在她臉上，她一時有些心不在焉，微微挑起眉頭：「什麼？」

伏廷被她這神態一惑，言辭低沉：「為我生孩子，妳難道不高興？」

棲遲眼睛動了動，只因那句「為我生孩子」太過直白露骨，伸出手抵在他胸前，輕聲說：「你這是在冤枉我，我可沒這麼說。」他是她的夫君，她為他生孩子本就是天經地義的，也只可能與他生，何來這一問。

伏廷臉上的笑一閃而過，手沒鬆開她。此時的她分外乖巧，渾身軟得不像話。他收著手臂，心想就像個收斂了翅膀的家雀，可見懷孕對女子而言真是不小的改變。

他捏了下她的下巴：「妳也只能與我生孩子。」

棲遲心口猛地一跳，彷彿方才所想被他猜到了一般，眼簾掀起，又垂下，好幾次，才落在他臉上，低語：「你是不是喝多了？」看他神情與往常有些不同，好似多了些情緒似的。

伏廷臉更低了些，想親她，但又怕口中的酒氣叫她不舒服，忍住了，臉挨在她頸邊，把她抵著胸膛的那隻手拿下來，握在手裡，遞入自己衣襟。

那隻手慢慢往下。棲遲的手穿入他的衣袍裡，入手皆是緊實的觸碰，他的臉低著，目光凝視著她。她眼神閃躲，迴避不開。

忽的，她的手碰到那一處，臉一下燒紅了，埋在他胸前。

伏廷按著她的手，在她耳邊低語：「妳看我是不是喝多了？」聲音不覺低啞了許多。

她咬住了唇，不語。

伏廷舌抵住牙根，抓著她的手，側過臉來看她的表情。

棲遲沒有抬頭，眼中是他腰下的衣擺，衣紋在她眼前一下一下地動著。她的唇咬得更緊了。

許久，伏廷的手還按在她手上。

她鬆了唇，低語一句：「是真喝多了。」

伏廷在她頸邊低笑一聲，呼出一陣酒氣。他不是個克制不住的人，只是面對她需要費些事。

外面忽然傳來僕從的稟報聲，說是有突發要務，有下官來請大都護。

他說了句：「知道了。」語調又恢復往常沉穩的模樣。

棲遲本還靠在他懷裡，一聽有別人的聲音，立時抽出手。

等她再掀起眼簾，伏廷已起身去了屏風後。

沒多久，他走了出來，已清洗過，也換了衣裳，眼睛還在看她，眼神已經清明，方才眼底那沉淵一般的深沉已被壓下去了。

他收攏被弄散的衣襟，束起早已鬆開的腰帶，拿了塊布巾過來，給她擦了手，口中說：「等我回來。」

棲遲倚在榻上，直到看著他出了門，看了看被他擦過的手，又羞又惱，暗自腹誹：這男人真是越發地壞了。

第二十五章　捲土重來

翌日，日上三竿，秋霜才進了主屋，原是想著有了身孕，家主應當會多睡會兒，誰知進去就見她已經好好坐著了。

新露正一面伺候她喝溫補的湯藥，一面叮囑著：「家主切記以後走路要慢些，不要勞累，千萬不可動了胎氣……」

棲遲放下藥碗，用帕子拭了拭唇，點著頭，心中卻是嘆息。如此緊張，若是叫她們知道在古葉城經歷的險況，還不得嚇死。她如今已經算小心了，因著養胎，能不出府就不出府，事情也只在府中處置。

想到此處，正好看到進門的秋霜，棲遲知道她是帶著事情來的，趁勢岔開新露的話：「料想是商隊的事來消息了。」

秋霜道：「家主英明，商隊的事都處理好了，先頭回來的反而是後來被救回來的那批，由家主的護衛護送著，帶著貨都交接好了；後頭到的才是運送牲畜幼崽的那批，直到牲畜交付給各胡部，古葉城那群護送的人才離去。」

「是嗎？」棲遲倒是有些意外。

秋霜笑道：「可不是，這一通下來耗時頗久，聽商隊回來的人說牲畜到了各胡部手裡都算不得幼崽了，那古葉城商號家的一路護送下來，不知費了多少飼料穀物，心疼得要命，倒是省了北地不少草料呢。」她說得好似見過一般，繪聲繪色的。

在棲遲出境期間，各胡部已接到魚形商號從國中各地送來的牲畜，其餘各家商號供給得要慢些，但胡部裡催得急，總算都陸續送到了。唯有境外這一批是最晚到的，卻也是最肥壯的一批。

據說是僕固京親自接手的，老人家很是詫異，得知這批牲畜來之不易，還感慨許久魚形商號的仁義，更是感慨大都護維護北地事事親為，領著部族中人表番忠心。

棲遲聽了也好笑，先前策動那獨眼替她護送商隊回到北地，不想對方辦得還挺盡心。她自然不信這是獨眼忽然有了什麼商人良心，這種人她見得多了，明哲保身之徒，哪頭有利哪頭偏，無非是畏懼伏廷那日的威壓罷了，真要說，怕的也是安北都護府的兵馬。

不過事情辦得好，她也高興，吩咐說：「將撥帳的帳冊取來。」

秋霜忙去取了過來。

這些帳冊當初棲遲特地命令避開伏廷藏著的，後來暴露了，臨走去古葉城時就乾脆在房中放著了。

那時以為失去了依恃，大有讓伏廷隨意看自己家底的意思，然而離開這麼久，他並未翻開過一回。等她這趟回來後才聽新露說，她離開的那段時間，伏廷根本不怎麼回府，大多時候都是宿在軍中的，也就不足為怪了。

秋霜將帳冊送到她手中，又遞了筆過來。

棲遲翻開，用筆寫了數目，勾畫幾下，很爽快地就撥了出帳。當初答應給那獨眼雙倍報酬，現在還多付了一筆，就當是酬謝他替各胡部多養了一陣子的牛羊。

合上帳冊後，她吩咐說：「叫解九安排得力的人手再去古葉城一趟，與那獨……商號家的東家立個共惠的協定。」

秋霜認真記下，只是不太明白：「家主為何有此安排？」

照理說那境外的古葉城不過是個貿易小城，經此一事，再不敢做攔截商隊的事了，又何須再特地去立個協定呢？

棲遲坐在榻上，調整了姿勢，她有身孕後害喜得不算厲害，就是容易乏，經常坐一會兒就要尋個倚靠。

「立個協定，雙方商隊行走都有保障，我的商號可放心經古葉城出去，他的商號也不用擔心我報復回去，大可以入北地經商。」她將胳膊搭在軟墊上，又說：「叫去的人辦得細緻點，此後協定裡也可吸納其他商號加入，如此一來，北地其他商號也可放心往外經商，外地商號再進來北地，這樣可以加速北地好轉，對我們商號也大有好處，何況我還是立這協定的，可穩價，可穩市，以後好處多得是。」

經商最厭惡的便是胡來的競爭，突厥人暗中搗亂且不管，也得防著此後再出什麼岔子。所以商人經商，大多以和為貴，不到萬不得已犯不著撕破臉皮，畢竟不是做一筆就收山的買賣，打這地頭過，能與他們互惠互利是最好的。

原本棲遲上次親自去古葉城時，就抱著這個想法，可惜剛跟那獨眼挑明就被他勸說趕緊跑路，接下來一連遇險，此事只有交由下面的人去辦了。不過經此一事，再由下面的人去辦，那獨眼料想也不會敷衍了。

秋霜聽明白了，這是又想著為北地的長遠打算，要是真立了規矩，往後北地的商事應當能徹底繁榮起來了。難怪要特地走一趟那境外，想想也是後怕，為了北地能重振，家主真是夠盡心的。

只是在心裡琢磨，秋霜手上卻沒耽擱，很快取了紙墨過來請棲遲寫協定內容，怕她受累，東西都特地放在小案上，送到她眼前。

棲遲早就在心裡擬好了，坐正執筆，下筆很快，洋洋灑灑，頃刻便寫滿兩頁紙。

正忙著，一個僕從走到門口。

新露看見，即刻出去問話，回來後收著手站在一旁，並不敢打擾棲遲忙碌。

棲遲餘光掃到，筆未停，問了句：「何事？」

「大都護命人傳話過來，事情還沒忙完，今日家主不必等他。」新露說到此處，臉上止不住地笑，「恕奴婢多嘴，大都護如今對家主真是越來越貼心了。」以往何曾說過這些小事呀，又想起大都護特地吩咐她要好生照顧家主，愈發替家主高興。

棲遲停頓一下，眼珠輕轉。她是知道為何的，昨晚便有僕從來報過一回了。伏廷臨走時說了句「等我回來」，當時她被他那舉動弄得心不在焉，並沒在意。沒想到過了約莫半個時辰，他就差了個人來報，說有事要忙，叫她好生休息，大概是真擔心她會等著，不想今日又命人來報了一回。

「的確多嘴。」棲遲回了新露的話，唇邊掛著絲笑，大概連她自己都沒察覺，也沒顧上琢磨伏廷是在忙什麼，畢竟手上還在寫著協定，分不得心。

待寫完了，秋霜吹乾了墨，捧著要走，棲遲又問了句：「商號中可還有其他事？」她這趟出境許久，自然是要過問的。

秋霜停下來，想了想道：「說起來還真有件事，邊境一帶的藥材價格近來漲得厲害，家主這協定立的也真是時候。」

棲遲抬起眼簾：「藥材漲價？」

「是，」秋霜回，「家主讓解九幫著管北地的鋪子，邊境那些州府的鋪子昨日剛報到他這裡來的，我們商號裡的倒是還壓著沒跟著一起漲。」

棲遲問：「可知緣由？」

秋霜回憶一下，道：「說是官府大批收購的緣故，藥材一稀缺，賣到百姓手上自然就漲價了，正因如此，才送了消息來，想問其他鋪子調一些藥材過去呢，都不夠賣了。」

官府出面收購？偏偏又是在邊境。棲遲心裡琢磨著，忽然想到，伏廷忙到現在還沒回來的事，會不會跟這個有關聯？能叫他忙得一夜不歸的，通常不是小事。

比大都護府低一級的瀚海府官署裡，幾乎整個瀚海府的官員都到齊了。

每個人穿著齊整的官袍，畢恭畢敬地站在大廳裡，面前的大都護卻還是晚間出府時新換上的一身便服。

一夜無人合過眼，但誰也瞧不出累。就算累，也不敢表現出來半分，畢竟眼下情形特殊。

官署多年不曾翻新，大廳看上去也是十分質樸，並沒有多少擺設，兩人腰寬的一張長桌擺在當中，四下設座，再無其他裝飾。

桌上，擺著幾份奏報，一份一份，全攤開著，皆是邊境幾大州府送來的。

伏廷臉色沉凝，在桌旁緩慢踱步，手裡還拿著一份，另一隻手按在腰側。

這是他無意識的一個動作，但所有人都因為這個動作而不敢作聲，因為知道他腰邊是什麼地方，那是常配刀劍的位置。誰都看得出來，邊境送來的幾封奏報，讓他動了沉怒之心。

終於，走動好幾步後，伏廷停了下來，手中奏報「唰」地合上，問：「還有沒有新的送到？」

離門最近的是瀚海府長史，正是他昨夜派人將伏廷請了過來。他看了門外一眼，垂首答：

「應是沒了。」

「應是？」伏廷冷聲。

眾人頭垂得更低了，長史趕緊回：「沒了。」

伏廷掃了桌上的奏報一眼，臉色更寒。出府時他尚且還是輕鬆的，而此刻，面對這些奏報，他的心弦緊繃，不可能輕鬆得起來。

瀚海府長史便是該在這時候充當智囊的官職，此時其他官員不作聲，只能他打頭陣，眼下看見大都護的臉色，他只好硬著頭皮道：「稟大都護，說來各州處置還算穩妥，一有苗頭便立即封鎖了消息，又由官府出面收購藥材醫治病患，都是按照大都護以往吩咐好的做的。」

伏廷臉色未見好轉：「我沒說他們處置得不妥，只是問是不是只在這幾州才出現病患？」

長史抱拳，弓身俯拜：「邊境各州之間彼此距離不遠，互有通氣，一州來報，其餘各州若有此事，決不敢隱瞞，料想這一夜之間陸續送到的就是全部了。」意思是出事的也就是桌上擺著的這幾州了。

「靠說沒有用，」伏廷聲音雖冷，但很冷靜，「我要的是確切消息。」

長史慌忙稱「是」，其他官員連忙附和，隨即分頭派人去督促斥候和官驛。

忙碌之時，門外有人小跑了進來。是羅小義，他半夜收到消息跑過來時酒都沒醒透，腰帶都繫斜了，此時酒是澈底醒了。

他進了門，手裡托著一隻鴿子，一邊跑一隻手已在鴿腿上解著，到伏廷跟前時，正好解下鴿腿上的竹管，遞過來：「三哥，阿嬋傳回消息。」

伏廷按在腰上的手終於放了下來，迅速接過去。

竹管中塞的不是慣常的紙條，而是一截布條，看起來是來自一截衣角，上面寫的是暗紅色的暗文，應是以枝條蘸著鮮血寫的，足以看出事出急切。曹玉林根本來不及尋找紙筆就飛鴿傳書而來。

伏廷看完上面的字，臉色一沉，將布條塞給羅小義：「盯著全境，隨時回報！」話未畢，人已疾步出門。

羅小義來不及追他，匆忙展開布條看去。暗文是伏廷治軍後自創的一套傳訊方式，為了防範突厥，將軍級別及以上與特地訓練過的斥候才能看懂，羅小義自然是懂的。

一看完，他大驚失色，當場就嚷道：「剛才我在外面聽見有人說只有那幾州中招，誰說的？邊境的幽陵也出這等事了！」

曹玉林傳來的消息說，從他們經過的那條捷徑上出了幾戶病患。她的消息，已先於幽陵都督一步送到了。

長史頓時噤聲不敢多言，想起大都護方才轉頭就走，沒有留下與他算帳，不禁心生後怕。

羅小義也知道為什麼伏廷走得這麼急了，他們一行可是剛從那條捷徑返回的，這一路都帶著他嫂嫂，沿途甚至還入過一兩戶胡帳裡討過熱水來給他嫂嫂喝。若是其中哪戶恰好得了病症，如今他嫂嫂還有了身孕……

這麼一想，連他也急起來了，若非伏廷讓他盯著消息，他恐怕已經跟上去了。

難怪伏廷叫他盯著全境，從古葉城裡救出的那些人早已各自離去，散入各州，也是自幽陵而散的。雖然他們被幽陵都督送走時走的是官道，但為防萬一，還是需要留心的。

好在北地的管控向來是進來容易，出去嚴格，倒是讓羅小義心中鬆了不少，否則叫那些人隨意散入中原各處，才是麻煩。

他顧不得多想了，趕緊派人快馬去各州詢問消息。

都護府裡卻是風平浪靜。

過午後，大夫例行來給棲遲請脈。

棲遲有錢，歷來不會委屈自己，既然有了身孕，該調理調理，該滋補滋補，只要不像新露說得那般這也不行那也不行，都是配合的。

大夫每日來請脈過問是必須的，所用一切藥材補品也都是頂好的，可以說金貴得就快賽過宮中那些懷了龍嗣的貴人們了。

她倚在榻上，由著大夫請完了脈。

一切如常，大夫報完，便要告退。

伏廷陡然自門外走了進來。

他出現得太過突然，高大的一道人影驀地現了身，大夫拿著藥箱剛站起，被嚇了一跳。

棲遲詫異地看了過去。不是叫人傳了話說今日也要忙的嗎，怎的忽然回來了？

還沒問出來，伏廷眼神掃到大夫身上，說了句：「出來。」轉頭就出了門。

棲遲更覺奇怪，就見大夫忙不迭地跟著他出去了。

門外，伏廷走到廊柱下，回過頭，壓著聲音問：「你確定夫人身體無恙？」

大夫忙道：「已稟告過大都護，夫人的確無恙。」

伏廷站著，唇抿了又抿，才又開口：「下去候命，要隨叫隨到。」不由分說地下了命令，他又進了房。

大夫驚愕難言，不明所以，忽然聽見外面有僕人在喊：「快，奉大都護令，關閉府門，所有人不得外出！」

外面那點動靜棲遲也聽見了，朝門外看去時，正好伏廷回來。

原本再見，她還有些不大好意思，難免又想起他飲酒後的猛浪，可此時被這些動靜一打岔，便忘了。

她也懶得動，就坐在榻上不挪窩，看著他問：「這是怎麼了？」

伏廷這趟回府的速度前所未有的迅速，甚至胸膛還在起伏，那是一路快馬加鞭所致。

他沒急著回話，先將房門合上，走過來，端著案上的茶盞，灌了口涼水，放下後，一隻手撐在案頭，眼看過來，才說：「昨夜收到急報，邊境幾州出了『瘄花熱』的病人。」

棲遲從沒聽過什麼瘄花熱，卻是一下就跟秋霜說的事對上了：「所以邊境各州官府才大力收購藥材是不是？」

伏廷似是盯她盯得更緊了：「妳已知道了？」

「我只知道那裡的藥材漲價了。」她實話實說。

伏廷唇抿成一線，不得不說經商消息靈通，同一件事，他們已由不同的途徑得知了。

棲遲又問：「那是什麼病，因何需要官府出面？」尋常百姓生病自然是自己去醫治，需要官府出面，只能說明這病不太尋常。

伏廷看著她，撐在桌邊的那隻手五指緊抓了一下，站直說：「不是什麼好病，官府要防範。」

那就難怪他忙到此時了。棲遲稍作思索便回味過來，能要官府防範的，必然是有危害的那一類病症了，輕聲道：「看來是會傳染的。」

伏廷臉色凝住，不語。

說到此處，想起方才聽到的動靜，棲遲似乎又明白了什麼，邊境的事還不至於這麼快就傳入瀚海府，忽然閉府，不可能是防著外面的傳染進來，而是防著府裡的傳染出去。她訝異道：「難不成連我們回來的路上也有這病？」

伏廷喉結滾了一下：「是。」

棲遲眼神微動，隨即又鬆了口氣：「好在大夫接連請脈皆說無礙，否則我都要擔心自己是不是已被傳染上了。」她說著笑了笑，拿了茶具煎茶。本是打算翻翻帳冊的，但他在跟前，她多少還是不太好當面翻，只能擺弄這些。

伏廷看著她的模樣，她今日穿了一襲抹胸襦裙，腰身寬鬆，裙擺是水綠色的，映得她臉色明朗，斂下的一雙眼，眼角微揚，好似外面嬌豔的天氣。他看了好幾眼，依舊沒作聲，彷彿默認了一般。

其實趕花熱這種病是不會說發就發的，真被傳染上，至少也要在人身子裡藏上將近半月的時間。

他在回府時就在馬背上算過，這一趟除去她被擄入古葉城，再那一番驚險，自經幽陵而回走上那條捷徑時算起，到現在，前後差不多正好就要過去半個月了。

可能不是今日，就是明日。所以曹玉林才會那麼急切地送來消息，時間如此巧合，晚上一天半刻都可能有變數。

但這些，當看到她這張明媚的臉時，他皆咽在喉中，並沒有告訴她。

這日下午，伏廷一直待在房裡。而房門，是關著的。

棲遲原先以為他趕回來是要休息的，可也沒見他躺下。他就坐在她旁邊，隔著臂長見方的小案，眼睛看著她。那感覺，彷若他在守著她似的。

她心裡漸漸覺得古怪，茶早就煎好了，卻無心飲上半口，上下看了他好幾眼。快忍不住要問的時候，他起了身：「我去洗個臉。」說著便去了屏風後。

木架上每日都有僕從專門送來淨手淨臉的清水，那裡很快響起水聲，他的確是抄著水洗臉去了。

棲遲回味著他的眼神，懷疑是自己哪裡不對勁不成，為何他要如此盯著自己？不禁抬手摸了摸臉頰，又按了按心口。

伏廷洗了把臉出來，像是把一夜繃著的戒備也洗去了，然而一看到棲遲抬著手按在心口，瞬間又繃緊了周身：「妳怎樣？」

棲遲被這話問得抬起頭，看著他，手停住了：「我應該怎樣嗎？」

伏廷聽到這話才意識到她沒什麼事，掛了一臉水珠，此時才顧上抹了一把，搖頭：「不是。」頓了頓，又看著她說，「若有任何不適都要告訴我。」

棲遲一怔，看他臉色認真，並非隨意說起的樣子，雖覺古怪，還是點了下頭：「好。」直覺告訴她是與那趕花熱有關，難道他還不信大夫的診斷？

伏廷不想弄得跟看犯人似的，怕她難受，手在衣擺上蹭了兩下，轉頭找出擱置的佩劍，拿了塊布巾，走開幾步，站在那裡擦劍，然而劍拿在手裡，在官署裡壓著的怒意卻被勾了出來。

一個不該出現的病又出現了，他在收到消息時就沒停下過心裡的寒意。終究還是將劍擱了回去，忽覺身後安靜，他回頭看了一眼。

棲遲閉著眼歪著頭，靠在榻上，看著像是睡著了。

伏廷立即走過去，伸手握了下她的手，覺得她的手指很涼，臉色一凜，轉頭就出了門。

大夫被下人匆忙喚來。

伏廷站在門外，幾乎是將他推進了門：「去仔細地看！」

大夫倉皇進去，他卻收住了腳，轉頭幾步走到廊下，沉著臉，來回走動，心裡像是壓著把火，燒到四肢百骸，最後腳一抬，踹翻了欄邊的盆景。

厚實的白瓷花盆翻滾下去，發出一陣破裂的聲響，像是被人生生扼斷了咽喉。他立在那裡，氣息未平，胸口起伏。

大夫走了出來，在他身後小心道：「稟大都護，夫人無恙，只是小眠。」

他抹了下嘴，像把情緒也抹下去，回過頭：「你看仔細了？」

「是，小的在光王府中侍候多年，決不敢怠慢縣主半分。」

他點點頭，算是對這個回答滿意了。

大夫鬆了口氣，弓身告退。

「慢著，」伏廷叫住他，忽然問，「聽說過趕花熱嗎？」

大夫覺得好似在哪裡聽說過，想了一下，大驚：「那不是當年北地的……」

「那就是聽說過了。」伏廷打斷他，不過是想叫他心裡有個數，揮了下手說，「去吧。」

大夫心驚膽戰地走了。

伏廷在原地定了定神，進了房，又將房門合上。

回到榻前，棲遲仍靠在那裡閉著眼。他蹲下，皺著眉看著她的臉，不自覺地又去摸她的手。

棲遲忽而睜開了眼，眼睛清亮，分明剛才沒睡著。

伏廷一看就明白了，眉峰一沉，抓著她的那隻手用了力：「妳幹什麼，騙我尋樂子？」

棲遲被他的語氣嚇了一跳，手上吃疼，微微蹙起眉梢：「哪有，我方才的確是犯睏了。」

他的手鬆了，神情卻沒鬆，緊緊抿住唇。

棲遲半臥，目光正好落在他蹲下時的寬肩上，他眼下神情不對，她想伸手去撫一下他的肩頭，好將他的眉眼弄順了，聲音輕輕地道：「你方才，嚇著我了。」

伏廷看著她的臉，喉結上下一滑，出聲低沉：「妳也嚇到我了。」

棲遲怔住，忽然就明白了他剛才那句帶氣一般的質問，眼光微閃：「你可是有什麼話沒明說？」

伏廷站了起來：「也沒什麼，過後我再告訴妳。」

棲遲一直看著他，想著他的話，什麼叫「過後」？

天色將晚時，伏廷才開門出去了一趟。

外面站著新露和秋霜，是來伺候棲遲的，來了卻見房門緊閉，又見大都護忽然出了門，頓時意外。尤其是秋霜，外出辦了事回府，就見府門緊閉著，只准進不准出，正要來請示家主，不想還未敲門，大都護就走了出來。

兩人面面相覷，又垂頭見禮，不敢多話。

「飯菜送到門口，妳們不要進門。」伏廷頓了一下又說：「若李硯過來，也不可讓他進來。」說罷他便回了房。

新露看看秋霜：「這是怎麼了？」

「我如何會知道。」秋霜低聲回。

二人不敢違逆，很快送來飯菜。

棲遲坐在房中太久，早已坐不住，剛要起身，就見伏廷再度出門，這回再進來時，親手端來了飯菜。

他單手將託盤放在案頭，看她一眼：「吃飯。」

餞是再裝作若無其事，棲遲也心中有數了，他的確是在守著她沒錯了。

託盤裡盛著濕帕子，她拿了擦了擦手，放下後拿起筷子，看他坐在身邊，就如同這一整個下午的情形一樣，口中似是隨意般問了句：「那個趕花熱，是如何傳染的？」

伏廷剛拿起筷子，聞言，一掀眼簾，盯住她。

棲遲原本就看著他，此時坐得近，看得更清楚了，他渾身上下一絲不苟的俐落，唯有眼神，沉沉地一動，深邃的眼裡像攪動了一場風波，多了些凝滯與遲疑，好一會兒才開口：「接觸過多，便會傳染。」

棲遲抓筷子的手頓了頓，想了下回來路上看了緊閉的房門一眼，想著無法進來的新露和秋霜，便想明白了。「那你不怕被感染嗎？」她忽然問。

伏廷始終沉著臉色，直到聽到這話，嘴角才有了點弧度，但幾乎看不出來：「北地不是頭一回有這病症了，經受過的人不會被感染。」

原來不是頭一回，他還經受過。棲遲眼珠輕緩地轉動著，心想難怪他好像很瞭解的模樣。

用完飯，新露和秋霜又送了熱水過來，也只敢送到門外，小心翼翼地喚了一聲「大都護」。

伏廷事事親為，出門去端了熱水進來。

天黑了，棲遲懷著身孕，沒多久就犯了睏。她淨了手臉，先躺去床上。

伏廷在她身旁躺下時，她還沒睡著。

棲遲是睏，可被眼前的謎團擾著，實在難眠。身下墊得軟，男人的身軀躺在身側微陷，她衣裳未除，和衣而眠，背貼著他的胸口，能感覺到他的呼吸一陣一陣地拂過她頭頂的髮絲，吹在她的前額上。

終究，她還是忍不住問了句：「何時才算是『過後』呢？」

伏廷的聲音在她頭頂響起：「明日。」

他聲音有些乾啞，不知為何，她總覺得這兩個字從他口中說出來像是很艱難一般。

再後來，還是沒抵住，她迷迷糊糊地睡著了。

房中一直沒點燈，從昏暗到漆黑，後半夜，月色迷蒙入窗。

棲遲隱約醒了一回，感覺腰上很沉，手摸了一下，摸到男人的手臂，箍著她的腰。她撥不動，閉著眼，轉而去扯被子。

耳邊聽到低低的問話：「冷嗎？」

「嗯。」她睡得昏沉，隨口應了句，忽而感覺腰上那隻手臂箍得更緊了，隨即被子蓋到她身上，連同身後的軀體也貼上來。她覺得舒服多了，往身後的軀體裡窩了窩，睡熟了。

但最後，那副軀體還是退開了。伏廷坐起，摸了下她的後頸，溫熱，不冷，又摸她的四肢，也不燙。

趕花熱初始時會忽冷忽熱，他方才聽到她說冷，便再也睡不著了。

月色如水淡薄，照到床前，穿不透垂帳，在床前朦朦朧朧像蒙上一層霧，投在棲遲睡著的臉上，在他眼裡，那眼眉都有些不真切起來。

他一隻手搭在棲遲身上，另一隻手緊握，連牙關也緊緊咬住，坐在床上形如坐松，更如磐石，許久也沒動過一下，只有兩隻手，有間隔地探著她身上的溫度，她呼吸平穩。

有時會懷疑自己摸得不夠準，好幾次，他甚至想下床去叫大夫，又在下一次摸過去時打消了念頭。

反反覆覆，如同煎熬。

棲遲後半夜睡得很熟，醒來時，天已亮了。滿屋都是亮光，裹挾著一縷又薄又紅的朝陽投在床帳上。

耳中聽到一陣很輕的聲響，她翻了個身，看見伏廷早已起了，人坐在椅上，側對著她，袒露著半邊肩頭，那背後的箭傷剛換上新的藥貼。傷在背後，他大概是嫌包紮麻煩，就沒再綁布條，直接拉上了衣襟。

棲遲坐起來，明明沒什麼動靜，他卻立即看了過來。

「醒了？」他手上衣帶一繫，走了過來。

「嗯。」棲遲看著他，又看了窗外的亮光一眼，抬手摸了下臉，「我這算是『過後』了嗎？」

伏廷嘴角輕微地一扯，眼底還有沒遮掩下去的疲憊，盯著她的臉許久才說：「算。」

棲遲拉了下衣襟：「那你現在可以告訴我到底怎麼回事了嗎？」這一日夜下來，她已猜到許多，但有耐心，真等到他口中的那個「過後」才追問。

伏廷又仔細看著她的臉，儘管看來一切如常，還是問了句：「妳沒其他不舒服了？」彷彿要得到她親口確認才放心。

棲遲搖頭：「沒有。」隨即又蹙眉，覺得他如此小心，決不是簡單的傳染病，「這趟花熱到底是什麼病，竟如此嚴重？」

伏廷沉默，臉稍稍一偏，好似自鼻梁到下巴，再到脖頸都拉緊了一般。

直到棲遲以為他不會說了，他才轉眼看過來，開了口：「那是瘟疫。」

她一下愣住：「什麼？」

伏廷說：「那就是導致北地貧弱了數年的瘟疫。」

棲遲唇動了一下，怔忪無言。

那的確是瘟疫，最早受害的胡部裡用胡語叫它「趕花熱」，因為先冷後熱，後憎寒壯熱，旋即又但熱不寒，頭痛身疼，神昏沉倒，繼而高燒不止，直到被折磨致死。漢民們未曾見過這種病症，便也跟著叫了這名字。

下面官員來報時，伏廷的沉怒可想而知。才安穩數年，在北地有了起色的時候，那場瘟疫居然捲土重來了。

整整一夜，他等在官署裡，眼見著快馬交替奔來，奏報從一封增加到數封，最後，又等到幽陵的消息……

他看著棲遲的臉色，毫無意外從她眼裡看到了震驚，正是擔心她驚慌，先前刻意沒告訴她，直到此時危險過去，才好開口。

棲遲先是怔愣，隨即便是後怕，此時方知他為何在此守了一個日夜，原來如此。再想起自己回府後接觸過姪子，還有新露、秋霜，倘若真的染上了，簡直難以想像。難怪他會閉府，難怪他說經受過。

她許久沒作聲，心裡卻沒停下思索，忽然說：「幾年都沒事，去冬又是連降大雪，瘟疫很難再發才是，突然又出，莫非事出有因？」

「突厥。」伏廷接了話，語氣森冷，「先是古葉城一事，妳我回來便爆發了這事，不是他們還有誰。」

這正是他生怒的原因。北地擁有一條漫長的邊境線，與鞡鞨交接的古葉城一帶不過是其中的一處。但突厥人去過的古葉城沒事，附近的幽陵卻有事，病患偏那麼巧，全都出在邊境。而這種病症最早就是出自突厥，北地本沒有這種病症。

當初這病是人畜共傳的，如今這次，還沒有畜傳染上的消息傳來，卻先有人接連病倒，說明被傳染的人沒有在居住地停留，多半是在外走動時被傳染，所以只可能是人在外被傳染，帶回北地，而不是北地自己爆發的。

棲遲問這話時便已有了這猜想，當初便有說法稱那場瘟疫是突厥人為引起的，看來是真的。她已見識過突厥人在古葉城中的所作所為，早知他們手段狠辣，可此時真聽到這消息還是叫她不寒而慄，說話時臉色都白了一分：「他們為何如此執著於散布瘟疫？」

「不是執著於散布瘟疫，」伏廷說：「是執著於削弱北地。」

棲遲不禁看向他，臉色還沒緩過來，心裡已了然：「你是說，突厥不想讓北地有喘息之機。」

伏廷點頭。

對於北地恢復，他早有規劃，因著棲遲到來，一筆一筆地砸錢，推動起來便比原定快了許多。

如今明面上，新戶墾荒的已經種植成良田，胡部多了許多牲畜在手，商戶有條不紊地運轉起來，牽動一些旁枝末節的小行當小作坊都運作了起來。但這一切，都需要時間。

突厥接連派入探子，不可能眼睜睜地看著北地情況好轉，從古葉城那事開始，他們便按捺不住了。或許在布置古葉城的事時，瘟疫已經開始散布。

「憑什麼？」

忽來的一句低語，叫伏廷不禁看向她。

棲遲赤足坐在床沿，鬢髮微散，兩手搭於身前，嘀咕了這句，唇剛合住，臉色微白，一雙眼裡卻有了凌厲，甚至冷意。

她這話多少是出於不忿，自來了北地後她出錢費心，便是想著北地能振興起來。偏生這麼多血本下去，突厥卻總是橫生枝節。憑什麼？憑什麼北地不能站起來，一有起色就要被打壓。

伏廷不管她因何說了這句話，反正說到他心裡，他一身的傲骨被這句話激了出來，驀地笑出了聲：「沒錯，憑什麼？」

棲遲看過去，他看過來，二人眼神對視，莫名的，好似有種同仇敵愾的情緒似的。

她眼角彎了彎，卻沒笑出來，因這情緒又將她拽回到眼前，她垂了眼：「可是，已經叫他們得逞了。」

伏廷順著她的視線看到她赤著的雙足，那雙腳白嫩，腳趾輕輕點在地上鋪著的毯子上，他看了一眼又一眼，移開眼，低沉一笑：「沒那麼容易。」

棲遲覺得他語氣裡有種篤定，抬頭：「難道你有應對？」話剛說到這裡，她輕輕「哦」了一聲，恍然大悟道：「莫非那些官府收購藥材，都是你的吩咐？」

伏廷點頭：「已經著了他們一次道了，怎麼可能再叫他們輕易得逞。」

當初擊退突厥後他就吩咐過，再出這種事，官府立即封鎖消息，醫治病患，不可讓突厥有可趁之機。當夜送來奏報的幾州，皆是按照他吩咐做的。

自那次瘟疫之後，北地對往來管控也嚴格起來，出境經商需要都護府憑證，入中原也要仔細檢查。這些都是拜突厥所賜。

棲遲佩服他的先見之明，卻並不覺得好受，因為這樣的應對，全是被逼出來的。

門忽然被敲響了，是新露和秋霜又來門外伺候了。

伏廷收心，過去開了門：「進來。」

外面的兩個人端著熱水熱飯，沒想到會直接准她們進來，驚異地對視了一眼，才見禮入門。

新露和秋霜伺候著棲遲梳洗時，伏廷也去屏風後重新換了衣裳。

趁大都護不在眼前，新露和秋霜眼神不斷，一肚子疑問要問家主，但棲遲只是搖頭，叫她們什麼也別說。

她此時沒心情讓她們徒增慌亂。

二人只好忍著退出去了。

伏廷換上軍服，要出屏風時，看到屏紗上映出的側臉，如隔薄霧，像他昨夜透過月色看到的那般，但昨夜他再也不想回顧。

那種感覺煎熬了他一宿，雖比不上在古葉城外的任何一次驚心動魄，卻更讓他提心吊膽。像喉前懸了柄鋒利的刀，不清楚什麼時候就會割下來，永遠都有一股涼意滲在頸邊。到現在，人還在他身邊，如同失而復得，他卻彷彿歷經了千軍萬馬。

他也不走出去，反倒用力將屏風往旁一拉，撤去這層相隔。

棲遲於是毫無遮攔地站在他身前，被他看得真切。

她抬起眼，像是剛從思索的事情裡回神，一隻手輕輕扶在屏風邊沿，看著他，猶豫一下，還是說出那個讓她後怕的設想：「萬一，我是說萬一，我要是真染上了呢？」

伏廷不自覺地就繃緊了臉，昨夜那種感覺彷若又回來了一般，低頭看著她的眼眸：「也不至於要命。」

棲遲眼一動：「能治？」

他抿了抿嘴，道：「能，否則收那些藥材做什麼。」

棲遲稍稍鬆了口氣：「那倒是好事，看你這一日一夜如此小心，我還以為是不治之症呢。」

伏廷看她的眼神沉了許多，目光從她臉上滑過她腹間，聲音更沉了：「是能治，只不過會去半條命。」

棲遲微怔，從他這眼神裡看出什麼，低頭撫了下小腹：「意思是會保不住他？」

伏廷默不作聲，就是默認了。

光是摸索出能治，就不知堆疊了多少條性命。他昨日回來時已經做了最壞的打算，若她真染上了，再怎樣都保不住這個孩子。縱然滿腔憤怒到踹了花盆，然而真到了那一步，便是親手灌，也要將她保住。

這些想法只能一個人壓著，直到現在過去了，才說出來。

棲遲手心貼住小腹，想著他這如履薄冰的一個日夜，看著他：「真那樣，你下得去手？」

伏廷手伸握住她的胳膊，把她拉到眼前：「當然！難道我要為了一個沒出生的孩子不管妳的死活嗎？」

棲遲扶著屏風的手指輕微地顫了一下，眼睛定定地落在他臉上。若非記得他先前還特地飲酒慶賀這個孩子的到來，簡直要以為他是心狠，可她知道他不是。

伏廷鬆開她，腳下動了一步，不想再提這事了。

「三郎。」棲遲忽然叫住他。

他站定，看著她，通常她這樣叫他的時候，都是嘴最軟的時候。「怎麼？」

棲遲開口便喚了，也不想再說那些沒發生的事，徒增沉重罷了，臉上露了笑，轉口問：「你打算如何解決這事？」

伏廷見她笑，也跟著鬆了點精神：「只能加緊醫治。」

棲遲輕輕點頭：「醫治需要大夫和藥材，都是需要花錢的地方。」

伏廷眼一動，盯住她：「妳想說什麼？」

棲遲眼波微轉：「我想出錢幫忙，就怕你不樂意。」

不等他開口，她眼簾一掀，手按在腹上，補上一句：「這次突厥險些害了我，說起來，我也是為自己花錢。」

伏廷好笑地看著她，話都讓她說了，看她這樣子，也許連孩子的份都算上了。

他有什麼不樂意的，這不是為他軍中花錢，是為百姓，為北地。反正她花了，他以後都會還上。何況光是她現在還能鮮活地說要花錢，他便沒什麼好說的了。

他手在屏風上一拍，彷若一錘定音：「花吧。」妳想花就花。

第二十六章 八府備戰

一連數日，羅小義忙個不停，直到接到伏廷命令，才有機會再來都護府。

快馬馳至大門前，他一躍而下，臂彎裡挾著一只卷軸，匆忙走向府門，腳步猛地一停。

門口還站著一個人，他一見就開了口：「阿嬋，妳沒事吧？」

曹玉林站在門柱旁，慣常的一身黑衣，險些沒注意到，看了他一眼，平平淡淡地道：「瘟疫我又不是沒經歷過，能有什麼事？」

羅小義一下被噎得沒了話，覺得自己剛才那話說得有點多餘了。

的確，當初跟隨伏廷作戰都經歷過那場瘟疫，她能有什麼事呢？問了倒顯得他上趕著討好一般。

曹玉林卻也沒再說什麼，看了緊閉的府門一眼：「聽說都護府閉門好幾日了。」

羅小義也跟著看了一眼，這才找回自己靈巧的舌頭來：「妳的消息一送到，三哥就急忙回來看嫂嫂了，但我今日收到三哥的命令了，料想已是無礙了。」

曹玉林問：「那為何還不開府？」

羅小義也不清楚，只能推測：「對了，嫂嫂有身孕了，三哥一定是想穩妥些，多閉了幾日。」

「嫂嫂有身孕了?」曹玉林難得露出意外的表情來，甚至還笑了，「真替三哥高興。」

「可不是……」羅小義看了看她的笑容，訕訕一笑。

曹玉林皺了下眉：「你看什麼?我是真替三哥高興。」

羅小義又被噎了一下，他曾經懷疑過曹玉林是不是惦記過他三哥，因為總覺得她對伏廷要比對他更親近，剛才訕笑確實有點那意味，可也不是有心的，何況現在她怎麼想，跟他有哪門子關係?

他囫圇說了一句：「那是當然了，大家都高興。」

曹玉林臉上又嚴肅起來：「嫂嫂既然有了身孕，那就更不能有事了。」

「對……」羅小義又有些無話可說了。

兩人一左一右隔著都護府的大門，就這麼站著。

好在下一刻，大門被人打開了。

僕從出來，請他們進去。

羅小義這才鬆快起來，笑了笑說：「瞧吧，就說沒事。」

曹玉林已經先一步進門了。

他無奈地摸了下臉，又將臂下挾著的卷軸一提，隨即跟了進去。

僕從在前面引路，直往書房走去。

曹玉林走得快，大概是聽了那個消息的緣故。

羅小義也有心讓她先行，落後了一大截，剛好在廊上遇到李硯。

「小義叔，」李硯喚他說：「這陣子都沒見你來教我習武，可是那事情棘手？」

羅小義笑：「你小子，能知道什麼事情？」

李硯喜穿白，細白織錦的衣袍在他身上，把他年少的臉也襯得雪白，偏生表情老成，說話時壓低了聲音：「我打聽了一些，連我們光王府的大夫都聽說過，那可是當初肆虐北地的瘟疫，怎會不知道？何況這府上還閉門了好幾日。」

羅小義「嘖」一聲，這小子，真是不能小看，還知道打聽了，本還打算嚇一嚇他的，乾脆打消念頭了：「沒什麼，有你姑父在呢，少擔心。」

李硯點點頭，連日閉府，說不擔心是假的，不過他姑姑有孕，他便沒多表露，只能在此問一兩句。他朝廊後看了一眼：「我剛從書房過來，姑姑和姑父正在等小義叔呢，我就不多說了。」

羅小義越過他往前走，心裡還在嘀咕，這些貴族子弟都太少年老成了，看著乖巧，還是精的。

這一耽擱，到書房時，已經聽見曹玉林在裡面說話了：「聽說嫂嫂有孕了，卻是接連凶險，實在波折……」

門口立著新露和秋霜，書房裡的長榻上擺了好幾個軟墊，棲遲靠坐在上面，一襲襦裙，衣擺如水般自榻邊傾瀉。

伏廷站在她對面，軍服筆挺地靠在桌沿，手裡拿著份奏報，看得出來是有意騰出地方讓曹玉林與她說話，眼睛還偶爾往對面看一眼。

羅小義一腳跨進門就開始圓融氣氛，接話道：「還好嫂嫂又逢凶化吉了。」

棲遲笑著看了他一眼，回頭聽曹玉林接著說。

伏廷放下手裡的奏報，問他：「東西帶來了？」

「三哥吩咐，自然帶來了。」羅小義拍拍胳膊下的卷軸。

伏廷指了下旁邊說：「掛上。」那裡是懸掛地圖的木架。

羅小義在忙的時候，聽見棲遲在那邊輕笑著對曹玉林說：「我倒覺得這孩子是有福的，真的是逢凶化吉，次次都能安然無恙，這也是本事。」

她說得輕巧，還帶著笑，周遭好似也多了一股輕快的氣息。

話音還未落，伏廷已到她跟前，一隻手搭在榻邊，眼睛看著她。

曹玉林看他過來就很識趣地走開了。

棲遲往他身旁靠了靠，輕聲問：「如何，我說得不對嗎？」

伏廷遷就她犯懶，稍稍俯下身，頭偏向她這邊，也跟著低了聲：「什麼？」

「我說這孩子厲害，你不覺得？」棲遲挑了下眉頭，埋怨般說：「若沒聽見就算了。」

伏廷抿下唇，嘴邊有笑：「聽見了，妳說得對。」

她這人看著嬌柔，卻是通透樂觀的，若放在別人身上，恐怕還會覺得不祥，她反倒只看好的一面，實屬不易。

棲遲又挑眉，這幾日為了穩妥，他一直閉著府門，在她跟前寸步不離，說話好似坦誠了許多。

兩人湊在一處低語這幾句的工夫，羅小義已瞧見了，又見曹玉林站在一旁，「咳」了一聲，笑著道：「三哥，好了。」

伏廷站直了，看過去。羅小義帶來的卷軸是北地的全境地圖，現在已經懸在木架上，半人高，一人長的大地圖。

他朝棲遲看一眼，示意她去看，順帶吩咐羅小義一句：「挪近點。」

羅小義將木架移近，就橫在榻前，不解地問：「三哥叫我帶地圖來做什麼？」

伏廷沒答，先問一句：「我叫你盯著的消息如何了？」

羅小義不敢耽擱，立即道：「皆已詢問過，各州關卡都管得嚴，好在沒別的消息來了，目前就是我們當夜見到的那幾州裡出了事。」

伏廷又看向曹玉林：「妳那裡如何說？」

曹玉林回：「暫時沒再有其他地方中招。」

他點點頭，看向棲遲。

棲遲坐正一些，看著這張地圖：「哪些地方？」

伏廷走到地圖前，手指在邊沿筆劃，圈了個大致的範圍：「六州，全在邊境。」

棲遲看了一遍，說：「既然是瘟疫，還得要有協助的人去才行。」

伏廷說：「把軍中經歷過的都挑出來派去就行，最需要小心的還是那些新戶。」

棲遲明白了，他說過經受過的都不必擔心，而今年北地的新戶，從民間到軍中，都多出許多。也難怪突厥會故技重施。

說起來，她也算得上是新戶之一了。她起了身，走到伏廷身邊，盯著地圖：「一個個來，你先說這些地方的境況。」

伏廷手指在一處一點：「陰山州，地勢狹長，居民分散，陰山都督府所在算是集中地。」

「那就直接派去都督府。」棲遲手指跟著一點，挨著他的手指，看著他，「十名大夫夠不夠？」

伏廷那根手指點了點，看她的眼神沉如點漆。

「不夠？」她眼珠一動，「那再加十個。」

「不是不夠，」他糾正，「是多了。」

棲遲卻無所謂：「多就多吧，人多好辦事。」

「還有好幾個州，每州都二十名大夫？」

「嗯，還要有上好的藥材。」

伏廷這回連眼角都彎了一下，卻也習慣了，她向來如此豪氣。

棲遲眼在他身上一勾，輕語一句：「你答應讓我花的。」

伏廷頷首：「我沒說不讓。」

「那下一州吧。」她見縫插針地催促。

伏廷只好接著往下說……

站在一邊看了半天的羅小義總算明白了，他三哥和嫂嫂在地圖前你一言我一語的，是在處理各州瘟疫病患的事啊。

一旁的曹玉林也在看著，他為避免尷尬，「嘿嘿」笑兩聲，小聲說了句：「嫂嫂可真是三哥的賢內助。」

曹玉林轉頭看他一眼：「我早說了嫂嫂和三哥是頂般配的。」

羅小義附和著，一時又不知該說什麼，再看那頭，見伏廷與棲遲站在一處時不時交談思索，忽然覺得他三哥如今口舌都比他利索多了，有點想嘆息。

直至幽陵，邊境一共中招了六州，都是需要重兵防範的要地。

棲遲的手指點在最後一處的幽陵。

最後定下來，這次除去要給這幾州派大夫過去，還要在那裡建上幾間醫舍，用她的話說，是以備不時之需，順便擴一下她的鋪子。

伏廷沒多問，多問了就有給她行方便之門的架勢了。

棲遲定好了，想起什麼，看著他說：「這事還得守著風聲才對。」

伏廷「嗯」一聲。

事發時他已封鎖了消息，免得引來恐慌，讓突厥有可趁之機。

「既然如此，我也不能大張旗鼓了。」棲遲說：「得找個理由。」

伏廷問：「妳的理由是什麼？」

棲遲笑了笑：「大都護夫人有孕在身，身體不好，多招些大夫來北地看看，倒也說得過去。」

他故意問：「不怕被說嬌縱？」

「那就說好了。」她不以為意，「你覺得如何？」

伏廷很乾脆：「就這麼說吧。」其實與他想到了一處，剛才那一問不過是逗她的。

都安排好了，棲遲朝外喚了一聲「秋霜」。

秋霜進門，就見她已坐回榻上，那裡擺著一方小案，上面早已擺好紙筆。

棲遲拿了筆，心裡草草算了一通，在紙上寫了個數目，拿了遞過去：「按我吩咐好的去辦吧。」

秋霜雙手捧住，看了那張紙上的數目一眼，又是一個龐大的數目，心裡吃驚，也不敢多言，捧著趕緊出門去了。

曹玉林站得離門不遠，瞥到紙上的字，心中充滿震驚，再看棲遲，目光都不太一樣了。

羅小義自是注意到她這點神情了，料想她還不知道嫂嫂藏著的身分，否則就會跟他一樣見怪不怪了。剛想到這，伏廷走了過來，看他一眼：「出來。」

羅小義忙跟他出去。

出了門，伏廷下了走廊，一直走到一叢花木旁才停下，開口說：「剛才的安排你已聽見了，選調軍中經歷過瘟疫的老兵前往邊境各州。」

羅小義明白得很，這是要叫不怕傳染的去協同那些大夫醫治病患。「放心吧三哥，我即刻就去辦。」他說著就要走。

伏廷扯住他的衣領拽回來：「還有。」

羅小義站定。

「一個月內絕了這瘟疫。」他臉色漸沉，「下令邊境各州都督屆時入瀚海府來見我。」

羅小義不明所以：「三哥叫他們來做什麼？」

伏廷冷著兩眼，沉聲說：「備戰。」

羅小義一愣，繼而就明白了：「三哥是覺得突厥要下手了？」

「遲早的。」伏廷在他眼前走動兩步，與先前在書房裡不同，軍服凜凜，一身驍勇悍氣，「讓他們來，老子擦好刀等著！」

原本為了北地民生，不該輕言戰事，但是他們這回犯禁了。先是棲遲，後是孩子。他沒什麼好說的，想戰就戰，又有何懼。

羅小義領了命令去後，伏廷回到書房，便又如無事一般，收斂了氣勢。

書房裡只剩棲遲和曹玉林，二人還在地圖前站著說話，見到他進來，曹玉林抱了個拳就要出去。

棲遲叫新露去伺候，想她這趟忽然遠道而歸，怕是還沒用飯。

新露從門口過來，請曹玉林離去了。

伏廷走過去，看了棲遲身旁的地圖一眼，不禁問了一句：「舒坦了？」

這次完全順著她的意，她想怎麼安排便怎麼安排，他派人手來配合。

棲遲回得很謙遜：「尚可。」

伏廷想著她那一大筆支出，竟然只是尚可，嘴角提了提：「妳已經多花了。」

棲遲想了想，故意說：「我本也不想的，可忽覺腹中動了一下，似是在提醒我遭受的不公，我便要出口氣了。」說到此處，她一手撫上小腹。

伏廷腳一動，人已欺近，左手攬她，右手跟著摸到她腹上：「真的動了？」

當然沒有，還沒到時候呢，棲遲胡謅的罷了，被他這麼一問，反而不好意思說實話了。

伏廷的手掌貼在她腹上，隔著衣裳她都能感覺到他手心裡的溫熱，頸邊是更重的溫熱，那是他的呼吸。

他也沒追問，低了頭，軍服的衣領蹭在她頸邊：「方才妳們在看什麼？」

棲遲耳廓發麻，伸手指了下地圖：「阿嬋說這一大片地帶都是你打下來的。」

「嗯。」他眼落在她雪白的頸邊，往下是隱約可見的胸口，隨口應了一聲。

棲遲頸邊很癢，想要轉移注意力，找了個問題，指了下邊界線：「為何不往前打了？」

伏廷終於掃了一眼：「那裡沒人。」其實他也沒那麼好戰。

棲遲沒忍住，笑了。

錢多好辦事。重金聘請下，百多位大夫不日便自中原入了北地，由安北都護府親自檢視，確認無誤，再由特地挑選出來的老兵們護送去邊境。

一晃一個多月過去，邊境六州如火如荼地圍剿著瘟疫，而這一切，在都護府裡都感受不到。

只在秋霜送到的消息裡，棲遲才知道大致情形——

「醫舍都建好了，解九挑了好手去照應的，買了死口，各府都督都以為是大都護安排的，還詫異大都護這次怕是將全部家當都投進來了。」

「家主各地的鋪子都調上藥材來了，供貨沒斷過。眼下只聽說有一個年老的實在沒熬過去，其餘就沒有壞消息傳出來了。」

「對了，家主與那古葉城商號立的協定近來有新商家加入了，藥材價已穩住了，雖沒降，倒也不再漲了……」

秋霜仔仔細細稟報的時候，手上也在忙著。她的身前站著李硯，她正拿著繩在為他量身。量完了，秋霜感慨一句：「世子長高許多，想來衣服都要重新做了。」

棲遲坐在對面看著，原本正想著她稟報的那些事，聽到此處，多看了姪子兩眼，發現他確實長高不少，笑了笑說：「那便將衣服都重新做了。」

李硯忙道：「姑姑還是別破費了，眼下正當用錢的時候。」

他知道姑姑什麼都給他頂好的，這一通下來可不是小數目，也知道她月前剛為了瘟疫花了大錢，一個多月下來還斷斷續續往裡不斷投錢呢。

棲遲手裡端著一碗湯水，那是特地為她做的酸湯，不知為何，身子月份多了，近來就喜歡這口味。她吹了下湯水，抿了一口，咽下去後說：「做吧，這點錢算不得什麼。」

秋霜早記下了，全光王府誰不知道家主頂疼愛世子，吃穿用度哪能虧待。她量好了，看了棲遲微凸的小腹一眼：「奴婢覺著還該做些小衣服，待不久後小郎君或是小女郎出來了也是要穿的。」

棲遲含笑剜了她一眼：「哪有那麼快。」

「快得很，家主都顯懷了呢，您瞧，一晃世子都長高那麼多了。」

聽她絮絮叨叨的，棲遲乾脆說：「隨妳。」

秋霜高高興興地去忙了。近來她跟新露總在猜家主是要生小郎君還是小女郎，在這眾人擔憂著瘟疫大事的關頭，唯有這個是能叫她們生出點樂趣的事。

李硯不用再乾站著，活動兩下抬疼了的臂膀，走到棲遲跟前，道：「姑姑，都說這瘟疫是突厥人傳的，他們怎麼還有這本事呢？」

棲遲放下湯碗，捏著帕子輕輕拭了拭唇：「什麼本事，無非心狠罷了。」

李硯一愣：「姑姑為何如此說？」

棲遲說：「突厥要傳瘟疫，必然他們自己當中也有人得了這瘟疫。他們將軍府裡的女人都能用來做探子，將病人推出來做引頭刀又有何不可。」

李硯聽得咋舌：「他們竟如此仇視北地嗎？」說到此處他好似想到什麼，又改了口，「不對，他們是沖著中原？」

「不錯，說是仇視，倒不如說是覬覦。」棲遲嘆了口氣，「這麼大塊地方，入了便是直入中原的大道，這天下十道遼闊的壯麗山河，無數的繁華富庶，誰不覬覦。」

李硯已明白了，感觸更深：「北地便是國之屏障，姑父在此鎮守多年，聖人一定對他很信任。」

棲遲不禁笑了，信任嗎？她不覺得，如果真信任的話就不會有賜婚這一說了，聖人可能是不得不信任。

換一個人來，能在貧苦積弱的境況下撐著北地屹立多年？只有伏廷。旁人怕是根本沒他那份咬牙死撐的耐力，也沒他那身寧折不彎的傲骨。

想到此處，棲遲不禁多看了姪子一眼，沒料到他個頭高了，連眼界也開闊了，竟開始關心這些事了。

正這當口，新露小步進了房門：「家主，有您的信。」

李硯貼心，怕累著姑姑，先走過去幾步接了，再送到棲遲手中。

棲遲拆開來看，先看了內容，又看了信封，臉上表情雖沒什麼變化，眼神卻淡了，遞給新露說：「燒了。」

這一幕有些熟悉，新露伸手去接時忽然憶了起來：「莫非又是……」礙著李硯在場，她及時打住了。

棲遲點頭，又是崔明度寄來的。

此番她藉口懷孕身體不適，一下招了百來個大夫來診斷，自然是大手筆，哪家貴女也不至於有如此陣仗。

那日伏廷問她，不怕被說嬌縱？還真說中了。風聲傳出，邕王按捺不住，在宮中嚼了舌根。崔明度這回又是來知會她的。

據說是在皇家私宴上，邕王趁聖人教導宗族親眷勤儉時，話裡話外地指責一番她驕奢無度。

這次與上次不同，崔明度說聖人聽聞後竟然當眾呵斥了邕王，令邕王碰了一頭一臉的灰，狼狽不堪。

信的最後，崔明度恭賀她幾句，自稱從鞅鞨返回匆忙，無法親身道賀，甚至還說伏廷因她懷孕而有如此陣仗，可見對她寵愛有加。言辭之間禮敬又本分，彷彿之前在她跟前說出那種逾越之言的是另一個人。

新露在李硯莫名其妙的眼神中將那封信引火燒掉了。

棲遲親眼看著紙張化為灰燼，落在腳邊，忽然生出一種感覺，崔明度一而再再而三地將這些小事告訴她，就好似站在她這邊似的。

忽然想起他以前那副愧疚模樣，甚至要將她承擔成責任的舉動，她眼中眸光微動，揚了下嘴角，當初一場退婚罷了，他就如此覺得對不起她嗎？

外面忽然有了響動，像是很多人在走動忙碌似的。

新露出去看了一眼，回來稟報說：「大都護回來了，還下令開了府上正門。」

棲遲一怔，朝外看去，這是要迎客不成？

隨即就進來兩個婢女，見禮說：「奉大都護令，請夫人沐浴更衣，去前院見客。」

都護府大門敞開，僕從們垂手立於兩側。

接連的快馬到來，車轍轆轆，在府門前次第停下。

前院忙碌，棲遲到時，在廳中看見站著的伏廷。

他身上穿著那件她給他做的軍服，腰帶緊收，長靴俐落，手扶在腰後的佩刀上，抬臉看來時，兩眼朗朗若星。

棲遲走到他跟前，朝門外看了一眼：「來了什麼客？」

「邊境六州都督，」伏廷說：「我早已下令叫他們來見，今日都到了。」

原本是想直接在軍中見，他便沒有提過，但諸位都督此行都帶了家眷，最後還是入府來見了。

棲遲點頭，想著秋霜所報的消息，看來瘟疫的事處置得還算順利，不然他們來這一趟可能就會延誤了。

伏廷趁機打量她一下，她鬢髮上珠翠點搖，略點眉唇，換上了鵝黃色的抹胸襦裙，雙臂間挽著雪白的細綢披帛，宛如流雲。

畢竟懷著身孕，這派頭對她而言可能有些折騰，本想問一句是否會累，她那張點飾過的眉眼忽然看了過來，不偏不倚，落在他身上。

「有件事說來挺奇怪的，你想不想聽一聽？」

伏廷於是把話咽了回去：「什麼事？」

棲遲眼波輕轉：「聽說這次招大夫的事，邕王在聖人面前嚼了我舌根，聖人向來寵信他，這回竟苛責了他，你說為何？」

伏廷長身筆挺地立在她面前，看著她：「因為早有奏摺呈報宮中言明瘟疫之事了。」

她低語一句：「果然。」

聖人怎麼可能替她說話，不過是因為知道實情罷了。剛才想起時，棲遲便猜是不是他做了什麼，還真是。

「以邕王的小肚腸，說不定以後要記到你頭上來。」她故意說，心裡接一句：不過好在邕王是個蠢的。

伏廷並不在意，他早就寫了摺子呈遞宮中，是為稟明情形，畢竟隨時可能會有出兵之事，卻也的確要防著這等口舌流言。即使她不在意，但她是為北地做了這些，他就不會容著小人在背後詆毀她半句。

聖人就是再寵信邕王，也該知道防範突厥是家國大事，總不至於來追究這些雞毛蒜皮的小事。

想到此處，他問了句：「妳從何處聽說的？」

棲遲一時不知該如何回答，總不能說是崔明度寄信來說的吧，那算什麼，沒事找事不成？好在這一猶豫之間，羅小義就快步進來了。他一抱拳：「三哥、嫂嫂，各位都督到了。」

伏廷一手握住棲遲的胳膊，帶了一下，坐到上方坐榻上。

棲遲跟著他落了座，伏廷手還握在她胳膊上，最後放下去，擱在她腰後。

她就好似半邊身子倚著他，坐在他懷裡似的，礙於場合，藉著他那隻手扶的力量坐正了些，輕輕問了句：「只是召他們來見，也要特地拜見？」

伏廷點頭：「下屬都督入都護府必要拜謁。」

羅小義在旁聽見，笑道：「大都護府可是崋護下方各州都督府的，就是這北地的天啊，他們入府就拜是禮數。這還不算什麼呢，嫂嫂等著，待他日北地重收賦稅，還能見到二十二番大拜呢！」

「什麼二十二番大拜？」她問伏廷。

伏廷眼睛看過來：「每年交貢時，八府十四州都督攜家眷入瀚海府述職跪拜，便是二十二番大拜。」稍作停頓，他又道：「多年不收賦稅，也多年不曾有過了。」

棲遲想了起來，這是聽說過的，是各大都護府的至高禮數。

只是迄今為止，只見到北地掙扎於復甦，似已忘了，這安北都護府本就是一方封疆大吏所在，一方強兵軍閥的象徵。

她想像一番那場景，眉頭輕挑：「那樣的陣仗，我倒是不敢受了。」這是玩笑話，是覺得這架勢太大了，難怪聖人都要忌憚各大都護府呢。

伏廷說：「妳受得起。」

棲遲不禁看到他臉上，眼裡有了笑：「也是，我花了好多呢。」

他嘴動了一下，似覺好笑，聲音沉沉地說：「就算妳什麼都不做，也受得起。」只要她一日是他的夫人，還坐在他身側，就受得起。

棲遲沒再說下去，因為各位都督進來見禮了。

邊境六州都督攜帶夫人，無人不是風塵僕僕，鬢髮帶塵。除了他們，臯蘭州都督也來了，他是來送戰馬的。

雖然只有七州都督，一起齊整地跪在地上，這場景已足夠整肅了。

棲遲端正地坐著受了禮，在場的她只對皋蘭都督和幽陵都督有印象，其餘都是頭一回見，只覺得大多都在盛年。

身旁的伏廷站了起來，朝她看了一眼，低聲說：「可以了。」禮數走完了，他便不做耽擱了。

羅小義心中有數得很，馬上叫各位都督隨大都護去議事。

其餘各位都督夫人自然是要陪同大都護夫人的。新露和秋霜伶俐地進來請各位都督夫人去偏廳就座。

棲遲起身出廳時，趕上羅小義還沒走。

「嫂嫂，三哥說了，累了妳就去歇著，犯不著一直與這些都督的家眷待著。」他三哥先走了，叫他留下就是為了傳這句話。

棲遲叫住他：「阿嬋呢？叫她來一同陪著好了。」她想曹玉林應當是對這些都督的家眷很熟悉的。

羅小義乾笑著道：「嫂嫂知道她向來神龍見首不見尾的，我也只在嫂嫂與三哥安排瘟疫那檔子事時見了她一回，再沒見到了。反正她人還在瀚海府，指不定哪日又過來了，這陣子她不是常來看嫂嫂嗎。」

棲遲一想也是，曹玉林這陣子常來，就是今天不在，也可能是刻意避開他了。再說下去怕他不自在，她便先往偏廳去了。

* * *

天色漸漸黑下來。

伏廷沒有半點兒耽擱，在議事廳裡聽了各位都督有關邊境瘟疫的情形稟報，又議論了邊防布置。

這一番耗時太久，出來時天色已全黑了，都護府裡懸上了燈。

由羅小義作陪，諸位都督都被請去用飯了。

本以為棲遲早該安歇了，他先去沐浴一番，收束衣袍出來時一邊理著邊境的事情，一邊掃了一眼，忽然看見遠處新露和秋霜捧著瓜果小食自廊下而過，又去了前院，才知道棲遲可能還沒睡。

他一路走過去，到了偏廳外，果然聽到裡面仍有說話聲，不僅棲遲還沒睡，甚至連各位都督的夫人都還在。

偏廳裡，眼下正熱鬧著。

各位夫人得知大都護夫人有孕，都是帶著禮來的。

但眼下正值各州有難處之時，棲遲雖受了，卻回了更重的禮，一時叫諸位夫人受寵若驚。

也就只有皋蘭都督的夫人劉氏最淡然。她甚至想找機會與其他人說一說這位大都護夫人當初在馬場裡的豪舉了，大都護夫人歷來是大手筆的，大都護由著她的。

這一來二往下來，各位夫人與棲遲也熟悉了一些。

坐了許久，棲遲從她們口中得知瘟疫已經控制住，再聊下去，便是一些閒話了。不好耽誤男人們說正事，也只能相對枯坐，但閒話已經漸漸說盡了。

本著奉迎的心思，劉氏便及時提議玩個遊戲。

眾人之間，棲遲也就與她有過一面之緣，算得上熟悉一些，既然開了口，她雖無多大興致，也問了句：「什麼遊戲？」

劉氏說：「夫人如今有身孕，不便多動，叫婢女搬個壺來，坐著投一投壺便是了。」

投壺源於古代六藝中的射禮，如今正是宴飲期間眾人愛玩的遊戲。

棲遲笑了笑：「妳們想玩便玩吧。」

新露秋霜聽了，便照吩咐很快安排好了。

諸位夫人輪番上場，幾輪下來，時間就晚了，還未曾察覺。

幽陵都督的夫人是與幽陵都督同部族裡的胡女，胡人尚武慣了，她拿了羽箭雙手送到棲遲跟前，笑著說：「大都護英勇善戰，夫人豈能不一露身手呢？」

羽箭是特地做出來的玩物，箭簇也是木的。棲遲拿在手裡，覺得好笑，她玩這個還真不行，但也無所謂，人總有不擅長的，她打小就九章算術學得好，可能天分就是在做買賣上，這些東西差一些又怎樣呢？

想完，她手上隨手一拋，果然沒中。

幽陵都督夫人也是耿直，竟還「嘖」了一聲：「哎呀，可惜！」

還是劉氏會做人，重新拿了一支羽箭遞過來：「夫人不過一時失手罷了，再來一次定當能中。」

棲遲搖手：「算了，妳們玩吧。」比賺錢再叫她還差不多。

「夫人何必謙虛，您可是宗室縣主，這種小玩意兒於您不過雕蟲小技罷了。」劉氏笑著奉承。

棲遲只好拿了又投了一次，依舊沒中。

眾人觀望之際，劉氏撿回來說：「是我沒擺正那壺，夫人還是重投一次吧。」

棲遲笑著轉開眼，不想再接了，新露忽然貼到她耳邊低語了一句。

劉氏將木箭又呈過來。

棲遲看了看新露，又掃了身後一眼，終究還是拿了，起身說：「罷了，這是最後一次了。」

剛才新露在她耳邊說：「大都護說了，這樣投不中，還是到後面的屏風那裡站著才好中。」

她不知新露從哪裡聽到伏廷的話，竟還指導起她來了，雖不信，但這一下投完便打算走了，玩笑一下也無所謂。

後方立著屏風，燈火照不入，籠著一大片暗影。她在屏風旁站定了，手臂抬了起來。

忽然身後貼上身軀，一隻手抓住她的手腕，在她怔住的時候，另一隻手摟在她腰上，耳邊低低的一聲：「噓。」

而後，那隻手抓著她的手腕一投。

「叮」的一聲，中了。

棲遲回過頭，瞥見燈影裡藏著的高大身影，不知他何時來的，竟全然沒讓人發現。

「中了！」見箭入壺，劉氏第一個撫掌笑道：「我就說這對夫人來說是易事一樁！」

其實鬆了口氣，誰不想討好大都護夫人，若是再投不中，她可要藉口是懷了身孕不便，就此揭過了。

幽陵都督夫人豪爽地跟著笑起來：「夫人原來是藏著的，一定是為了給我們留顏面了。」

一時間諸位都督夫人都止不住讚賞，好話不斷。

畢竟是北地最尊榮的女人，就是投不中也要像劉氏那般說盡好話，何況眼下還投中了，多好的親近機會。

棲遲臉上帶笑，眼掃過那暗處，故意說：「料想還是站著投好，那便再投一投吧。」

眾人皆稱好。

棲遲往後退，又站到那屏風旁，有意地先抬了下手臂，所有人視線便被吸引了過去，不自覺地就被這一抬弄得都看向那壺口。

下一瞬間，她的胳膊又被握住，男人的身軀及時貼近，輕輕巧巧地又是一投。留心著壺口的諸位夫人紛紛拍手歡笑，自然又中了。

「不愧是大都護夫人！」

「以後可不敢在夫人面前班門弄斧了。」

緊接著又是一下，羽箭落入壺口，又是一聲清脆的「叮」。

夫人們再次一陣讚嘆。

「連中三下，夫人真是太厲害了！」

恭維聲此起彼伏。

棲遲見好就收，再下去，怕是要被她們誇上天了。她朝新露遞了個眼色，新露立即會意：「時候不早了，諸位夫人也該暫歇了。」

「是是是，勞累大都護夫人了，我們也該告辭了。」

一疊聲的自責歉疚，諸位夫人自知失儀，恭謹地行禮。

棲遲已轉身，朝屏風後那暗處走去。

「咦？」身後有人出聲。

她擔心被看出什麼，腳步立時快了，沒幾步，手腕被抓住，她在燈火暗處被男人手臂一摟，迅速走出門去。

一路穿過迴廊，半步不曾停頓，直到推開書房的門進去，兩副身軀仍貼在一起。

棲遲背靠在門上，因為快走，呼吸已急了起來。大都護和大都護夫人竟然做賊似的，想來也好笑，她低聲道：「偷偷摸摸的，像做壞事一樣。」

伏廷緊緊摟著她，也想笑，現在這樣，更像是偷偷摸摸的了。

書房裡只點了一盞燈，半明半暗，他垂眼，在這晦暗的燈火裡看著她起伏的胸口，攬著她的手忽地一帶，頭低了下去，呼吸噴在她頸邊：「嗯，那又如何？」

外面隱約傳來說話聲——

「大都護這是下了決心了？」

接著是羅小義的聲音：「那是自然了，三哥還會跟突厥客氣不成？」

幾位都督大概是準備出府了，說話聲漸遠。

「你下什麼決心了？」棲遲喘著氣問，男人的身軀壓在她身前。

伏廷正在親她的脖子，唇移到她耳邊：「妳不用管。」

頸上一麻，是他親得狠了，她心急跳著，手不自覺地抓到他的腰帶，手指在那邊沿勾著摩挲了半圈。他剛沐浴過，腰帶繫得不緊，勾了兩下，半鬆半散。

伏廷含著她的耳垂，一停，手按住腰帶，退開了，兩眼黑漆漆地看著她。

棲遲猶自喘息，亦看著他，燈火裡的臉帶著潮紅。

伏廷暗暗咬了下腮，被她眼神勾的，又低下頭去親她，手揉著她的胸口。

棲遲軟在他身前，被他手摟得緊，氣息急促，快站不穩了。

他似有所覺，手臂一收，抱著她往後退，直到小腿上被重重一抵，停住，已在榻邊。

外面新露在報：「家主，各位都督已攜夫人離去了。」

棲遲提提神，回了句：「知道了。」隨即唇就被堵住了。

伏廷一聽見新露離去，唇便貼了上來。

唇舌快要發麻的時候，棲遲終於找到縫隙，輕輕推了他一下：「我腿有些痠了……」

伏廷停住。這一推，好似叫他清醒了過來，他看了懷裡的人一眼，終是忍住沒繼續，手握著她的胳膊，按著她在榻上坐下：「坐著，站到現在了。」

棲遲坐在那裡，微微喘息，眼睛還看著他。

伏廷蹲下，撩起她的裙擺，屈著拇指在她小腿上左右各按了幾下，口中說：「軍中的法子。」

棲遲「嗯」一聲，只這幾下，就覺得舒服多了，眼睛轉去看他的頭頂，他頭髮束得俐落，沾著些沐浴後的水汽。

她伸出根手指，懸在他耳廓邊，指尖撫了下他黑硬的頭髮，傾身過去，輕輕問：「你在忍嗎？」他親得雖狠，可比起以前還是克制多了，她早已看出來了。

伏廷舔了下牙，心說：這不是顯而易見的嗎？他抬起頭，眼盯著她，掃了她的小腹一眼：「怕傷著妳和孩子。」

棲遲的臉一下紅了起來，眼神微微閃動，聲音輕輕地道：「大夫說過，頭三個月和後兩個月不行，其他時候只要輕一些……」

她臉上鮮紅欲滴，覺得伏廷看她的眼神都沉了一些，眼神轉開，又掃回來，意思不言而喻，就是說現在可以。

雖是夫妻私話，卻也有些沒羞沒臊，她緩緩站起身，自他身邊走開兩步：「我只是聽大夫說的。」

手被抓住了，伏廷站起，腳跨一步，坐在榻上，將她拉回去，聲音低沉地道：「妳也是忍著的？」

棲遲眼光輕動，眼角微挑，呢喃否認：「沒有。」

伏廷一手按在她腰後，把她往跟前送，端詳著她的臉，好似在看她有沒有說謊。

棲遲的確說謊了。

眼前，伏廷已一手鬆開腰帶，盯著她，低語一句：「坐上來。」

她耳中「轟」的一聲，一下渾身都熱了。

燈火昏暗，人影搖曳。

棲遲衣裳半褪，扶著他的肩，坐在他身上。

伏廷雙手托著她的腰，幾乎沒讓她用半點力，習慣了他疾風驟雨似的歡愛，這樣溫和的進出，還是頭一次。

卻又是另一番難言的感受，她輕輕咬唇，鬆開，又咬住，最後只能伏在他頸邊，任他予取予求。

伏廷手扶著她，緩動，呼吸沉重。他還是克制的，止不住要碰她，碰了還是克制，是真怕傷了她。

棲遲的手撫在他背上，摸到他背上的傷疤，一道道地輕撫，又撫過他頸上被她治好的傷，肩後剛揭去藥貼不久的箭傷，那裡已留下個指甲大小的痕跡，她的指尖輕輕剮了一下，彷彿在試探他還疼不疼。

耳邊聽到伏廷的呼吸愈發沉了，甚至發出喘息聲。她才知道原來男人也會難捱到發出聲來。但很快她就將這些胡亂的思緒拋開了，就算再溫和，她也忍不住要張開唇喘息，摟緊他的脖子。

伏廷陡然轉過臉來，叼住她的唇。她的舌頭被他的纏住了，身體在他掌下的操控中起伏，腦海快要昏沉過去了。

不知過了多久，他終於停了下來。

棲遲軟軟地坐在他身上，仍在輕喘。

伏廷托著她的腰，給她拉起衣裳，嘴貼在她耳邊，忽然說：「明日我就要動身。」

她下頜抵著他的肩，神思還未回來：「嗯？動身去何處？」

「率軍去邊境防守。」

棲遲才回過味來，一時無言。原來先前聽到的決心是指這個。

伏廷在與各位都督商議的時候就定好了這個計畫，議事完沒停頓便去找她，也是因為這個。

第二日一早，他早早起身，坐在床邊看著棲遲。

昨夜他是一路將她抱回房來的。

後來臨睡前，她才問了句：「你這趟要去多久？」

他回答：「那得看突厥。」

她聽後側臥在枕上，看著他說：「那看來是要挺久的了。」

當時他甚至想問一句，可會記掛他？

最後終究是沒問出口，從軍作戰這麼多年，何時來得這麼優柔寡斷過，別弄得像是被自己的女人絆住了似的，還如何統帥三軍。

天還未亮，他先將軍服穿戴齊整了，又走到床前看了一眼，昨晚可能是累著她了，到現在她還睡得安寧，輕斂眼睫，呼吸均勻。

他順帶掃了她的小腹一眼，拉了下被角，轉頭走出去。

羅小義起得更早，已經在府門口等著了，身上穿上甲冑。

伏廷出來時已經刮過鬍子，精神抖擻，腰後負刀，一隻手中還握著劍，另一隻手拿著馬鞭，步伐矯健。

羅小義光是看著就有種要應戰的覺悟，抱拳道：「三哥，兵馬都點好了，各府都督也都要隨軍啟程了，幾位都督夫人還想來拜別嫂嫂來著。」

「推了，讓她好好睡。」昨晚她們已經待得夠久了。

伏廷走到階下，長劍塞入馬鞍下，扯了韁繩，翻身上馬。

棲遲坐在桌前，捏著勺子，一口一口地用著早飯。

她很快就醒了，不過伏廷已經早一步走了。

新露在旁道：「大都護是悄悄走的，應是想叫家主好生歇著。」

棲遲已瞭解了伏廷的做派，他要去哪裡都是雷厲風行的，既是奔著要防守突厥去的，更是如此了。

她想了想，放下勺子：「還是去送一下。」

好歹還有那些都督和都督夫人呢，他們匆忙而來，一個命令就得走，她總不能連面也不露。

新露本想勸她不要多走動，見她已起了身，還是去拿了件薄披風來給她披上。

兵馬自營中而出，浩浩蕩蕩整肅地停在城外，伏廷需要出城門，與大軍集結後方可出發。

諸位都督皆輕裝簡從而至，夫人們也隨行騎馬。

他們其實都已習慣伏廷的作風，夫人們此行跟來是為了給大都護夫人道賀，順帶也裝作探望，如此就好坐實了大都護夫人的確是因身體不好才招了那些大夫來北地，全然沒有瘟疫什麼事。

所以來了就走，也無人說什麼，皆知大都護軍令如山，歸根結底都是為了防突厥做的對策。

皋蘭都督是送戰馬來的，此行不在其列，與諸位道別後，又領著夫人劉氏拜辭了馬上的大都護，便轉頭回皋蘭州了。

因他這一番耽擱，啟程便被稍稍拖晚了些，天已經亮透了。

城門裡有馬車駛了出來。

大軍集結處，是不該有馬車隨意出城來占道的。伏廷坐在馬上，朝那裡望了一眼，看到馬車時，手中轡繩已經扯動。

馬車停下，棲遲揭開窗格簾布朝外看了一眼，只看見赫赫整肅的大軍游龍一般。

隊伍太長，以至於她一眼竟沒有找到伏廷的所在，捏著簾布掃過去，見到遠處各位都督和都督夫人都已瞧見了她，正遙遙向她見禮。

她只能點頭回應，將簾布放了下來。

下一刻，簾布又被人掀起。

她抬頭，看到被束帶緊緊綁著袖口的一隻手，往上看到伏廷的半張臉。

「還以為你已走了。」她低聲說。

伏廷坐在馬上，貼得車太近，以至於難以看清她全部的臉，只能看到她點了口脂的唇輕動著，說了這麼句話。

沒料到她會來送他，他竟有些意外，甚至能說是欣喜。他朝兩邊看了一眼，察覺許多人看著，乾脆下了馬，衣擺一提，抬腿登車。

棲遲只覺車身晃了一下，門簾掀開，他已低頭進來。

也不能待太久，畢竟三軍在側，主帥總不能在自家夫人馬車裡耗著。伏廷沒坐下，進來後一手搭在她身側，蹲低身，長話短說：「時候不早了，妳再來晚點兒我就走了。」

棲遲挑眉：「那我是來巧了。」

他頷首，低聲說：「待在瀚海府穩妥些，妳好生安養。」

棲遲想起曾經被突厥女擄走不就是在瀚海府，哪裡穩妥了，好笑地輕語：「我倒覺著跟著你才穩妥些。」

伏廷已動了一下，是準備出去的架勢了，聞言又頓住，看著她。

棲遲抬眼看過去，他的手已伸過來，按到她頸後，她稍稍往前一傾，便被他堵住了唇。

伏廷在她唇上重重碾了一遍，才鬆開她，眼在她臉上沉沉一掃，揭簾出去了。

棲遲看著他離去，直至門簾落下，抬手撫了下唇，想著他方才的眼神，不禁笑了一下。

這種眼神讓她覺得，他眼裡只剩下她這一個人了。

她不禁又笑一下，揭開簾布看出去。

伏廷回到馬上，去了盡頭處遙遙領著。

隊伍這才正式出發。

第二十七章 前線隨軍

曹玉林再來都護府時，已是伏廷走後兩個多月的事了。

都護府園中的涼亭八角飛簷，風過無聲。

棲遲這會兒在亭中坐著，手裡拿著份官署的文書在看。忽然聽見新露報了一聲，她抬頭，就見曹玉林冷不丁地出現了。

她將文書放下，笑著說：「妳是故意的？小義隨軍去邊境了，妳才來。」

曹玉林今日倒是沒著平常的黑衣，著了身青布衣裳，只有那張臉一如往常的嚴肅，走入亭中，站到她跟前來，一板一眼地道：「我是奉了三哥的命令來的，三哥叫我在他走後多守在嫂嫂跟前。」

棲遲眼光輕動，沒想到伏廷安排得如此細緻，他走時卻是半個字也沒說，不禁又笑道：「那妳還到現在才來？」

曹玉林黝黑的臉上一向沒什麼表情：「嫂嫂莫要逗我了，我這麼久沒來只是去四處打探了。」

棲遲便依言不逗她了，逗了她也沒有表情。

正要說別的，李硯走了過來：「姑姑，都已備好了，可以出發了。」

棲遲應了一聲，站起身來。

曹玉林伸手扶她一把：「嫂嫂要去做什麼？」

棲遲指了下面前的文書：「官署送了文書來，報了民生上的事，眼下都護府只有我在，只好我來過問了。」

曹玉林了然：「三哥不在，交給嫂嫂也是一樣的。」

棲遲笑笑，她本沒有插手這些官署事務的心，但來報的官員說大都護走之前交代過一句，有關民生的事可請夫人過問，因知夫人是為北地好的。

本也不是什麼大事，官署是得了吩咐的，不可讓她多操勞，凡事來報一聲便好了。但聽了這話，她多少還是上了心，今日得空，便打算親自去官署看看。畢竟她的確是想讓北地好起來的。

有曹玉林在，棲遲便不打算帶新露、秋霜了，她們近來忙著給她腹中的孩子做衣裳，正在興頭上。

新露領命退去時，李硯快步迎了上來，堪堪站在亭前：「我陪姑姑去吧，如今姑父不在，府上就我一個男丁，剛好今日無課業，否則我不放心。」

曹玉林原先只知道他是光王府的世子，只覺得是個乖巧的少年，沒想到他對自己姑姑竟如此知冷知熱，不禁看棲遲一眼：「嫂嫂好福氣。」

棲遲看了看姪子，覺得他真是有些男子漢的模樣了，竟已把自己當做這都護府裡的男丁看待，點了點頭說：「那你就跟著吧。」

曹玉林虛扶在她左側，李硯扶在她右側，好似多慎重似的。

棲遲穿著抹胸襦裙，下裙寬鬆，遮掩了腹部，加上懷孕以來身形並未添豐半分，外人乍看一眼可能還瞧不出她有孕在身，現在卻被他們如此小心地攙扶著，無奈地笑了一聲：「不必這麼小心翼翼的。」

可二人全然不聽，她只好隨他們去了。

說話間，三人一路出了府門。護衛們守著馬車停在府門口。

一身錦袍的李硯金冠束髮，將棲遲扶到車旁，才鬆手，又從護衛手中牽了自己的馬，打算跨馬護車，這是學他姑父的樣子。

他踩鐙的時候，棲遲也提著衣擺準備登車。

忽聽一聲馬嘶，如被利刃刺中般的尖利嘶鳴，她轉頭看去，李硯陡然從馬背上跳了下來。眼前身形一閃，曹玉林迅速過去，拉著李硯就是一扯，口中大喊：「護衛！」

這一切發生得太快，曹玉林剛才那下完全就是生生扯拽的動作。

李硯剛從馬上跳下，就被她迅疾地按在地上，那馬不知怎麼了，如同瘋了一般狂嘶不止，不停地跳起揚蹄，又踢著後腿。

眼看著就要踩到人，棲遲離得最近，踮起腳，手一伸，扯住轡繩。這一個動作也有些累，她另一手扶住後腰。

左右護衛早已衝上前來，防護著她，一部分人握著兵器環護戒備，另一部分幫著她拉住馬。棲遲緊緊扯著韁繩，口中急急地說：「保護世子！」

又有護衛連忙去拖地上的李硯，曹玉林已起身，挾著李硯往府門口退。

棲遲這才鬆了韁繩，被護衛們簇擁著退回到府中，從馬車到府門不過是一段臺階的距離，她走得急，一手扶著小腹，隔著高大的府門看出去，吃了一驚。

李硯的那匹馬被兩名護衛按著，伏地嘶鳴，馬臀上赫然中了一支箭，地上已然滴了一大灘血。離得不遠就是曹玉林剛才按著李硯趴伏過的地方，那裡也插著一支箭。

剛才那一瞬間，曹玉林就是因為看見馬臀上中了箭，及時將李硯拖了下來，才免於他被後一箭射中。那馬受了傷，發狂一般，差點就要踩傷人，弄得一片混亂，多虧被棲遲拉住了。

不知從何處射來的冷箭，棲遲緊捏著手心，在府門四周掃視一圈，都護府左右歷來防衛嚴密，門前大街不可能有閒雜人等隨意往來，根本沒見到別人的蹤影。

她抑制著劇烈的心跳，吩咐一句：「去查，知會官府搜城查。」

護衛們立即分頭而去。

她扯上李硯，又喚曹玉林：「先回去再說。」

府門幽深，高階威嚴，是天然的防護，門前又隔著重重護衛。朗朗白日，這一出突兀而迅疾，卻又好似再無動靜。

曹玉林沒急著走，眼睛來回掃視左右，確定再無冷箭射出，撥開護衛走了出去，很快便回來，手裡拿著那支箭。

出了這樣的變故，是決不可能再出府了。幾人沉默不語地返回府中，一路走得很快。

李硯緊緊扶著棲遲的胳膊，生怕她有孕在身受了驚嚇，多餘的話一句沒說。

待進了屋，棲遲才拉住他問：「你可有事？」

李硯搖搖頭，臉色發白，又回問她一句：「姑姑沒事吧？」

「我沒事。」棲遲眼睛已看向曹玉林。

不等她發問，曹玉林就道：「嫂嫂放心，我也沒事。」

新露和秋霜聞訊而來，看見世子臉上髒污，衣裳也沾了灰塵，再見後面跟著的曹玉林手裡拿著一支箭，都明白是出了事，話都不敢多說，連忙一左一右地去扶棲遲。

棲遲手扶著榻邊，緩緩坐下，才算定了些神，吩咐一句：「不必驚慌，先煮壺熱茶來。」

新露行個禮，忙去煮熱茶湯，秋霜去拿濕帕子來給他們擦手淨臉。

好一會兒，屋中誰也沒說話，或站或坐，皆還陷在先前那一出中。

直至茶香味傳出，曹玉林看了棲遲一眼，見她除了臉色稍白，神情很平靜，倒好似和自己這種軍人出身的一樣經歷過了似的。不過連古葉城那般凶險的情形都度過了，也的確是經歷過了。

棲遲看向她手中的箭，只一眼就蹙了眉：「這是突厥的箭。」

曹玉林有些意外：「嫂嫂竟認得突厥的箭？」

棲遲看著那箭，眉頭凝得更緊了，點了點頭：「見過。」她當然認得，當初在伏廷背後見過，那種帶著倒鉤的箭，只有陰狠的突厥人才會用。

新露趁機去前面打聽過，回來後和秋霜耳語了幾句，正好聽到這一番話，都很驚駭，但家主和世子還算鎮定，只能裝作無事。

「奇怪……」曹玉林捏著那支箭又看了一眼，才板著臉出了聲，「因著三哥要領軍去邊境，我這陣子一直打探消息，並未察覺有突厥人混入，怎會有突厥人放出的冷箭？」

如今不管是因為瘟疫還是因為備戰，各州府的關卡都極其嚴格，城門不怎麼開。作為首府，瀚海府的關卡更是萬分嚴密，如何會讓突厥人有機會混進來？

棲遲輕聲說：「的確奇怪，且不說突厥人難以混入，就是真混入了，也該沖著我來，為何會沖著阿硯？」

李硯是實打實地受了驚，在旁一聲不吭，原本臉就白，此時才有些回轉。好一會兒，他開口道：「萬一就是沖著姑姑的，那可如何是好？」

曹玉林點頭：「世子說得對，也許只是因為世子在馬上較為顯眼，既然會在都護府外動手，必然是沖著嫂嫂來的。」

棲遲思索著，還是覺得不對，先前她送伏廷時也出了府，卻並未遇到行刺的。可要說對方沖李硯下手，似乎也說不通，突厥要刺殺光王府的世子有何用？

一盞茶已涼，相對站著，毫無頭緒。

李硯揉了下臉，先前那一下臉貼著地，著實不輕，但他可能太過驚訝了，竟不覺得疼，用手按了兩下就作罷了。

棲遲看了看他，又去看曹玉林，忽然注意到曹玉林身上的衣裳破了。

一定是方才救李硯導致的，那支箭應當是擦著她的衣裳過去的，在衣襟上割了一道口子，裡面的中衣已露了出來。她喚了一聲「秋霜」，叫她帶曹玉林去換身衣裳。

曹玉林本想推辭，但看了看自己衣裳，覺得這樣不雅，放下那支箭，抱了抱拳，隨秋霜去了。

見她走了，李硯才問棲遲：「姑姑，此事可要知會姑父？」

棲遲方才也想過了，擰著眉說：「先等官府搜查的結果到了再說。」

她看了看門外，想起剛才仍是心有餘悸，又看了看他的臉，還好他沒出事，此時才覺出後怕。

約莫過了半個時辰，瀚海府負責城守的官員帶著人匆忙入府來報——

根本沒費什麼事就將行刺之人抓住了，還是棲遲的護衛先抓到人的，在都護府附近就將人抓到了。

無奈的是，抓捕的時候對方已自盡了。

棲遲聽了稟報，眉頭鬆了又緊：「是突厥人？」

城守在她面前不停擦著冷汗，初聞此事時，他的冷汗就下來了，大都護還在邊境鎮守呢，都護府周圍卻出了這等事，若是夫人出了什麼事，還懷著身孕，豈不是要叫他官職不保？

他再三擦了擦額上的冷汗，在棲遲跟前弓身稟報：「回夫人，看樣貌確實是胡人，但如今情形緊急，大都護臨走前又特地交代過，城中的城門每日定時開閉，更有重兵把守，是決不可能混入突厥人的，下官也不能全然確定此人來歷，但他手中弓箭還在，確實就是刺客無疑。」

棲遲心想今日出府只是臨時起意，事先並無動靜，一出府便遭遇這事，那說明對方是早就等著的。曹玉林也說近來沒有突厥人混入的可能，這人只可能是早就混入的。

城守在她面前已經跪下了：「請夫人放心，下官一定加強城防，杜絕此事發生。」

棲遲本就身子漸重，易乏，又聽他說了這番話，諸多思緒理不開，也有些煩悶，擺了下手：「官署的事你們自己處置，在都護府周圍加強守衛。」短期內是不打算出門了。

城守連忙稱「是」，又擦了擦汗，還想著如何給大都護交代，這才退去。

李硯在旁道：「姑姑，真是突厥人沖您來的不成？」

「看起來，的確是這麼回事。」

李硯皺眉：「若真如此，不知道還有沒有下次？」

棲遲一聽也有些擔憂，想去與曹玉林說一下此事，才想起這麼久了，她去換衣裳竟然還沒回來。

她叫李硯等著，起身去客房。

秋霜正在廊下守著，看到她過來，小聲問：「家主和世子都好些了吧？」

棲遲點點頭，看了客房一眼：「阿嬋還沒好？」

秋霜遠遠朝門看了一眼：「本來應該早就好了，但曹將軍不要我們幫忙，將我們都打發得遠遠的，也不知怎麼就耽擱到現在。」

棲遲有些擔心，就怕曹玉林受了傷還不說，逕自過去了。

到了門口，她抬手敲兩下門，裡面聲音雜亂，她更不放心了，直接推門而入，正好看見曹玉林遮掩著衣裳抬頭，半敞的衣襟沒能及時掩上，胸口光景在她眼中一閃而過。

棲遲看到瞬間一怔，曹玉林的胸口上竟有很多傷疤。

但隨即，她恢復常態，好似什麼都沒看見一般說：「我還以為妳落下新傷了，才貿然進來的。」

曹玉林手上攏著衣裳，遮掩好了，垂著眼說：「沒有，舊傷而已，嫂嫂放心。」

棲遲點了點頭，一時無言。方才入眼的那一幕太過震驚，以至於她把原本要來說的事都忘了。

好一會兒，她才開口：「今日的事，還是該說一聲。」

曹玉林抬眼問：「嫂嫂有頭緒了？」

棲遲輕聲說：「正是因為沒頭緒才不妥。」

一個看似布置好的行刺，沒得逞便立即自盡了，總叫她覺得古怪。不管是不是突厥人所為，都叫她不踏實，尤其是差點讓李硯受害，就更讓她不踏實了。

曹玉林將衣裳整理好了，又問：「那嫂嫂打算如何說？」

棲遲想了想：「此時正是多事之秋，他人在邊境抵禦突厥，不好分心來查，就按官府查的說吧。」

猶豫一下，她又說：「我還有個要求，也不知他是否會答應？」

北地邊境各州的地形連在一起，猶如一條蜿蜒的曲線。中間的榆溪州不遠不近，剛好可以兼顧各處。

伏廷帶來的兵馬就在榆溪州中紮了營，如橫兵利刃般懸於邊境，猝不及防地出現了。

而突厥就在對面。

一切如伏廷所料，他們早已集結兵力，瘟疫不過是頭陣。

如今雙方誰也沒驚動誰，隔著邊境線陷入對峙。

臨晚，暮色四合，籠蓋營地。

伏廷立於帳中，面前是一排剛歸的斥候，眾人連馬都未拴，入了營就來報事。

斥候分七路，六路往來探於各州，還有一路，是探瀚海府的。

待最後一人報完所探消息，伏廷的臉色驟然冷了：「都護府居然出了這事？」

斥候無聲抱拳。

羅小義忽然揭簾而入，手裡遞來一封暗文寫就的信：「三哥，阿嬋那裡送來的。」

伏廷接過來，迅速拆開，看完臉色更冷了。

羅小義瞥他一眼，悄悄問：「寫的什麼？」

寫的什麼，暗文裡寫了當日詳細的經過。都護府門前都能發生行刺，簡直當他瀚海府無人。

他示意斥候都出去，忽然覺得好似漏了什麼，又翻開那信看了一遍，看到末尾一行娟秀的小字——我能否去你那裡？

羅小義脖子伸得老長，笑了一聲：「是嫂嫂寫的吧，定然是惦記三哥了。」說到這裡，他又笑不出來了，「三哥答不答應？」能看得出來，他嫂嫂那字寫得又小又輕，這戰場前線，想要過來，確實不好開口。

伏廷看了手中的暗文一眼，想起臨走前她在馬車裡無心的那句話：還是跟在他身邊穩妥，手指反復捏折了幾下那發皺的紙，忽而低語：「瀚海府為何會有突厥人混入行刺？」

羅小義一愣：「啊？這怎麼可能？」

其他時候還有可能，但這緊要關頭都能叫突厥人混進去，瀚海府豈不是形同虛設了。羅小義想了又想，還是搖頭：「這不可能啊。」

伏廷也覺得不可能，也就不奇怪棲遲會有這要求了。

本以為瀚海府固若金湯，才留她在那裡的，他一走卻就出了這種事。他手心捏著信，揪成了團，來回踱了兩步，忽然問：「各都督的夫人可還在？」

羅小義「嘖」一聲：「在。」

自然在，這邊境六州的都督都是胡人，胡人夫妻那可是比漢人黏糊多了。胡姬本就不那麼拘束，終日跟著自家男人，羅小義有時候要去尋那些都督說些話都不太方便，想來還有些頭疼，還不好直接叫人家回去。卻不知他三哥忽然問這個做什麼。

伏廷手心一捏，說：「叫那幾位夫人再去瀚海府一趟。」

北地氣候多變且複雜，在這遼闊而遙遠的北疆，幾乎難以感受到春夏。

春天幾番雷，夏季幾陣雨。雨是暢快痛徹的，一顆一顆直直砸入地底的那種，甚至能濺出坑來，也濺出濕熱沉悶，但只會持續幾天。

之後，風乍起，就入秋了，隨之進入漫長的秋冬。

而越往邊境去，天氣就越複雜，有時候一天感受四季也有可能。

時日就在這翻轉不定的氣候中流逝過去——

筆直的官道上，馬車轆轆而過。來自邊境的六位都督夫人結伴同行，又去瀚海府中拜謁了一趟。

這一趟十分巧妙，彷彿毫無邊境兩軍對陣的劍拔弩張，只是一群北地的貴婦相約出遊，便好似這北地也一派風平浪靜一般。

眼下，人已在返回的路上。

去時六輛馬車，返回仍是六輛，只是無人知道，其中一輛裡，多出好幾個人。

正中間的馬車裡，李硯尚且沒有回神。

前一日，剛聽說六位都督夫人再度入都護府來拜見大都護夫人，他還想著他姑姑應該會很忙，哪知到了半夜，他就被新露叫了起來，登上這輛車。事前完全沒有透露半點風聲給他。

城守夜半開城放行，到此時，早已不知走出多遠了。

馬車很開闊，他的身旁坐著棲遲，對面坐著曹玉林，新露就在靠門的地方。

秋霜沒來，據說是被他姑姑留下照看商號了。

「放心，這都是安排好的。」棲遲早就留心到他的神色了，溫溫和和地說了一句。

李硯點頭：「嗯。」他心裡有數，那日遇刺的事還歷歷在目，姑姑帶上他，肯定是為他的安全著想。

他又看看對面的曹玉林，除去上次被她救，這是第二次離她這般近了。忽然想起至今還沒向她道過謝，他立即坐正，向她端正地見了個禮：「那日多謝女將軍相救大恩了。」

曹玉林英氣勃勃的眉眼看向他：「世子不必客氣，我已不是什麼將軍，直呼我姓名即可。」

「那怎麼行，您於我是長輩，也有救命之恩，我……」李硯一身教養，向來知禮，可說完卻又不知該叫她什麼，不禁看向姑姑，以眼神求助。

棲遲提點說：「跟著你小義叔喚就是了。」

李硯常聽棲遲喚她「阿嬋」，於是開口道：「那我喚阿嬋嬸？」跟著叔來叫，可不就得叫嬸？

曹玉林原本平淡無波的臉上竟多了絲不自在：「世子還是叫我名字好了。」

棲遲因姪子這一個無心之言，心情鬆快了一些，怕曹玉林更不自在，接話說：「喚阿嬋姨就是了。」

李硯搭手，忙改了口。

曹玉林這才沒說什麼，算是默認了這個稱呼。

隊伍忽然停頓下來，緊閉的木製車門被敲了兩下。

新露打開車門，幽陵都督夫人斂著胡衣，靈巧地鑽進車來，屈膝跪在車門邊上，帶著笑道：「已出瀚海府，有勞夫人稍候，我們得換個頭面，方便遮掩一下。」說完，她將懷中掖著的一身衣裳遞給曹玉林，「妳這打扮不行，也得換了。」

新露替曹玉林接了過去。

「有勞了。」棲遲輕輕點個頭。

幽陵都督夫人見禮告退。

給曹玉林的那身衣服是齊胸襦裙，尋常女子最常見的衣服。她平日裡都是身著束袖黑衣，從未穿過這個，可也知道幽陵都督夫人的意思，無非是要她改頭換面，防人耳目罷了，所以新露遞過來的時候，她還是接了。

李硯不便在車中待著，先下去迴避了。

出了車中，他只看得到前後左右的人，皆是跟隨護送的人馬，簡直是裡外三層的架勢，嚴密地圍在幾輛車左右，看起來只是這群夫人所帶的尋常護衛，可一路下來沒半點嘈雜聲響，分外齊整肅穆。

沒一會兒，方才去過車上的那位幽陵都督夫人自前面車中露了個頭，她身上已換上漢家女子的齊胸襦裙，若非髮式還沒來得及改，簡直要認不出來了。

李硯這才知道她說的換個頭面是什麼意思。

車裡，曹玉林正解開外衫，手上很慢。

棲遲朝新露看了一眼，又朝車門處看了一眼。

新露會意，便也和李硯一樣，先出去迴避了。

曹玉林留心到，看向棲遲，手上快了一些：「多謝嫂嫂。」

棲遲看了看她：「妳可以不用換，這一路上別說保護的人馬多，就是往來斥候和糧草也不斷，這麼多雙眼睛看著，不會有什麼危險，不過是幾位夫人有心罷了。」

曹玉林聽了，便將那身衣服放下了。

說實話，她根本不會穿這種衣裳，這種抹胸外罩輕紗的衣裳只適合棲遲這樣水做的貴族女子，於她來說實在有些格格不入。

棲遲看了那衣裳一眼，目光轉回她身上，猶豫一下，還是問道：「阿嬋，妳身上的傷沒事了吧？」

曹玉林抬起眼睛，沉默片刻才道：「想必那天是嚇到嫂嫂了。」

棲遲立即搖頭：「沒有，我只是想為妳醫治，同是女人，怕妳覺得傷在那種地方不好言明，是硬撐著的，我還記得當初在古葉城裡，妳舊傷復發過。」

說話時，棲遲又想起當時看到的場景。儘管只是一閃而過，她還是看見了，曹玉林的胸口上何止是累累的傷疤，甚至說得上是面目全非，留下大塊難以言說的可怖傷痕。這才是她當時震驚無言的緣由。

但怕傷害到曹玉林，她還是裝作若無其事，若非實在擔心她是扛著傷不作聲，今日也不會再問起半個字。

曹玉林語氣平靜：「已經好了，嫂嫂放心，早已過去了。」

棲遲不知該說什麼好，那是何等非人的傷，豈是輕易就能過去的。

一時想起剛才李硯在這裡無心地叫了她一句「阿嬋嬸」，又想起伏廷曾說過，她有她的理由，心裡像被揪了一下，棲遲輕輕地問：「妳莫不是因為這個才跟小義分開的？」

曹玉林坐在那裡猶如一尊泥塑，很久才說了句答非所問的話：「嫂嫂都看見了，我這般模樣，已算不上女人了。」

棲遲蹙眉：「莫要胡說！」

曹玉林搖搖頭，似不想再提了：「我知道嫂嫂心疼我，只希望嫂嫂將此事忘了就好了。」

棲遲不想戳她傷疤，更不會詢問她這些傷是如何落下的，點點頭：「我只當不知道，只要妳不要帶著病痛就好。」

「真沒有，我可以對天發誓。」她說得極其認真。

棲遲只好不再多說。

車中一時沉寂，二人彷彿什麼都沒交談過。

直到李硯和新露又登上車來，隊伍才繼續前行。

其實榆溪州距離瀚海府並不算太遙遠，但因為棲遲身子漸重，此行自然走得十分緩慢。

各位夫人收斂了胡姬風範，不騎馬，著漢衣，端端莊莊地乘車不露面，倒也有耐心。

都是女人，還幾乎都是過來人，六位夫人替棲遲算著日子，越走月份越足，越足自然速度越慢。

途中經過每個州府都會停頓，各州府都督和夫人只當迎來這群夫人拜訪，又好生送行一程，去下一個地方。

前方是邊境，已經戒備森嚴，後方諸州府自然也加強了防範，所以這一路雖然走得無比緩慢，反而沒有發生半點危險。

榆溪州，城門處。

夜色深濃，兵馬分列，持火映照。

伏廷坐在馬上，手扶著腰側佩劍，片刻後鬆開，眼睛看了看遠處，五指又扶上劍柄。

安排幾位都督夫人去接棲遲，算是反其道而行之，將女眷們張揚地放在明處，叫各州府不得不出面護送，反正她們也多的是空閒。

可也沒料到會拖那麼久，一去一返，便又耗去了一個多月。

時日越長，他越要提防漸漸按捺不住的突厥，還要留心她們的行程，直到今日才收到確切消息，她們已到榆溪州。

夜半，浩浩蕩蕩的隊伍出現在他的視野裡。

沒有持火把，走夜路她們倒是很收斂，無聲無息的。

伏廷扯韁打馬退到城門旁，吩咐身旁的羅小義：「讓她們直接入城。」

羅小義後面還跟著各州在此協防的都督們，聞聲不等羅小義開口，紛紛打馬上前，直接引車入城，沒有半點停頓。

原本諸位夫人還要出來向大都護見禮，有人掀簾探了個頭，見此情形又坐回去了。

馬車一輛一輛自眼前駛過，伏廷在城門旁看著，直到其中一輛偏了方向，直向他這裡駛來。

車簾揭了一下，火光映照中露出女人一雙眉眼。

伏廷打馬靠近，盯著那雙眼說：「走。」

馬車繼續往前行駛。

羅小義跟在後面，先小聲打了個招呼：「嫂嫂。」

車內的棲遲應了一聲。

走在前面的諸位都督和都督夫人都覺得有些失禮，竟讓大都護和大都護夫人落在後面，不由得放緩速度，回頭等著，親眼看著寂靜長街上，大都護跨馬護車，遠遠而來。

各位都督都領著自家夫人的馬車讓開，請大都護先行。

伏廷策馬緩行，一身嚴肅，直接過去，馬車簾布遮得嚴密，沒掀開一下。

一路直入州中的賀蘭都督府。

這裡如今算是軍營的後方。

馬車停下，伏廷下了馬，吩咐羅小義：「著人安排一下。」

羅小義笑道：「放心吧三哥，早已安排好了。」

話剛說完，車裡就走下了曹玉林，李硯緊隨其後。

羅小義看了曹玉林一眼，訕笑著道：「走吧，帶你們先安置，料想一路累了。」說著拉了下李硯，領著他們先入都督府門。

新露扶著棲遲在後面下了車。

伏廷走過來，一手握了棲遲的胳膊，帶著她往裡走。

新露很識趣地退開了。

棲遲跟著伏廷，胳膊在他手裡，其實算是被他扶著，邊走邊看他，他身上還是那身軍服，但臂上套著護肘，走動時長靴踏步，佩劍輕響。

賀蘭都督府比起大都護府要小許多，沒走多遠就入了早已備好的房間。

進門時，他已一隻手將她抱住了，反身另一手合上門。人前鎮定的大都護和夫人，人後卻截然不同。

然而真抱了才發現已要抱不住了，伏廷低頭，往下看，彼此身體貼著，她身上寬鬆的裙擺已顯露了明顯的輪廓來。

他手臂鬆了些，免得壓著她，手指托了下她的下巴，讓她看著自己：「早知還不如直接帶妳來了。」

棲遲發現他臉頰瘦了一些，眼窩也深了一些，反倒顯得眉目更深刻了幾分：「現在來也一樣。」

伏廷的手按在她後腰，稍一低頭，正好嘴唇對著她的額角，說話時就要蹭上，聲音便低沉了幾分：「也好。」

直到此時，他才意識到已有數月沒見到她了。至少這下能趕上她生產，也是好事。

棲遲已到了最容易疲累的時候，只站了這會兒工夫已經不自覺地將身子倚在他身上。

伏廷再低頭時，她連臉都貼在他胸口上。

他並不意外，畢竟長途跋涉了一個多月，一彎腰，將她抱了起來，送到床上。

她側臥著睡著了。

伏廷在床邊站了片刻，走了出去。

曹玉林就在門外不遠處站著，向他抱拳。

伏廷走過去，壓低聲音問：「查出什麼了？」是說那行刺的事。

曹玉林搖頭：「除去那個自盡的刺客，一無所獲。」

伏廷不語，這事只能擱後再查。

曹玉林朝房門看了一眼：「我原以為三哥不會讓嫂嫂來。」

若以伏廷往常的做派，的確不會，此番也不是毫無猶豫，但曹玉林在暗文信裡提及李硯，他便明白棲遲想來的另一層原因。

「她很看重李硯，為了他也會來。」他說，甚至覺得她在乎李硯遠勝於在乎她自己。

曹玉林也留心到了，卻又道：「我看三哥是不想在後方留一個弱處給敵人，三哥這是把嫂嫂當寶對待了。」

聽這話像是在打趣，但她何嘗是個會說輕鬆話的人，語氣這麼一本正經的，伏廷都差點想笑，牽了下嘴角，低低道：「妳我皆是軍人，我把她當什麼，妳應該懂。」

——《衡門之下》未完待續——

高寶書版集團
gobooks.com.tw

YE 061
衡門之下【中卷】
作　　者　天如玉
責任編輯　吳培禎
封面設計　張新御
內頁排版　賴姵均
企　　劃　何嘉雯

發 行 人　朱凱蕾
出　　版　英屬維京群島商高寶國際有限公司台灣分公司
　　　　　Global Group Holdings, Ltd.
地　　址　台北市內湖區洲子街88號3樓
網　　址　gobooks.com.tw
電　　話　(02) 27992788
電　　郵　readers@gobooks.com.tw（讀者服務部）
傳　　真　出版部(02) 27990909　行銷部 (02) 27993088
郵政劃撥　19394552
戶　　名　英屬維京群島商高寶國際有限公司台灣分公司
發　　行　英屬維京群島商高寶國際有限公司台灣分公司
初　　版　2023年12月

國家圖書館出版品預行編目(CIP)資料

衡門之下/天如玉著. -- 初版. -- 臺北市：英屬維京群島商高寶國際有限公司臺灣分公司, 2023.12
冊；　公分. --

ISBN 978-986-506-873-8(上卷：平裝). --
ISBN 978-986-506-874-5(中卷：平裝). --
ISBN 978-986-506-875-2(下卷：平裝). --
ISBN 978-986-506-876-9(全套：平裝)

857.7　　112020663

GOBOOKS
& SITAK
GROUP ©